「ちょっと、触らないでよ！」
「おっと、僕としたことが失礼を……。大丈夫でありますかな？」
「――っ、早くあっち行って！……あんたのこと見てると、む……ムラムラすんのよ！」
違う。間違えた。
彩はとっさに口を閉じたが、
すでに放たれた言葉が
喉の奥に戻ることはない。

CHARACTER
登場人物
虎生《トラオ》 茂信《シゲノブ》
犬神《イヌガミ》 佳奈美《カナミ》
白雪《シラユキ》 沙姫《サキ》
佐渡ケ島《サドガシマ》 沙夜香《サヤカ》

御子柴《ミコシバ》彩《アヤ》
霧島《キリシマ》蘭《ラン》
霧島《キリシマ》蘭《ラン》
執事に変装中
猫山《ネコヤマ》美鈴《ミスズ》
女ケ根《メガネ》英一《エイイチ》

「明日から一緒に頑張ろうな！
僕も訓練で、連撃をかわす——ってのがあるから、
白雪さんに手伝って貰いたいし。どうかな？」
虎生からキラキラした顔で提案された沙姫は、
顔を赤らめ、コクコクと勢い良く頷く。
「じゃあ明日、楽しみにしてる」
「う、うん、約束だよ……。
しげちー」
拳を突き出し合い、友情の証とコツンとぶつけ合う。
二人の関係が、今までよりちょっとだけ前進した。
そんな気がした。

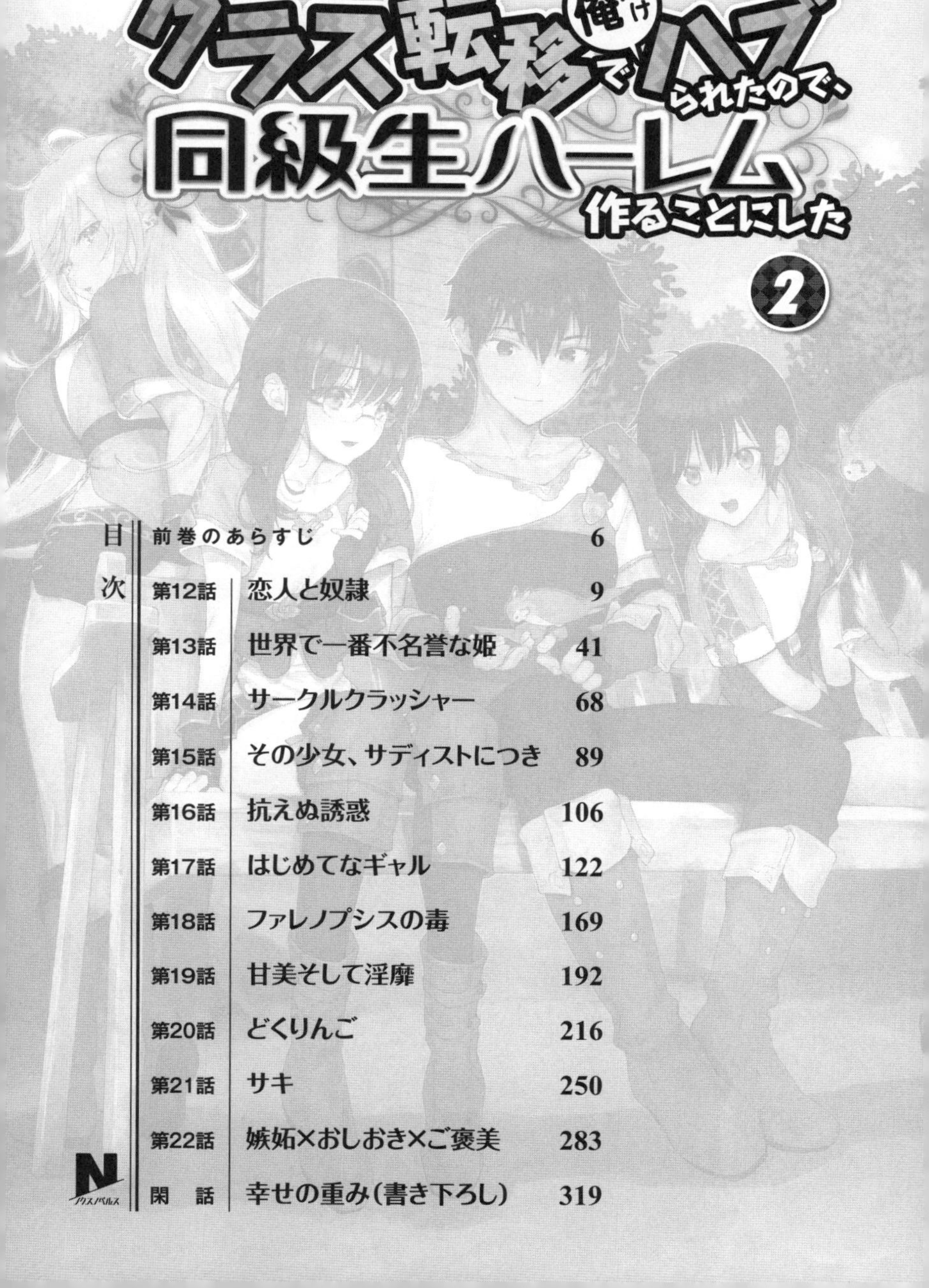

クラス転移で俺だけハブられたので、同級生ハーレム作ることにした 2

目次

前巻のあらすじ

クラスカースト最下位に位置する男子高校生の霧島蘭《キリシマラン》は、クラスに友人もおらず、ぼっちとして寂しく青春を過ごしていた。

いつもと変わらない平凡な月曜の朝、霧島蘭のクラスは謎の光に包まれ、クラスメイトもろとも異世界へ転移されてしまう。

蘭たちを召喚した国王は、彼らに、勇者として魔王を倒すこと、生徒一人ずつに戦うためのスキルを授けたことを告げる。

様々な戦闘特化スキルを手にしたクラスメイトたちの中で、蘭に与えられたのは、「眷属《ルナティック・》調教《セクシャル》」という、女の子を我が物とし、奴隷化するスキルであった。

スキルを妬んだ非モテオタクの女ヶ根英一《メガネエイイチ》。付き合いたての彼女を、蘭に奪われるのではないかと危惧した、クラス委員長の虎生茂信《トラオシゲノブ》。彼らを筆頭に、クラスメイトたちから忌避の目を向けられた蘭は、クラスからハブられることを余儀なくされる。

蘭のスキルを必要としたはずの王宮の人間にすら、失敗作扱いされ、見捨てられる形で……。

未知なる世界で、完全に孤立してしまった蘭。

行き場を失った蘭は、クラスメイトたちに復讐《ふくしゅう》することを誓う。

以前から片思いしていたクラスのアイドル猫山美鈴《ネコヤマミスズ》や、スタイル抜群な風紀少女犬神佳奈美《イヌガミカナミ》など、可愛《かわい》くてえっちなクラスメイトたちを、欲望の赴くまま、眷属調教のスキルで奴隷として堕落させていくことに決めた。

しかしいざ眷属調教を使ってみると、想像とは全く異なる結果が蘭を迎える。

眷属調教のスキルは、女の子を無理矢理支配したり、言うことを聞かせる能力などではなかったのだ。

眷属調教――それは、スキルを受けた女の子たちを、蘭のことを好きで好きで堪《たま》らない状態にしてしまう、夢のようなスキルだった。

追い出されて一人ぼっちな状況から一転、美少女クラスメイトたちとイチャイチャ出来るハーレム状態になってしまった。

犬神佳奈美たちの手助けもあって、無事王宮へ忍び込むことを果たした蘭は、復讐を遂行するため、さらなる獲物を求めて報復の機会を窺《うかが》っていた。

丁度その頃、蘭に秘めやかな恋心を抱いていた文学少女の佐渡ヶ島沙夜香《サドガシマサヤカ》が、平々凡々な男子生徒田中春人《タナカハルト》から告白を受け、どうするべきかと悩んでいた。

告白の返事をするために田中春人の寝室へ向かう途中、沙夜香は偶然にも、執事の姿に変装していた蘭と遭遇してしまう。

死んだと思っていた想い人と再会出来た沙夜香。

沙夜香の気持ちなど、知る由もない蘭。

弁解の余地も与えず眷属調教のスキルをかけようとする蘭と、純真な心で、蘭への思いを届けたい沙夜香。

激しい揉《も》み合いの果てに、沙夜香は「愛してる」と叫び、強引に蘭の唇を奪ったのだった——。

第12話 恋人と奴隷

重く木霊するチャイムの音は、寝不足の頭に漫然とした気怠《けだる》さを植え付ける。

朝の始まりを告げる鐘の音をきっかけに、ノートに走らせていたシャープペンシルの音がピタリと止《や》んだ。

ペンを置き、顔を上げる。時計の針はＨＲ《ホームルーム》開始十分前を指していた。

教室独特の生暖かい室温に、散らしたはずの眠気が再発する。漏れかけた欠伸《あくび》を密《ひそ》かに噛《か》み殺し、彼女――佐渡ヶ島沙夜香は、雫《しずく》の浮かんだ目尻をくしくしと擦《こす》ってみせた。

気紛《きまぐ》れに顔を横に向けると、涎《よだれ》を垂らして爆睡する友人の姿が目に入った。

腕を枕に机に突っ伏し、だらしなく緩んだ顔を遠慮なく晒《さら》している。

深夜アニメの洗礼を受けて夜行性と化したオタクな彼女は、毎朝いつもこんな感じだ。それも月曜ともなれば、ちょっとやそっとでは目覚めない。

クラスの男子が陰で「眠り姫」と呼んでいたことを思い出す。高校生にもなって日常的にツインテールを結んでいる彼女はクラス替え当初から痛い子扱いされていたが、存外にメンタルが強靭《きょうじん》なのか、周りの評判や噂話《うわさばなし》には無頓着なようだった。

「……少し、休憩しよっと」

ギュッと目を瞑《つむ》り、ぐーっと腕を前に伸ばす。

一時限目の科目は何だったっけと頭を巡らせていると、教室の扉がガラガラと音を立てた。

クラスのアイドル猫山美鈴と、風紀委員の犬神佳奈美が姿を現した。唐突にクラスの空気が変貌する。

彼女たちが登校してくると、どんよりしていた教室に明らかな活気が溢《あふ》れる。二人とも女子からは一目置かれ、男子からの人気も高い——クラス内ヒエラルキー最上位の女子生徒だ。

地味な文学少女である沙夜香とは相容《あいい》れない存在。関わることは、一生ないだろう。

キラキラした青春を謳歌《おうか》していそうな目立つ系グループに、何の躊躇《ためら》いもなく入っていく二人。

彼女たちが籍を置くグループには、クラス委員長を務めるイケメン男子——虎生茂信や天真爛漫《らんまん》な陸上部女子がいる。

クラス委員書記を務める沙夜香にとって、クラス委員長虎生茂信や、頼りない副委員長の代わりに仕事を手伝ってくれる犬神佳奈美と関わらざるを得ない場面は、今までの学校生活でも何回かはあった。

コミュ力高めなカースト上位陣は沙夜香に対しても積極的に声をかけてくれたが、話も合わず、せっかく話しかけてくれているのにろくに返せない自分が情けなくて、ある意味無視される以上に苦痛だった。

「今朝はもう集中出来そうにないなぁ……」

ノートの隅にぐじゃぐじゃとデタラメな渦巻きを描きながら、少し染まった髪に指を通す。

「黒髪」は清楚《せいそ》路線を狙ったイケイケ女子と誤解されるから、少しは染めた方が良いよと忠告をくれた友人は元気だろうか。

ガラッと髪色を変える勇気もなくて、「地毛です」と言えばそれで通る程度の茶髪だが。思い返してみても今までの人生で、髪色が原因で嫌な目にあった覚えはない。

このクラスにもいじめを受けて不登校になったり、周囲に溶け込めず一人ぼっちで過ごす人たちもいるが、別に彼女たちは髪色のせいでハブにされているわけではない。

先ほどの犬猫コンビも、二人とも綺麗《きれい》な黒髪だ。茶髪になんてしなければ良かったかなと、時折後悔してしまう。

そんなことを思いつつカースト上位グループに視線を向けると、堂々とした面持ちの佳奈美がおっぱいを揺らすのが見えた。思わず自分の胸元へ目をやる。膨らみを感じることが出来ない、小さくて可愛らしいお胸がそこにあった。

ペタペタと平らな感触に、げんなりする。女の子の魅力はおっぱいのサイズだけではないだろうけど、ここまで極端に小ぶりだと、コンプレックスを抱くのも当然のこと。

「もっとスタイルが良ければ、霧島くんも、振り向いてくれるのかな……」

口の中で小さく呟《つぶや》き、沙夜香は諦観の溜息《ためいき》を吐く。霧島蘭――クラスではいつでも一人ぼっちな、ちょっと気になる男の子。物静かで、ちゃんと喋《しゃべ》ったことは一度もないのだけど。ついつい目で追ってしまう、それだけの関係。

偶然を装い、沙夜香は顔を後ろへ向ける。

蘭の席は、沙夜香よりも大分後方にある。席順が逆だったら、授業中でも休み時間でも好きな時にいつでも眺めていられるのに。世の中、ままならないものである。

どうせ蘭も他の男子と同様、佳奈美のおっぱいに釘付《くぎづ》けになっているのだろう――。そんなことを考えながら目線をさまよわせていると、バチコンと視線が交錯した。

「き、きり――!?」

思わず出かけた声を押し留《とど》め、沙夜香は即座に顔の向きを前に戻す。

目が合った。まさかこっちを見ているとは思わなかった。耳まで赤くなるのを感じ、沙夜香は心のなかで歓喜の声を上げた。

誤魔化《ごまか》すように走らせたシャープペンシルが、ノートに無秩序な異界文字を描いていく。控えめな胸が、トクトクと幸せな鼓動を鳴らしていた。

「わ、わわ、うわぁー……。月曜の朝から、霧島くんと目が合っちゃった……」

週の始めからこんなことが起きるなんて。こんな些細《ささい》なことでも、沙夜香にとっては大切な思い出だ。胸が温かくなって、幸せだった。

トキめく胸に手を宛《あて》がい「今日はいい日になりそう」と囁《ささや》く。

もう一度だけ、蘭と目を合わせたい。ううん、彼の顔を見ることが出来るだけで幸せ。

眩《まばゆ》い光が、顔の左側をチリチリと焼いた。今朝の日差しは、やけに明るい。恋をすると世界が輝いて見えるというけど、それと同じようなものなのかもしれない。

ドキドキしながら、沙夜香は再度振り返った。貴方《あなた》は今、どこを見ているの――。

しかし沙夜香が蘭の顔を目視することは叶わなかった。視界は凄《すさ》まじい白光に阻まれ、浮遊感とともに意識を刈り取っていった――。

――その後のことは、よく覚えていない。

気を失っていた沙夜香は、見知らぬ場所で猫山美鈴に起こされた。状況を理解するより先に、不良少女の御子柴彩《ミコシバアヤ》に怒鳴られた。

真っ白になった頭は理解や認識を拒み、溢れる涙と悲鳴混じりの嗚咽《おえつ》が、外界の情報を遮断する。

一緒にいた友人たちと抱き合い、悪い夢が覚めるのを必死に待ち続けた。

涙も涸《か》れ、ようやく冷静な思考を取り戻した時には、沙夜香は憔悴《しょうすい》し切っており、何も考えたくなかった。

分かったことは、虎生茂信がクラスメイトたちから糾弾され、それを新垣武雄《ニイガキタケオ》が庇《かば》っている——その程度のことだけだった。

飛び交う会話や周囲の状況から、そこで初めて沙夜香は、一人の男子が追い出されたことを知った。

そしてその彼こそが、沙夜香が密かに想いを寄せていた蘭であったこと。取り返しのつかないことになっていることを、そこでようやく認知することが出来た。

「——すぐにでも始末する」

近衛《このえ》騎士の放った抹殺の言葉は、沙夜香の耳には届かなかった。

満たされない心は、外の音声を意地悪く遠ざけていた。


——霧島くん。

——一目で良いから、貴方《あなた》にもう一度、会いたかった。

◇　◇　◇　◇

「佐渡ヶ島沙夜香は！　世界中の誰よりも、同級生の霧島蘭を、愛してるから！」

求愛の言葉に付随して見舞われたのは、ゴツンという嫌な音と戦意を消失させるほどの痛烈な打撃だった。

容赦のない頭突きを食らわされ、蘭は目の前に火花が散るのを実感する。

聞き覚えのあるフレーズに気を取られ、首を傾《かし》げてしまったのが失態だったか。

熱を帯びた額から、じんわりした痺《しび》れが広がる。一回転した視界に目を瞬《しばたた》かせ、蘭は深淵へと沈殿した記憶を引き上げた。

クラス丸ごと異世界に転移された蘭は、与えられた眷属調教《スキル》が原因でハブられた。

スキルを駆使してどうにか王宮の中に忍び込んだ蘭は、クラスメイトへの復讐、そして身を護《まも》るための仲間——眷属《けんぞく》を増やすため、行動に移さんと奮起していたのだが。

偶然邂逅《かいこう》したクラスメイトの地味系女子高生佐渡ヶ島沙夜香と激しい揉み合いになり、情けなくも組み伏せられてしまったのだ。

護身の方法が的確かつ手心のない痛撃だったというのもある。大人しそうな見た目とは裏腹に、沙夜香は男の子の弱点をぐにぐにと刺激しながら馬乗りになってきたのだ。

女子に乗っかられて、体重をかけられた状態で大事な部分を責められる——しかも膝ではなく、制服越しのおま○こを押し付けてきた——ことに快感にも似た変な気分に陥ってしまい、少し気を抜いてしまった。

その一瞬の隙を突いて、沙夜香は蘭の顔に肉薄し——どういうわけか、熱烈なキスをしてきたのだった。

——これはいったいどういうことだ。


甘い唾液に唇を濡らされながら、蘭は体躯《たいく》の全面を覆った柔らかな感覚に心を奪われていた。

手首をしっかりと摑《つか》みながら蘭に覆い被《かぶ》さるのは、髪型と服装を変えただけの、佐渡ヶ島沙夜香
——クラスメイトの一人だ。

確かクラス委員で書記をやっており、所属している部活は茶道部だったはずだ。

クラス委員ということもあってか、虎生や新垣たちと接している場面を目撃したこともあるが。

伏し目がちで会話の続かない沙夜香とザ・リア充な彼らとの間に、特別な感情が生じているとは思えなかった。


——まだ、眷属調教を発動してないはずなんだけどな。


蘭の唇をはむはむと味わいながら、幸せそうに身を寄せる沙夜香を見やり、蘭は不思議そうに首を傾げる。

接吻《せっぷん》を施される直前、沙夜香に「愛してる」と言われたような気がするが。

もしそれが事実だとしたら、何がきっかけなのか。沙夜香に惚《ほ》れられるようなことをした——。

蘭には全く覚えがない。

まあ、沙夜香の想いが純粋な恋心――本心だったとしても。

二人もクラスメイトを眷属化している男子生徒を今までと同じく想い続けることが出来るとは、さしもの蘭も思っていない。

真実を知れば、熱愛は完全に冷めるはずだ。

故に蘭は、沙夜香に眷属調教をかけない理由がないはずなのだが。


――このソフトタッチなキスと、遠慮がちな抱擁が、また。


眷属化した二人のように、愛欲に塗《まみ》れたえっちなキスとは違う。感触を楽しみ、ゆっくりと味わうような優しいキス。そして蘭の体温をじっくりと楽しむような、包み込むような抱擁。疲れている身体が癒されるようなお淑《しと》やかな行為に、思わず蘭は頬が緩んでしまう。

「…………」

柔らかな唇が離され、温《ぬる》い吐息がふんわりと漂う。

羞恥のためか顔の上気した沙夜香は、裸眼のまま蘭の顔を眺めやり――ふいと顔を背けてみせる。

自分からキスをして、こんなにも照れてくれて。もしこれが、沙夜香の演技でないのだとしたら。

「本気か？」

「……うん？」

「俺のことが、好きってこと」

「…………」

ボッと顔を赤らめ、沙夜香は不機嫌そうに唇を尖《とが》らせた。

だがこの反応が嫌悪によるものではないことは、鈍感な蘭でも察することが出来た。

そっと手を伸ばし、沙夜香の頰を撫《な》でてやる。

眷属調教のかかっていない沙夜香は、蘭の接触を逃れられぬ快楽としては受け取ることが出来ない。

誰かの手によって開発でもされていなければ、ただ撫でただけで気持ち良くなってしまう、なんてことにはならない。

頰を撫でる手をゆっくりと下ろし、首筋から肩にかけてを思いやりたっぷりに愛撫してやる。

くすぐったいのか、沙夜香は居心地が悪そうに目を逸《そ》らす。

「ちょっとだけ、変なところ触るよ」

眷属調教のかかっていない沙夜香は、何をきっかけに泣き出したり叫んだりするか、分からない。

もしそんな素振りを見せるなら即座にスキルを行使するつもりだが。

実際蘭は、沙夜香の手によって一度スキルの発動を防がれている。

油断は禁物だろう。

——でもこの不安そうな反応が、新鮮で可愛いなあ。

鎖骨を優しく撫でてから、焦《じ》らすように沙夜香の胸元を突っついてみる。

女子高生にしては可哀想《かわいそう》なくらい、見事なつるぺたおっぱいだ。

着痩せするタイプなのかもしれないので、この状況で判断するのは失礼かもしれないが、もしかすると美鈴より小さいかもしれない。

「……見たい」

もし叶うのなら、沙夜香のおっぱいをこの目でしっかりと視認したい。

制服と下着に包まれた慎《つつ》ましやかな乳房を、はっきりと確認したい。

真っ平らな胸を凝視していると、その視界を二つの腕がさっと遮った。

顔を赤らめ目を逸らしながら、沙夜香はさりげなく胸元を隠す。

「ちょっとコンプレックスだから、あまり見ないでほしいんですけど」

「ああ、そう」

どれもこれも眷属調教をかければ済んでしまうことではあるが。

スキルを施してしまうと、途端に沙夜香は淫乱な女子生徒に早変わりしてしまう。

淫猥《いんわい》に股間を開いてえっちな声で喘《あえ》ぐ沙夜香も魅力的だろうが。今回は自重しよう。

こんなチャンス、もう二度とないかもしれないのだ。

眷属調教をかける前から、蘭のことを愛してくれている同級生。

初めての経験に照れる仕草。羞恥のため、こうして胸などを隠す仕草。それらは眷属調教の下では、不可能な反応だ。

胸を撫でるのは後回しにして、蘭は沙夜香の腰回りを愛撫《あいぶ》し始めた。

スカートの裾を指で挟み、するすると脱がしていく。

元々短かったからだろうか。

下半身をスパッツ一枚にしても、沙夜香はとくに抵抗するような気配は見せなかった。

「下半身は、良いのか？」

「どうせスパッツだし、別に良いかなって」

真っ白な太腿《ふともも》に、漆黒のスパッツは良く映える。

身体の線がくっきりと浮かび上がるスパッツを前にして、蘭のペニスはパンツの中でゆっくりと勃起し始めた。

押し上げられた下着がスーツのようなズボンに食い止められ、欲望の膨張が止まってしまう。

執事《バトラー》用のズボンは、キツくて敵《かな》わない。

躊躇いなくズボンを下ろし、ついでに上着とシャツをも脱ぎ捨てる。

パンツ一枚になってから、悠々と執事服をベッドの上に畳んで置く。

いざ続きをしようと振り返ると、沙夜香は頬を真っ赤に染めながら視線を下方へと向けていた。

「ちょ、ちょっと霧島くん!?」

「何でしょうか？」

平然と答える蘭を見て、沙夜香は口をパクパクと開いたり閉じたりする。

ふと視線を落とすと、欲望に耐え切れず膨れ上がった下着が視界に入った。

沙夜香から見れば、蘭のち○ぽがパンツの中でどのような反応を見せているのか、はっきりと分かってしまうだろう。

「何でしょうじゃなくて！　そそそ、そんな、そんな格好で……」

目元を手で覆いながらも、沙夜香の視線はチラチラと蘭の下腹部を捉えていた。

本人はさりげなく見ているつもりなのかもしれないが、見られている本人からすればバレバレだ。

お淑やかで大人しい茶道部の文系少女が実はむっつりだったなんて、燃える。

「だって、そのためにここまで来たんでしょ？」

「そ、それは、そうだけどさ。もっとこう、女子に身体を見られることに、羞恥心を感じて欲しいっていうか……」

制服の裾からスパッツが顔を出すという凄まじくフェチシズムを刺激する格好のまま、沙夜香はモジモジと何やら呟いていた。

「だからぁ、その、男の子は脱ぐのを躊躇ってるのに、私が無理矢理脱がしちゃって、でもそれが気持ち良くって、その……」

「想像と違うってこと？」

「……そう」

恥ずかしがって欲しいということだろうか。

しかしそれは些《いささ》か難しい注文だ。蘭はもう幾度となくクラスメイトとのセックスを経験済みだし、清らかかつ初心《うぶ》な態度を見せようにも、どうしても演技っぽい部分が出てしまうだろう。

これから行為に及ぼうとする相手に裸を見せることには何の抵抗も生じないし、女の子の脱衣シーンに興奮して鼻血を垂らすようなこともない。

しかしそれでは、どうしたら良いだろう。

せっかく眷属調教なしの、セックスを楽しめると思ったのに。

沙夜香が興奮してくれなければ、どうしようもない。

「それじゃ、こうしよう」

「へ？　わわっ!?」

蘭は沙夜香を抱えると、そのままベッドの上に転がった。

美鈴や佳奈美を相手にするなら、彼女たちを押し倒すような格好を取るだろう。

だが今回は、その逆だ。蘭が下で、沙夜香が上になる。

沙夜香に押し倒されたような格好で、蘭はベッドに敷かれたシーツに身体を預けた。

「………う、うわぁ」

無防備に寝転がる蘭を見下ろす沙夜香の目の色が変貌した。

伏し目がちだった瞳は、ギンと蘭を注視する。

コクンと喉が鳴らされ、沙夜香の鼻息が荒くなる。

はぁはぁと息を荒くしながら、沙夜香は腰を揺らして、股間をぐりぐりと押し付けた。

その感触に耐え切れず、蘭は自身のパンツに手をかけて、膝のあたりまでずり下ろす。既に膨張していた淫棒は脱衣の反動でぶるんと揺れ動き、沙夜香のお尻をぺしんと叩《たた》く。

その接触に気が付いた沙夜香は、腰を上げつつ、視線を股間の方へと向けた。

「わ、わぁ……。わぁー……」

力強く勃起した蘭のち○ぽを見やり、沙夜香は嬉《うれ》しそうに両手で頬を包み込む。

その顔が物欲しそうなものへと変わるのを見届けてから、蘭は手を伸ばし、沙夜香のスパッツに手をかけた。

「佐渡ヶ島さんも、脱ごっか」

「う、うん……」

ピシッと張り付いたスパッツに指をかけ、丸めるように脱がせていく。

真っ白な下腹部が外気に晒され、割れ目を隠す黒い麦畑が姿を現し――。黒い麦畑が姿を――。

「あ、あれ……。佐渡ヶ島さん。パンツは……」

「スパッツを下着代わりにしてたんだけど、ダメだった？」

不思議そうに首を傾げる沙夜香を見やり、蘭はふるふると首を左右に振る。

クラスメイトの生スパッツとか、これほどまでに情欲をそそるものがあるだろうか。

しかも沙夜香は、下着代わりのスパッツを、何の疑問もなく外界に晒していただなんて。

「さいっこぅ……」

スパッツをずり下ろすと、沙夜香の未使用おま○こがぷっくりと顔を覗《のぞ》かせた。

じっとりと汗の滲《にじ》んだ割れ目には、女子高生らしい量の陰毛がしっとりと張り付いている。

汗で蒸れたクラスメイトの股間に心から感謝してから、蘭はずいと腰を突き出した。――のだが。

「あれ？」

「き、霧島くん。まだその、ちょっと……」

ち○ぽの先端を、沙夜香の割れ目がぷっくりと迎え入れる。

しかしそのまま挿《い》れようとしても、押し返されてしまって入らない。

必然というよりかは、沙夜香によって挿入を拒絶されているような感じだろうか。

「まだ濡れてないのか」

眷属調教を施された女は、蘭の接触を快感として受け入れるため、前戯を終えていざ挿入する頃には、完全に潤っているのだが。

沙夜香は眷属調教のかかっていない、普通の女子高生だ。しかも処女のため、誰かの手によって開発された過去もない。

そんな少女が、焦がれたシチュエーションと視覚的な興奮だけで蜜壺《みつつぼ》を濡らすような痴態は見せないだろう。

これに関しては、蘭も初めての経験だ。

とはいえこのまま諦めるわけにはいかないし、無理矢理突っ込もうなどとそんな野蛮な考えをするつもりはない。

蘭は沙夜香に制服を脱ぐよう促し、自身はベッドの上で身体をゆっくりと回転させた。

顔と顔とが向き合っていた状態から、顔と股間が対峙する体勢へ。

上半身に纏《まと》っていたセーラー服を沙夜香が脱ぎ捨てるのを確認してから、蘭は沙夜香の太腿を、いやらしい手つきでねっとりと愛撫し始めた。

「ひゃぁ！　霧島くん、それ、くすぐったい！」

沙夜香の愛らしい悲鳴を耳にしながら、蘭は彼女の股間に顔を埋《うず》める。

本来は胸や背中なども同時に弄《いじ》った方が良いのだろうが、蘭だって沙夜香からの刺激が欲しい。

沙夜香の腰を抱き寄せ、蘭自身も股間を沙夜香の顔に押し当てる。

温い吐息がペニスの先端を包み込み、快感のあまりち○ぽがピクンと跳ねた。

「霧島くんのおち○ちん、すっごく熱くなってる」

顔の前で痙攣《けいれん》する淫棒の匂いに反応するかのように、沙夜香は舌先でペニスの先端をぺろんと舐《な》める。

舌先で触れた途端ち○ぽはひくんと跳ね、先っぽからじんわりと透明な液体がお漏らしされた。

沙夜香の舌が、垂れたカウパーを優しく受け止める。献身的なその行為に堪らず、蘭のち○ぽは気持ち良さそうに、沙夜香に媚《こび》を売ってしまう。

沙夜香に求愛するかのように、嬉しそうに跳ねる男の子の部分。沙夜香はそぉっと口を開いて、ペニスの先端を唇で挟んで優しく咥《くわ》え込んだ。

「……あ、くふぅ」

沙夜香の股間を舐めながら、蘭の口端から甘い声が奏でられる。

蘭の分身を唇で挟みながら、今度は舌先で先っぽをチロチロと刺激する沙夜香。遠慮がちに濡らす沙夜香の口淫に、蘭の生殖器は再度カウパーをこぽりとお漏らししてしまう。

「これ、気持ち良いの？」

ずぷずぷと口腔内に欲棒を押し込み、唾液を絡めてねっとりと刺激する沙夜香。クラスメイトの口内体温に包まれた蘭のち○ぽはピクピクと痙攣し、気持ち良さそうにカウパーを吐き出す。

沙夜香もこの状況に興奮しているのか、口端から漏れる吐息が少しずつ熱を帯びていく。

舌を絡め、ちゅぷりと音を奏で、敏感な先端部分を重点的に責める沙夜香。男の子の弱点で遊ばれているような感覚に、蘭の中では初めての——不思議な感情が湧き上がってしまう。

「さ、佐渡ヶ島——さん」

「ふふ、霧島くんったら……。ヒクヒクしちゃって、可愛いんだから」

下方から紡がれた言葉に、腰の奥がゾクンと跳ね上がる。

普段の大人しい沙夜香からは想像のつかぬ、妙に淫猥で——そして変に意識してしまう色めかしい声音。

そしてその中に、ほんの少しだけ加えられたサディスティックな色彩。今までのセックスでは、味わうことの出来なかった感覚。眷属調教により自我を奪い、行為中は常に優位に立っていた蘭にとって、女の子からこんな風に責められるのは初めての経験かもしれない。

「霧島くん、気持ち良さそう……。もっと、気持ち良くしてあげるね」

慎ましやかな乳房を蘭の腹に押し当て、沙夜香はニンマリと口元を歪《ゆが》める。

平坦な胸にぷっくりと咲いた乳首が腹を撫で、くすぐったい。

「霧島くんが感じてるの、全部分かるよ。先っぽ舐めると、透明なのがいっぱい出てくる。……我慢とか遠慮なんて、いらないんだから」

ベッド上での沙夜香の豹変《ひょうへん》振りに、スキルをかけなくて正解だったなと蘭は思った。

沙夜香の性癖と、蘭のスキルは非常に相性が悪い。

眷属調教によって自我を奪ってしまえば、常に優位に立ち、サプライズでドキドキを仕掛けることが出来なくなってしまうから。

蘭が興奮していることに、興奮しているのか。

押し当てられた小さな胸が刻む鼓動が、少しずつ速くなっていく。

「……ん、あふ、あっ」

沙夜香のおま○こを解《ほぐ》していた蘭の舌先に、しっとりした潤いが沁《し》み渡る。

蘭の口腔《こうこう》から分泌された唾液とは異なる、甘い蜜。

口を離すと、沙夜香の割れ目からはこぽこぽと透明な液体が溢れ出していた。

股間から顔を離し、蘭は沙夜香の太腿を舐める。

舌先でつぃーっと弄《もてあそ》ぶと、沙夜香の脚がヒクヒクと震える。

滑らかな腰回りから柔らかいお腹《なか》までを指先でペッティングしながら、蘭は少しずつ手の位置を高くしていく。

身体の位置を変えながら、沙夜香の方へ向き直る。

顔を上気させ、既に出来上がった沙夜香と視線が絡み合う。

期待するような顔で蘭を見つめる沙夜香に笑顔で返してから、蘭は沙夜香の胸に手を宛がった。

「……ん、ふぁ」

若干の膨らみはあるものの、見事なつるぺたおっぱいだ。

ぷっくりと立ち上がった沙夜香の乳首は完全に硬くなり、しっかりと屹立《きつりつ》している。

指先をペロリと舐め、桃色の蕾《つぼみ》を重点的に触ってやる。

「ん、そこ……、いぃ」

「初めて、俺ので感じてくれたね」

蘭は嬉しそうに笑うと、乳首を弄っている方とは別の手を沙夜香の股間にやった。

麦畑に覆われた割れ目をいやらしくなぞりながら、蘭の指先が膣穴まで到達する。

蜜を溢れさせる秘部に指を差し込み、くちゅくちゅと音をたてながら沙夜香の裂け目を弄る。

蘭の指が動く度に、沙夜香の膣穴は涎を垂らして喜びを示す。

充分に濡れたことを確認してから、蘭は沙夜香の唇を自身の唇で塞ぐ。

身体を押し当てながら、太腿を絡め合う。

「好きだよ、霧島くん」

「……ああ、俺もだよ」

沙夜香の求めていた台詞《せりふ》が発され、蘭の分身が沙夜香の割れ目に押し当てられた。

互いの身体を抱きしめ合いながら、ゆっくりとち○ぽを膣穴へと押し込んでいく。

ぐいと腰を押し出したところで、沙夜香が「あっ」と声を漏らした。

真っ白なシーツに、沙夜香の初めての証《あかし》がこぼれ落ちる。

瞬間的な苦痛に歪んだ沙夜香の顔を見やり、蘭は彼女の頬に手を伸ばした。

だがその手は、沙夜香自身の手によって阻まれる。

蘭を見つめ、強がった表情でニッと笑ってみせる沙夜香。

「私は大丈夫……」

「でも、初めては痛い子もいるって」

「佐渡ヶ島沙夜香《サディスト》は、行為中に弱音なんて、吐かないんだから」

言いながら、伸ばされた手を口に含み、甘噛みする。

ベッドに寝転がる蘭から身体を離し、体躯を起こす沙夜香。片目を瞑りながらも微笑《ほほえ》むその表情は、苦痛か快楽かそれ以外の感情か。蘭の腰に跨《またが》るような格好になりながら、沙夜香はゆっくりと腰を動かし始めた。

「騎乗位ってやつ……。一度でいいから、やってみたかった、の」

眦《まなじり》に涙を浮かべながら、沙夜香は蘭の上で淫乱に腰を振る。

股間の肉が蘭の素肌にぶつけられる度に、淫らな音が奏でられる。

その音に伴って、沙夜香の口端から漏れる甘い嬌声《きょうせい》。汗ばんだ肌と肌とが擦り合わさり、幸せな摩擦が霧島蘭に襲い掛かる。

「うぁ……、それ、ヤバいかも」

顔を上気させながら、一心不乱に腰を上下させるクラスメイトの姿。

この世界に来るまでの何気ない日常生活では一度も見せたことのない、淫猥な表情。学校生活ではいつでもセーラー服か体操服に包まれ、決して拝むことの出来なかったつるぺたな胸。そして何より——。

「佐渡ヶ島さんって、もっと大人しい子だと思ってたよ」

「幻滅した？」

「いや、全然。むしろ——」

腰の上に跨りながら身を乗り出した沙夜香に手を伸ばし、控えめなおっぱいを包み込む。

「えっちくて、好きかもしれない」

「霧島くんにそう言ってもらえるのは、すごくうれしい」

淫らな笑みを見せ、沙夜香は蘭の頬を両手で包み込む。そのままゆったりとしなだれかかり、蘭の口元に甘い接吻を重ねる。触れるだけのキスに、互いに少しずつ我慢が出来なくなっていく。

どちらからともなく愛《いと》しい相手の唇を舌で掻《か》き分け、舌を絡め合う。

指一本一本を絡め合いながら手を繋《つな》ぎ、体躯を押し当てる。

「ん、はぁ……。はっ、はぁ……」

二人の口元を、光の架け橋が繋ぐ。

熱い吐息に塗れながら、二人の表情は快楽に蕩《とろ》けていく。

いつの間にやらとろっとろに蕩けた沙夜香の割れ目は、もう痛みなど感じていない。

目の前で喘ぐ大好きな男子生徒を求め、キュンキュンと悲鳴を上げている。

膣内で上下する欲棒は、ヒクヒクと痙攣しながら透明な液体をお漏らししていた。

蘭が沙夜香の身体で興奮している――その事実が、沙夜香の興奮を加速させる。

「わ、私……。も、もうダメかもっ！」

「俺も、もうヤバい！」

キュゥゥと締め付けられた膣壁に搾り出されるように、最後のカウパーが沙夜香の膣内に注ぎ込まれる。

「さ、佐渡ヶ島さん。俺、もう！」

「苗字じゃなくて、沙夜香って呼んで！　名前呼びながら、私の中に射精《だ》して、くださいっ！」

うねり搾り出すように、沙夜香の膣壁が蘭のち○ぽをしっかりと咥え込む。

蘭はそれに逆らうように、ずいと腰を突き上げた。

「あ、あっ！　ひあぁぁぁぁ――――ん！」

「さ……、沙夜香！　俺ももう、限界だ」

一瞬早い沙夜香の絶頂に続き、蘭も限界に達する。

ち○ぽを飲み込みながらビクビクと震える膣壁の感触に気を失いそうになりながら、蘭の生殖器は白濁液を放出した。

絶頂を迎えて敏感になった膣内に、蘭の遺伝子がこれでもかと注ぎ込まれる。

熱く強烈な愛情表現から耐えるように、沙夜香は蘭の肩にしがみつく。

濃厚な精液を沙夜香の子宮へ注ぎ込みながら、蘭は沙夜香の体躯を抱き締める。

汗ばんだ素肌と素肌が吸い付き合い、絶頂を迎えたばかりの身体が癒される。

「霧島くんのせーし、いっぱい注いでもらっちゃった」

汗ばみ肩に張り付いた髪を払いながら、沙夜香は寝転がったままの蘭を愛おしげに見つめる。

近視のためか細められた瞳から若干の気の強さを感じながら、蘭もその瞳を見つめ返す。

互いに見つめ合いながら、二人はもう一度唇を交わし合った。

◇◇◇

眩い光に瞼《まぶた》越しの瞳が焼かれ、眦に涙が浮かぶ。

忙しい朝の訪れに忌々しさと安堵《あんど》を感じながら、蘭はゆっくりと瞳を開いた。

全身にまとわりつく倦怠感《けんたい》に苛《さいな》まれながら、蘭は面倒くさそうに寝返りを打った。

「おはよう、霧島くん」

身体を捩《よじ》った先では、ワイシャツを羽織っただけのクラスメイト——佐渡ケ島沙夜香が、熱っぽい視線を向けながら優しげに口元を緩めていた。

ボタンも留めていないシャツの隙間からは、沙夜香の慎ましやかな乳房と桜色の乳首がいやらしく顔を見せている。

思わぬ光景に驚愕《きょうがく》した蘭は思わず身体を起こし、そのままバランスを崩してベッドから転げ落ちた。

「な、なんでっ、うぉぁ！」

背中から落下したため、絨毯《じゅうたん》に素肌が擦られる。

とそこで、蘭は現在何も身に着けていなかったことに気が付いた。

「え、あれ？　何で俺、はだかなの？」

目覚めのためか既に半勃《だ》ちになったち○ぽに心もとなさを感じながら、蘭は昨晩の記憶を掘り起こす。

昨晩、蘭は遂に、温めていた計画を実行しようと試みた。

上級使用人ライアンの姿を使って女子生徒の部屋に侵入し、正体を明かすと同時に眷属化させる。

ついでに女子高生の身体を味わってから、今晩もゆっくり就寝しようと、確かそんな筋書だった覚えがある。

しかし昨晩は、予想外の出来事が蘭に降りかかった。

部屋の前で準備を整えていた蘭のもとに、一人の女子生徒——佐渡ヶ島沙夜香が現れたのだ。

どうしてここが分かったのか。

何故《なぜ》沙夜香は、蘭を探してここまで来たのか。

詳細は、蘭にも分からないが。

ともかく予定変更で、昨晩は自室のベッドで沙夜香と目一杯セックスしたのだ。

大人しいと思っていた彼女が存外に淫乱で、地味だと思っていた素顔が結構可愛かったのが印象的だ。

淫らに乱れるあの姿を思い出すだけで、下半身が元気になってしまうほどだ。

「もしかして俺、服も着ずにあのまま寝ちゃったんだっけ？」

記憶の糸を辿《たど》ってみても、昨晩寝間着に着替えた覚えがない。

沙夜香を部屋から出した記憶もない。

記憶を失っているからではない。実際にそんなこと、行っていないからだ。

「俺が全裸なのも、沙夜香と二人きりで朝を迎えたのも――」

言いかけたところで、どこから現れたのか黄色いちょうちょが蘭の目の前でくるくると舞った。

私もいるんだけどとでも言うように、バタバタと忙《せわ》しなく翅《はね》をはばたかせている。

別に蘭も、アゲハの存在を忘れていたわけではないが。

「眷属化させてないクラスメイトの前で無防備に眠ってしまったのは、まずかったか……」

蘭だって、沙夜香を信頼していないわけではない。

だが彼は、仲間だと思っていたクラスメイトたちの手によって、無慈悲にも王宮から追い出されたのだ。

心から信用出来るかと問われれば、首を横に振るしかないだろう。

とはいえ無事に朝を迎えたのもまた事実だ。

部屋は内側から鍵がかかっている。

蘭の意識が覚醒した時、沙夜香は既に目覚めていた。

逃げることは出来ただろう。

だが沙夜香は、裸にワイシャツという凄まじくえっちな格好で、蘭の隣に転がっていた。

しかもこのシャツは、蘭が元の世界から持って来たもの——普段の日常生活で纏っていた、制服のシャツである。

性欲の限り犯し尽くした女子生徒が、自分のワイシャツを素肌に纏って寝転んでいる光景。——独占欲が満たされ、とてつもないほどの満足感が湧き上がっていく。

過去の事象のため、怯《おび》えと恐怖と疑念に塗りつぶされた蘭だが。

この状況を見せつけられて、徒《いたずら》に沙夜香を疑い続けることなど出来やしない。

「何故、逃げなかったんだ？」

「何故って……。霧島くんから逃げる必要がなかったから、かな」

不思議そうに、沙夜香は頬に指を宛がう。

シャツの前をはだけたまま、沙夜香はベッドの端に腰かける。

当然下半身には何も身に着けていない。

開かれた太腿の間からは、昨晩精液を注ぎ込んだ割れ目が、ぱっくりと顔を覗かせていた。

理由がないという言葉に、蘭は思わず苦笑いをする。

蘭から逃げる理由なんて、幾らでもあるだろう。

望まず施された凶悪スキル——眷属調教から逃れるため。

もし蘭が逆の立場だったら、夜中の内に逃亡して、信頼出来る誰かを連れて襲撃に来るだろう。

「俺と一緒にいたら、俺の眷属——奴隷にされちゃうんだぜ。むしろ逃げない理由の方が、ないと思うけど」

何を言っているんだろうと、蘭は思う。

だがこうでもしないと、怖くて怖くて堪らないのだ。

沙夜香が自発的に、逃走の意思を示す。

昨晩あんなに愛し合った相手が、スキルの存在を思い出して我に返った瞬間、敵に回る。

それが、何よりも恐ろしくて、辛い。

どうせ思い出される事柄なら、自ら掘り返す方が心に負う傷は浅くて済む。

実際のところ、蘭は昨晩の内に、沙夜香に眷属調教をかけておくつもりだった。

最高に気持ち良い射精をしたせいか、あのあとすぐに眠ってしまったらしく、その予定は崩れてしまったが。

「……霧島くんって、そんなに自分を卑下する人だったっけ？」

だが、現実は違った。

蘭から逃げるどころか、沙夜香は蘭に向かって身を寄せてきた。

シャツの隙間から覗く乳首を蘭の胸板に押し当て、ゼロ距離まで近づいてくる。

吐息のかかる距離で、沙夜香はじっと蘭を見据える。

近視のため細められた瞳が、咎《とが》めているような風を醸し出しており、居心地が悪い。

「だったら、かけて良いよ」

両腕を広げ、無防備を装う沙夜香。

窓から差し込んだ朝日が逆光になり、黒いシルエットになって見える。

「霧島くんのスキル――眷属調教だっけ？　それ、私にかけて良いよ」

「何を——」

「私が皆の場所に戻って、蘭くんのことを喋っちゃうのが嫌なんだよね？　だから霧島くんは、私を——まるで敵を見るような目で見てる」

沙夜香の言葉に、蘭は思わず目元を隠す。

「そんな目を向けられるくらいなら——。私は、霧島くんの奴隷になった方がマシ。心から恋い焦がれていた人に、敵意の籠った視線を向けられる人の気持ち、分かる？」

押し黙る蘭に、沙夜香はさらに続ける。

「確かに、きっかけは些末なものだったと思う。一生を捧げるほどの愛を、霧島くんに抱いていたとは思わない。——でも、私はもう、これ以上欲していたものを取りこぼしたくない」

シャツを纏ったまま、沙夜香は蘭の身体を抱き締める。

普段は伏し目がちな彼女も、今はしっかりと蘭の顔を見つめている。

「挑発とか、強がりだとか虚勢とか、賭けとかじゃない。霧島くんが望むなら、私に眷属調教《スキル》をかけていい。私はそれでも、霧島くんを恨まないから」

自己主張の少ない彼女には似つかない、真剣な表情だ。

「沙夜香以外の女の子にも、スキルをかけるかもしれないよ」

「構わない。私だけを見てなんて、欲張りなことは言わないから」

「壊れるまで犯して、捨てちゃうかもしれないよ」

「霧島くんがそんなことしない人だっていうのは、知ってる」

「同じ学び舎で学んできたともだ——クラスメイトたちを奴隷にするような、屑《くず》だけど？」

「そんな霧島くんも、好きになりそう」

世界から隔絶された悲劇のヒーローを救う、ただ一人の理解者。

もしかすると沙夜香は、そういう立場に憧れているのかもしれない。

絶望に塗れたこの状況に興奮して、自分を見失っているのかもしれない。

だが――。

沙夜香が昨晩、蘭から逃げずに、この部屋にいてくれたことだけは、まごうかたなき事実だ。

「沙夜香……」

腕を伸ばし、沙夜香の頬に手を宛がう。

彼女の頬を労《いたわ》るように撫でつけ、視線を交わし合う。

そして――。

「佐渡ヶ島沙夜香。君には俺の、眷属になってもらう」

心から蘭を愛してくれたクラスメイトに、偽りの愛欲を植え付ける。

こうでもしなければ安寧を紡げなくなってしまった、心の弱い自分自身を呪いながら。

◇　◇　◇　◇

クラスで浮かないように、ほんの少しだけ染めた絶妙な茶髪をお下げにして、沙夜香は自室を後にした。

眼鏡越しの瞳は伏し目がちで、何かに怯えるように、オドオドとした様子で廊下を歩む。

膝まで届く長さのスカートからは、漆黒のストッキングに包まれた細い脚が伸びている。

彼女を見た何人の人間が、彼女の変化に気が付くだろうか。

背筋が若干伸びて、表情が少しだけ大人びている。

最愛のクラスメイトと結ばれ、〝男〟を知り、大人の階段を上った佐渡ヶ島沙夜香。

これからの沙夜香は、昨日までの彼女とは違うのだ。


食堂に辿り着いた沙夜香は、いつものように、大人しめの女子が集まるテーブルの前に腰を下ろす。

毎朝食事を共にする数少ない友人たちは、既に席に着いていた。

「おはよう、百合《ユリ》ちゃん、恵美《エミ》ちゃん」

「おはよ、さーやん」

「おはようございます、佐渡ヶ島さん」

挨拶混じりの軽い世間話を経てから、沙夜香は静かに料理が運ばれるのを待つことにした。

世界は今日も、今までと同じように過ぎていく。

オタ女子――腐女子を公言している藤吉《フジヨシ》百合は、いつもと同じように二次元のカップリングについて熱く語っているし。

いつでも笑顔な乙女崎《オトメザキ》恵美は、そんな百合の話にうんうんと頷《うなず》きながら微笑んでいる。

沙夜香はそんな二人を眺めながら、穏やかに小首を傾げている。

昨日までと変わらぬ、この世界での日常だ。

「でね、美少女だと思って接してた変身ヒロインが、実は男の娘で――。あ、田中くんだ」

藤吉百合の台詞に反応するように、沙夜香は腰かけたまま顔だけを横に向ける。

真面目で清潔感のある男子生徒――田中春人が沙夜香に向かって手を振っているのが見えた。

沙夜香はそれに対して、面倒くさそうにひらりと手を挙げる。

「さ、佐渡ヶ島さん。その、今日の朝ご飯、ご一緒してもよろしいでしょうか？」

「私は別に構わないけど……」

言いながら恵美と百合に視線を向けると、百合は身を乗り出して首を縦に振った。

「良いよー。お食事中にふさわしくない話題とかが飛び出すかもしれないけど、それでも良いなら」

「さ、流石《さすが》に男の子の前ではやめませんか？　田中くんも、困ってしまうでしょうし」

「お邪魔させてもらうのは俺の方だし、気を使わないで大丈夫ですよ」

丁寧な口調でにこやかに振る舞いながら、春人は迷わず沙夜香の隣に腰かけようとして――おや？　と首を傾げてみせた。

気付かれないよう鼻をひくつかせ、目線だけで沙夜香を睥睨《へいげい》する。

その視線に気が付きながらも、沙夜香は無言で恵美と百合の姿を眺めていた。

素知らぬ風を貫く沙夜香を見やり、春人はつまらなそうに後頭部を掻き毟《むし》った。

流石は、男の子だ。沙夜香から香る男の子の匂いに、いち早く気付いたのだろう。

お付き合いを始めて、まだ手も繋いでいないというのに。その相手から、ありえない香りが漂っている。春人の中に生じた戸惑いと動揺は、計り知れないだろう。

「あー、そっかそっか。そういうことか、ふふふふふ」

冷めた表情で側頭部に手をやり、春人は沙夜香から顔を背ける。

まるでいないもののように扱いながら、沙夜香から一番離れた席——藤吉百合の隣に腰かけ、深く長い溜息を吐いた。

「ねえ藤吉さん。今、彼氏とかいるの？」

「いないよー。あたし三次元の恋愛とか、あんまし興味ないから」

「え？　え！　えぇぇ!?　田中くんって、もしかして藤吉さんのこと——」

驚いた様子で、顔を赤らめる乙女崎恵美。当事者でもないというのに、春人の横顔を見やりながら「きゃぁきゃぁ」と静かに騒いでいる。

周囲の視線が集まるが、恵美や百合が〝その手の話〟で盛り上がっているのはいつものことなので、すぐに興味は霧散する。

春人の行動が、何を意味しているのかは分からない。

とりあえず彼女が欲しいので、手早く沙夜香から乗り換えただけなのか。

告白を受けておきながら一晩で浮気した元彼女に、嫉妬の籠った嫌がらせをしているのか。

元々そういった、軽い人間だったのか。

ともあれ、沙夜香はこれ以上春人のことを考えようとはしなかった。

最愛の人と一つになれたのだ。

今の沙夜香にとっては、春人なんてどうでも良かった。

沙夜香にとって昨晩の出来事は、この世界に来て——何よりも、幸せな出来事だったのだから。

第13話 世界で一番不名誉な姫

佐渡ヶ島沙夜香が世界一幸せな大人の階段を上り、田中春人が理不尽という名の辛酸を舐めたのと同じ頃。

クラス内では、また新たな変化が起きようとしていた。

御子柴彩。沙夜香たちと同じクラスに所属する女子生徒で——端的に言ってしまえば問題を起こさない問題児というやつだ。

学校という名の狭くも広い社会でのみ通用する規則に当てはめれば、御子柴彩という女子生徒はかなりの問題児だ。

素行から何まで校則違反の塊であり、出席日数と成績以外に関しては無法者である。

明らかに校則違反であろう金色の混じった茶髪を肩下まで伸ばしており、制服に至っては、当たり前のようにスカーフは解かれ、胸当てまでもが取り払われていた。緩んだ胸元からは、はち切れんばかりに大きく育った胸の谷間が惜しげもなく晒されている。

女子高生らしくムチムチした太腿は余すところなく外気に晒され、挑発的な長さのスカートからは、刺激的な見せパンがチラチラと顔を覗かせている。

歩く校則違反とは、誰が付けた蔑称だっただろうか。

だが彼女には、一貫して守られた強いポリシーのようなものがあった。

それは至って単純なもので、当たり前だと言われてしまえばそれまでの、シンプルな方針ではあるのだが。

屈辱的な蔑称を付けられた彼女だが――、一度たりとも、法を犯したことはなかった。

例えば煙草《たばこ》を吸っただとか、飲酒をしたなどのポピュラーなものから、暴行事件を起こしただとか援助交際の相手を募っただとか。

カツアゲをしただとか、備品を壊したとかだのと。

そういった法にふれるような問題行動は、彼女は一度として起こしたことがなかったのだ。

ともあれ、容姿がそれらしいと、あることないこと噂として広がっていくのが、世間というものだ。

事実無根な噂話だが。

放課後校舎裏に一万円札を三枚持っていけば、手と口を目一杯使って抜いてくれるだとか、そんな噂も流れていた。

実際にしてもらったという報告も、ちらほらと上がっている始末だ。

だが実際のところ。

彼女自身の名誉とイメージのため、あえてここで明言しておこう。

ヤリマンビッチの噂に塗れた御子柴彩は、まごうかたなき処女である。

スニーカーの踵《かかと》を踏み付けながら、御子柴彩は王宮の廊下を歩いていた。

紺色のハイソックスに包まれた長い脚は、むっちりしていて艶《なま》めかしい。

不機嫌そうに口の端をへの字に曲げながら、御子柴彩は食堂に顔を出す。

彩の姿が食堂に現れた途端、聖徒たちの空気は瞬《またた》く間に二つに分かれる。

一つは、沙夜香や百合たちのように、彩から目を逸らして関わらないようにする組だ。このクラスに所属する生徒の大半は、そんな反応である。

基本的に一匹狼《おおかみ》で、誰かとつるんでいる場面はほとんど目撃されない。

仲の良い生徒もいなければ、積極的に声をかけていくような相手もいない。

蘭とはまた違った理由で孤立している彼女は、食事を摂《と》るときも専ら一人だ。

彼女自身クラスから除《の》け者にされていることは理解しているので、自ら隅の狭いテーブルに着く。

暴力的に突き出したおっぱいを強調するようなベージュのカーディガンを羽織り、挑発的な脚を艶めかしく組みながら、料理が運ばれてくるのを待つだけの時間。

退屈を紛らわそうと爪磨き用のヤスリを取り出したところで――、御子柴の視界に黒い影がチラリと過《よぎ》った。

「…………」

「朝ご飯、ご一緒してもよろしいですかな」

「あ、あっ、えっと……。み、御子柴さん。こ、ここ、座っても良いかなっ!?」

「俺も良いかな？　っていうか、良いよね？　答えは聞いてない！　的な？　……ほら、あの、紫色のやつがさ、その」

「一人で食べるより、大勢で食べた方が美味《おい》しいと思うデブよ」

ガタガタと椅子を引きながら黒い影――否、真っ黒な衣服に身を包んだ聖徒たちが、御子柴に向かって笑顔を振りまいてきた。

黒い服とはいえど、怪しい密売組織にいるような格好とは異なる。

端的に言ってしまえば、あれだ。普段外に出慣れていない人間が服屋に行くと、何故か黒系統の衣服が集まってしまうという、逃れられない運命のようなものである。

所謂《いわゆる》、オタっぽい服装と言えば良いだろうか。

女ヶ根英一、御田川健次郎《オタガワケンジロウ》、竜崎翼《リュウザキツバサ》、川崎伸三《カワサキシンゾウ》の四名は、御子柴を囲むように席に着く。

ちなみに先ほど変貌した空気の内二つ目は、彼らによるもの――一言で言い表すならば、〝歓喜〟と表現すべきだろうか。それだった。

誰にでも優しかった猫山美鈴が素っ気ない態度を取るようになり、弱者の味方だった犬神佳奈美も、最近あまり話しかけてくれなくなった。

ただでさえ少なかった女子高生と接する時間が、さらに縮められることとなってしまったのだ。

コミュ力も高く、天から与えられし偶然の産物（顔のことだ）が魅力的な新垣や虎生はともかく、女ヶ根たちオタグループの面々にとって、同級生の女子生徒と談笑する時間というのは、文字通り一刻千金の価値を持っている。

王宮に閉じ込められた生活であるため、一日の内女子高生と共に暮らす時間自体は確かに増えている。

だがそれと比例して会話する機会が増えるかと問われれば、自信を持って首を縦に振ることなど出来やしない。

とくに御田川などは通常の会話自体不得手であるため、マンツーマンで世間話を続けるなど不可能だ。

女子が二人以上いれば、思わず逃げ出してしまうほどだ。

まあそれはそれで御田川の個性なので、どうこう言おうとは思わないが。

「何、あんたたち。あたしに何か用？」

「川崎の言った通りですよ。御子柴さんはいつも一人でお食事を摂られておりますから、たまには僕らと一緒に食べませんか？　と、お誘いに来たのです」

「そ、そう！　み、御子柴さんと一緒に、一緒に、その……」

「………やっぱ、おっぱいでけえな」

「それより、ご飯はまだデブか？」

手のひらで眦をスタイリッシュに隠しながら、如何《いかが》わしい視線を彷徨《さまよ》わせる竜崎と、早くも意識が完全に朝飯の方を向いている川崎はともかくとして。

御子柴が言葉を発してくれたことに、女ヶ根と御田川は心から感謝していた。

憧れの女子生徒と、朝っぱらからこうして会話をしようと試みているのだ。

簡素な返答とはいえ、その苦労に見合っただけの見返りはあったであろう。


女の子の声って、どうしてこんなにも可愛いんだろう。

今の声録音して、布団の中でリピートしたい。

御子柴のおっぱいのせいで立てなくなった。

早く朝飯の時間にならないと死にそうデブ。

――と、各々考えていることは異なっていたが。

オタグループにとって御子柴彩という女子生徒の存在は、潤いのない異世界生活に確かな喜びを見出すための光明であり希望だった。

一見不良らしいギャル系女子高生が、陰気なオタクたちと優しく接してくれる。近年流行の創作物では、まあある展開だ。ましてや御子柴彩は、クラスでもハブられ気味の問題児。慣れない異世界での暮らし――孤立した生活に寂しさを感じ始めていることだろう。弱っている時に気遣うような言葉をかけられて、キュンとこない女の子などいない。

少なくともアニメやラノベの世界では当たり前のことだ。現実世界でもその理論が通用するかはともかくとして。今ならいけるかもしれないと、根拠のない自信に背中を押され、根暗なオタクたちは御子柴彩に声をかけることになったのだった。

「あたしのために、わざわざ来てくれたのか……」

そんなオタクたちのささやかな目論見《もくろみ》など、御子柴彩が知る由もない。

取っつき難《にく》い不良系女子とはいえ、御子柴彩も一人の女子高生だ。

自分を気遣って（少なくとも御子柴にはそう感じられた）、嫌われ者の自分に話し掛けてくれた。それがお世辞にも魅力的だとは言えないオタグループだったのは残念だが、男の子に声をかけて貰《もら》えたというのも、事実ではある。

丁度その時機嫌が良かったということもあってか、思わず御子柴は、この世界に来てから一つ目の失言をした。

「……ありがと。意外と優しいんだな、お前ら」

頬杖《ほおづえ》を突きながら、優しげに微笑んだ御子柴彩。

女耐性皆無、笑顔耐性絶無の彼らにとって、御子柴のそれはかなりの大ダメージとして心の奥底に着弾した。

それはもう、明らかな勘違いをしてもおかしくないほどに。

御子柴の笑顔、癒されますなあ。

可愛い。御子柴さん可愛いよ。写メ撮って、布団の中でずっと眺めていたい。

俺も――、君のおかげで下半身が元気になったよ。

腹が減って力が出ないデブ。

御子柴のこの発言がきっかけで、女ヶ根たちの日常生活に光が差した。

生きる意味を見出し、失いかけていた自分たちの存在価値を取り戻した四人の聖徒。

御子柴彩は彼らにとっての女神――いや、姫となったのだ。

その日御子柴彩は、世界で最も不名誉な姫の称号を、望まぬ形で手に入れることとなった。

オタサーの姫という名の、呪われた立場とともに。

◇◇◇◇

「ふにゃぁう……。も、もう限界だにゃぁ」

股間の穴は勿論《もちろん》のこと。その慎ましやかな乳房や、見事な縦筋を誇る綺麗なおへそ――しなやかな曲線を描く肩や腕と、柔らかくムチムチした太腿。そして幼気な雰囲気を醸し出す、可愛らしいぷにぷにほっぺ。果てはお尻の穴からも白濁液を零しながら、猫山美鈴はぐったりとその身をベッドの上に投げ出していた。全身を精液で汚した美鈴を見やり、蘭は辛そうに溜息を吐いた。

「ごめん美鈴……。ちょっと、やりすぎちゃったかもしれない」

水魔術で濡らした布地で美鈴の顔を拭きながら、労るように頭を撫でる。美鈴を相手にすると、ついついやりすぎてしまう。

猫山美鈴――彼女は、蘭がこの世界に飛ばされて、初めて眷属調教《スキル》をかけたクラスメイトだ。お互いに「ハジメテ」を捧げ合った間柄であり、蘭にとっても猫山美鈴という少女は特別な存在なのである。

まあ蘭が美鈴を特別視するのは、それだけが原因ではない。

庇護《ひご》欲を掻き立てる幼気な面差しも、女子高生にしては若干発育の足りていない身体付きも、甘く奏でられる艶めかしい嬌声も。

何から何まで、蘭の好みを的確に撃ち抜いてくるのだ。

制服以外の格好を目にしたことがない頃から、蘭は美鈴に恋い焦がれていた。

いつも笑顔で、クラスの中心にいて。振る舞いの一つ一つが妙に魅力的で。

一度で良いから手を繋いでみたい。事故でも良いから、胸の中に抱きしめてみたい。

性的な好奇心だけではない。彼女に触れたい。彼女と一緒にいたい。自分のモノにしたい。そんな欲望が、延々と蘭の中を巡っていたのだ。

「――で、その張本人が幸せそうにおま○こ開いてんだぜ。我慢出来るわけないよな」

とはいえ、今晩は少し度が過ぎてしまった。

全身を精液でデコレーションするまではまだ許容範囲だが、お尻に出したのはちょっと良くなかったかもしれない。

事前準備をしていなかったため奥まで突っ込むことは出来なかったが。

ヒクヒクと蠢《うごめ》きながら締め付ける美鈴のお尻は、膣内とはまた違った快感を与えてくれて、凄く良かった。

ともあれ蘭も美鈴の嫌がることをしたいわけではない。

お尻の中に射精《だ》した時はさしもの美鈴も顔を曇らせていたので、今回で最後にするつもりだ。

いや、今日だって、本当はここまで美鈴を乱暴に扱うつもりはなかった。

「女ヶ根が新垣に喧嘩売ったとか言ってたけど、分からない話じゃないな」

七日の内二日間の休息を与えられていた学生時代と異なり、聖徒たちには基本的に休日が与えられない。

一日の訓練時間は少しずつ短くなっているようだが、時間を気にせずだらだら過ごすことの出来る休日が皆無というのは、やはり精神的にも肉体的にも堪《こた》えるものだ。

肉体的な面は、美鈴の強化回復《シュバルツ・エナジー》で何とかなる。

最近はフィジカル系の付与魔術も使えるようになってきたため、ある程度の疲労なら自分の魔術だけで回復することは出来る。

しかし美鈴の固有魔術《スキル》と比較すれば雲泥の差だ。

故に今でも、毎朝美鈴は聖徒全員に強化回復を施して回っているのだとか。

「うん、美鈴の強化回復には本当に助けられてる」

「喜んでもらえて光栄だにゃぁ。……もう一回、しよっか？」

力なく垂れるち○ぽに向けて伸ばされた腕を、蘭はしっかりと摑んで止める。

今晩はもう終わりにしよう。

流石にやり過ぎだ。

一晩の間にこれ以上美鈴を犯したら、本格的におかしくなってしまいそうだ。

事実美鈴相手だと張り切り過ぎてしまう原因は、何も美鈴が可愛いから——と、それだけが理由ではない。

佳奈美や沙夜香相手ならば、前戯含めて二、三回程度の射精を迎えれば、蘭だって充分満足する。

性欲と煩悩に塗れた思春期真っ盛りの男子高校生とはいえど、限度というものがある。どこぞの絶倫主人公のように、周囲を白濁液の海と化すような射精など、常識的に考えても不可能だ。

だが相手が美鈴だと——、その〝限度〟がなくなってしまう。

美鈴が可愛い限り——。強化回復をかけてもらえば、何度でも——気が済むまで美鈴を犯し続けることが出来てしまうのだ。

文字通り全身を精液塗れにすることだって出来るし、一晩中繫がっていることだって可能だろう。

「だからって、美鈴を玩具《ガラクタ》扱いするのは、良くないと思う」

どの口が言うんだと突っ込みが入りそうな発言ではあるが、事実この役目を美鈴だけに押し付けるのもどうかと思う。

疲弊だとか匂いだとか、そういった心配だけではない。

性欲のはけ口としてだけでなく、ストレスをぶちまけるように美鈴を扱うということ。

それをこのまま続けていると、いつしか美鈴という女子生徒を、性欲処理具としてしか見れなくなってしまうのではないかと。

少し不安になっただけだ。

「美鈴には、ずっと愛を注いでいきたいからな」

「蘭くんが注ぐのは、精でしょ？　愛を注ぐのは、私の方だよ」

「……いや、分泌液の話じゃなくて」

そんな会話を挟みながら、美鈴の肢体をタオルで拭っていく。

吸い付くように瑞々《みずみず》しい素肌を撫でていると、やはり良からぬ妄想が頭の中に湧き出てくる。

女の子特有の甘い香りに混じって、蘭の精液の匂いがむわっと漂う。

それがまた、静まっていた征服感を掻き立てる。

だが今日は、我慢しなければ。

分泌液の話ではなく。

「腋《わき》の下も拭くから、腕上げて」

「はい、蘭くん」

両腕を後頭部にやって、艶めかしく口元を舐めやる美鈴。

慎ましやかとはいえどぺったんこではない乳房が柔らかく揺れ、その光景に思わず生唾を飲む。

しかもよく見ると、美鈴の乳房は普段より膨れ上がり、桜色の乳首がぷっくりと突き出している。

視線を上に向けると、期待するような目で蘭を見つめる美鈴と目が合う。

蘭に総身を拭われることに興奮しているのだろう。布地の動きに伴い、美鈴の四肢がピクピクと震えていた。

愛しい相手が興奮していると知り、我慢出来る男の子がいるだろうか。

ついさっき掲げた我慢など、ち○ぽの先っぽから分泌液《カウパー》として溢れ出ている。今の蘭に我慢なんて言葉は必要ないのだ。

腋下《えきか》を拭うお仕事も忘れ、美鈴のおっぱいを揉みしだく。美鈴の顔に淫らな色が浮かび、「にゃん……」と甘えるような声が漏らされた。

誘うような目付きで、蘭を見上げる美鈴。幼気な可愛らしさの中に妖艶な魅力が垣間見《かいまみ》え、腰の奥がゾクゾクしてしまう。引かれ合うようにして唇を重ね、ベッドの上に押し倒す。

もう少し――。あともう少しくらいなら、このまま美鈴で癒されてても良いだろうか。そんなことを思いつつも、蘭は次に誰を眷属化しようかなと、建設的かつ前向きな思考を進めることにしたのだった。

◇　◇　◇　◇

「暗雷を纏いし魔力の波導――暗黒雷撃《ジョーカー・エレクトリック》！」

健康的に日焼けした指先に、紫電が絡みつく。

虚空を抉《えぐ》り取らんと渦巻く紫紺の電流は、荊《イバラ》のような形状を象《かたど》りながら瞬く間に手のひらを覆い尽くす。

ムチのようになる紫電は彼女の指先から射出され、数メートル先に用意された目標へ真っ直ぐに翔《か》け、着弾する。

紫電が絡まった目標――木製の杭《くい》だ――は乾いた音を響かせながら、跡形もなく弾《はじ》け飛ぶ。

彼女はそれを暫《しば》し見据えてから――やがて大きく息を吐き、額の汗を拭った。


ジリジリと焼けつくような太陽を抱え込む蒼天《そうてん》の下、御子柴彩は魔術の練習を行っていた。

訓練着に身を包んだ不良女子兼オタサーの姫は、一仕事やりきったと言わんばかりの表情で、天に向かってくっと伸びをする。

それにしても、暑い。

普段訓練を行っている場所は樹木も多く生えており、また王宮の陰であるためか日中でもここまで暑気を感じることはない。

だがここ――現在御子柴が個人練習を行っている場所は傍《そば》に樹木もなく、日陰になるような建物もないため、非常に気温が高いのだ。何をせずとも汗が噴き出し、身体中が火照ってしまう。

「……ったく、あっちぃな」

胸元に手のひらをヒラヒラさせながら、彩は燦々《さんさん》と輝く太陽を睨《にら》みつける。

頭から冷たい水でも被れば、少しは涼しくなるだろうか。

いっそのことここで全部脱ぎ捨てて、開放的な水浴びをするのも良いかななんて考えも浮かんでしまう。

元の世界と違って、盗撮などの心配をしなくて良いというのは素晴らしい。

少しの油断が永遠の誹謗《ひぼう》中傷を呼ぶ現代のネット社会は、便利な反面恐ろしいものだ。残すつもりのなかった遺産が、何代も先の未来まで継承されてしまう。

肉体そのものに価値がある女子高生からすれば、重要なことだ。着替え一つにしても気を使う。その場限りのお楽しみであろう覗きなら、御子柴だってとやかく言おうとは思わない。人の記憶なんてどうせすぐに薄れていくものだ。

「――って、ちょっと前までなら考えたんだけどなあ」

それは御子柴自身が、『性的な要素を多分に含んだ汚らわしい視線』を知らなかった故の考えだ。

まあ御子柴も華の女子高生。駅や街を歩いていれば、太腿や胸元に視線を向けられるのは日常茶飯事である。

すれ違い様に向けられるちょっとした目線だとか、気付いていないと思っているのか後方から遠慮なく向けられる熱視線まで気にしていたら、現代日本を生きていくことなど出来やしない。

どこぞの自意識過剰な喪女のように、ただ目が合っただけで「視姦された、最低!」なんて言っていたらキリがない。

話が逸れた。

ともかく御子柴は、異性からの視線をあまり気にしない方だった。

ほんの数日前までは。

「僕の〝鑑定〟眼で分析したところ、今の魔術は雷系統の中でも難易度の高い、暗黒雷撃《ジョーカー・エレクトリック》ですなあ。いやはや、流石みこりん、お見事です」

「え、っと。す、すごい、です」

「みこりん本当魔術使うの上手《うま》いよね。もし良かったら、今度俺にも教えてくれない？　的な？」

「訓練の後は水分を摂った方が良いデブよ。今魔術で作るから、待っててほしいデブ」

川崎伸三から差し出されたグラスを受け取り、一息に飲み干す。

お味はどうデブか？　と聞かれたので、無味無臭だったと答えておく。

汗をたっぷり含んだ髪をかきあげ、御子柴は訓練場を後にする。

シャワー——を浴びることは出来ないが、こう汗だくでは気持ちが悪くて仕方がない。

水浴びでもして、早く着替えてしまいたい。

「——で、何であんたたち、あたしに付いてくんの？」

しっとりと張り付いた訓練着でパタパタと煽《あお》ぎながら、御子柴は不機嫌そうに振り返る。

心情を隠すことないあからさまな表情に、御田川が「ひっ」と呻《うめ》きつつ女ヶ根の背後に隠れるが、その他の三人は全く動じたようには見えない。むしろ竜崎など「やべぇ、その視線ゾクゾクする……」などと呟いている。聞こえてないとでも思っているのだろうか。

「いえ、僕たちのことは気にしないで良いのでありますよ」

「そうデブよ。ただ単に、行く方向が一緒なだけデブ」

「……水浴びすっから、こっち来ないで欲しいんだけど」

御子柴の台詞に「水浴び!?　裸？」と竜崎が反応したが、御子柴はそれを気にしないでおくことにした。

「ほほぅ、水浴びですか」

「み、水浴びデブか……」

「言っとくけど、もし覗いたらコロすかんね」

ポーッとした顔で遠い目をする四人を睨みつけてから、御子柴は足早に水浴び場へと向かう。

幸い彼らは、女子用の水浴び場まで付いてくるような度胸の据わった人間ではないので、これ以上付きまとわれることはない。


一人で静かに過ごすつもりだったのだが、残念なことに、水浴び場には既に先客がいた。

元々一匹狼かつ根も葉もない噂を垂れ流しにされている御子柴にとって、自分より強い立場の女子生徒は何よりも苦手な存在だ。

強い立場というのは勿論武力的な意味ではなく、群れとしての意味だ。端的に言ってしまえば、カースト上位様にひっついて騒ぎ立てる、虎の威を借りた狐《きつね》のような女子たちのことである。

例えばクラス委員副委員長女王ケ丘麗華《ジョオウガオカレイカ》――に、いつも媚びへつらっている二人とか。

麗華本人は誰に対しても――教師や先輩に対してもだ――自分を貫いた高慢な振る舞いをするので、御子柴をどう思っているのかはっきりしたことは分からないが。

まあ一部の女子からは、目の敵にされているのもまた事実ではある。

そう考えれば、今回の会遇は僥倖《ぎょうこう》だったとも言えるだろう。

現在目の前で水浴びをする女子生徒は、クラスの中でも珍しく、御子柴相手でも快く接してくれる人だった。

「あ、彩ちゃん。お疲れ様だにゃぁ」

控え目な胸を手で隠しながら、猫山美鈴は八重歯を見せつつ幼気な笑顔を見せる。

御子柴はそれに片手を上げて返事をしてから、あってもなくても変わらない高さの衝立《ついたて》を引っ立てた。

「訓練、どんなかんじなのかにゃぁ？」

「順調だよ。ただ最近、オタ共がくっついて来るから鬱陶しい」

タライに溜めた水を頭からかぶり、御子柴はふぅと溜息を吐く。

日に焼けた素肌が水を弾くのを見やりながら、石鹸《せっけん》を使って身体を洗い始めた。

暴力的な乳房を揺らしながら、腰や腕をゴシゴシと磨く。

濡らした肌に微風が当たり、スースーする。何とも言えぬ解放感だ。

最初こそ屋外で素肌を晒すことには抵抗があったが、今ではもう慣れたものだ。

とはいえ羞恥心が薄れたわけではないので、周囲への警戒は怠らないが。

「彩ちゃんって、ハーフかクォーターだったりするの？」

「――――」

「……髪は茶色くても、下のは黒いんだね」

「――――」

「やっぱり、結構生えてる子、多いんだにゃぁ……」

「――――」

「お股の毛って、さ……。どうやったら、生えるのかにゃぁ」

「あー、もー！」

後頭部をガシガシと掻き毟りながら、御子柴彩は耐え切れず雄叫《おたけ》びを上げる。

一人で静かに過ごしたかったのに、どうやらその願いは叶えてくれないらしい。

変な四人組には付きまとわれるし、このような仕打ちとは。

御子柴彩を見守る女神様は、今頃昼寝でもしているのだろうか。

「あたしは純粋な日本人！　髪は染めてるだけ！　元は黒かったの！　アンダーは染めてないから黒い！　これで満足!?」

思わず怒鳴ってしまったが、御子柴は普段からそんな感じなので、美鈴はとくに気にした様子は見せなかった。

事実御子柴も、美鈴を追い払いたいとか、そういうわけではない。

今は静かにして欲しいと、それだけのことなのだ。

「お股の毛は、どうやったら生えるかにゃぁ……」

「どーだって良いじゃん？　別に、誰かに見せるもんでもないんだから。あったってなくたって、変わんないだろ？」

なぁ？　と美鈴の方を見やると、美鈴は照れたように顔を赤らめ、気まずそうに俯《うつむ》いていた。

その反応を見て、御子柴は全てを察する。

察すると同時に、どうしようもないほどの罪悪感と敗北感が押し寄せてきた。

「……そ、そうだよな。猫山は、み、見せる相手が、いるんだもんな」

「…………」

恥ずかしそうに胸元を隠す美鈴を見やり、御子柴は気まずそうに目線を逸らす。

無言の反応が、じわじわと心の奥を浸食していく。

さっき自分はこんなひどいことをしていたのかと、胸の奥がチクリと痛んだ。

「ま、股の毛だろ？　せ、セックスでもすれば、生えるんじゃないか？　ま、まああたしはしなくても生えたけど――」

「……生えなかったもん」

過去形。

無意識に放たれた発言に、御子柴の中で何かがピシリと音を立てて割れた。

何だったかは、御子柴自身には分からない。

多分、自尊心か優越感か何かだろうなと、御子柴は悟った。

それ以上声をかけることはなく、御子柴はさっさと身体を乾かし、用意していた制服を纏った。

何だか、さっきよりも疲れてしまった気がする。

女ヶ根たちが待ち伏せをしていないことを確認してから、御子柴は女子部屋へ戻って行った。

今は何だか、一人でいたい気分だ。

◇　◇　◇

「んっ………」

ぷっくりと割れた痴丘に、細く滑らかな指先が宛がわれる。

何かを探すように動き回る細指はなめまわすように秘裂を撫で上げ、ある一点で停止する。

漆黒の麦畑に覆われたクレバスを掻き分けるように指先が押し込まれ、甘い快感が全身を駆け巡る。

淫らに開いた太腿をぶるりと震わせ、指の主――弄られている張本人は、艶っぽい吐息を口端から漏らした。

「あっ……、そ、そこ……。もっと、もっとグリグリ、してっ」

自分自身の指先に言い聞かせるように、指の主――御子柴彩は甘えるような嬌声を上げる。

彩の大切な割れ目を優しく蹂躙《じゅうりん》しているのは、他でもない彼女自身の指先だ。

だが今は――彩の妄想世界の中では、この指先は、彩の指とは異なる存在として出現している。

顔も見えぬ――誰だか分からない、男の子の指。

彩を幸せにしてくれる、妄想世界に生きる、魅力的な男の子。

存在しない男の子に身体中を弄り回される妄想に浸りながら、彩は指先を動かす速度を加速させていく。

「ん、ふ……。おっぱいも、触りたいの？」

股間の筋をほじくる手とは別の手を擡《もた》げ、そっと自身の口元へ運ぶ。

閉じた唇に中指を含む三本の指を無理やり捻《ね》じ込み、くちゅりと濡らす。

自身の唾液で充分潤った指を口から引っこ抜き、その手で彼女自身の乳房をしっかりと包み込んだ。

天に向かって屹立した乳首に、とろりとした潤いが沁み渡っていく。

柔らかく形を変える乳房に愛を感じながら、優しくゆっくりと揉み解し、刺激していく。

総身がピクンと震え、股間の割れ目がしっとりと湿った。

濡れた部分がいやらしい音を立て、彩は気持ち良さそうに口元を緩める。気分の高揚。ビンビンになった陰核を弄り、痺れる快感に悩ましい声を上げた。

背徳を纏った解放感に興奮し、彩は体躯を仰《の》け反らせた。

「……ん、はぁっ。好き、好き好き好き好き好き、好きぃっ！」

実在しない仮面の男性に愛を叫びながら、指先の動きを加速させる。

妄想世界の男の子の姿が徐々に白い霧に飲み込まれ、だらしなく開いた脚がカクカクと痙攣し始める。

「——んっ、はぁぅ！」

シーツを噛みしめながら、彩はビクンと総身を跳ねさせた。一際大きな快楽の波が訪れ、彩の肢体がピーンと真っ直ぐに伸ばされる。

声を堪《こら》えるように布地を噛みしめながら、彩の身体がビクビクと痙攣する。

開かれた脚はピンと伸ばされ、やがて脱力したようにどさりとシーツに包み込まれる。

快楽とともに吐き出された愛液に塗れた指先をシーツの端で拭ってから、彩は溜息とともに身体を投げ出した。

頭の中がほわーんとして、視界に映る景色がぼんやりと霞む。

快楽の余韻に顔を蕩けさせながら、彩は口元からだらしなく涎を垂らす。

「……また、やっちゃったなあ」

呼吸に合わせて上下する乳房を見やり、彩は冷めた目つきで溜息を漏らす。

「こんなこと、元の世界じゃ絶対しなかったのに」

水魔術を行使して、愛液で汚れた指先を洗い流す。

未《いま》だヒクヒクと痙攣する膣穴を感じながら、彩は制服に着替え始めた。

彩が一人えっちを始めたのは、いつのことだったか。

正確な日時は覚えていないが、そう最近の話ではない。

この世界に転移して、最初こそ嫌悪と憤怒しか感じていなかった彩。

無限魔力《オーバー・エネルギー》などと何の面白味もない固有魔術《スキル》を与えられた彩を待っていたのは、凄まじい量の精霊魔術の反復練習だった。

強化回復を施された美鈴や、無数断裁《オーバーキル・クリティカル》を与えられた佳奈美などとは異なり、彩のスキルは、それ単体では何の意味も成さないものだ。

魔力を無限に保有していようと、それを使う術《すべ》がなければ無意味である。

故に、出来るだけ多くの精霊魔術を知っておく必要があった。

魔導書や魔術教本を渡され、精霊魔術の使い方を暗記させられる。

簡単なものは空想や詠唱で事足りるが、難易度の高い魔術ともなれば、そうもいかない。

訳の分からない古代文字で描かれた魔法陣や、特殊な魔道具を使う魔術も存在するのだ。

原理も過程も理解不能な魔術を無理やり叩きこまれるというのは、結構な苦痛だった。

そんな時だったか。

夜中ベッドに潜った彩は、身体が火照り、お腹の奥がキュンキュンと疼《うず》いたのだ。

彩は処女だが、至って健康な食べ頃女子高生だ。

エロいことには興味津々だし、セックスだって、一度くらいならしてみたいと思っている。

お腹の奥から熱くなる感覚に耐え切れず、そっと股間の割れ目を撫でたのが、全ての始まりだった。

最初は撫でるだけだった刺激も徐々に激しくなり、クリ弄りだけでは満足出来ない身体となってしまった。最初は痛かったはずなのに、いつの間にか指を挿れることに対して抵抗がなくなっていた。

しかしいずれは限界が訪れる。

最初こそ自身の手で慰めれば、お腹の疼きは薄まってくれた。

だがそれも回を増すごとに、ちょっとした刺激だけでは治まらなくなってしまった。

「あー……、ダメだ。何かもう、無性にムラムラする」

膣穴のヒクつきと言葉にし難い満ち足りなさは何とか解消することが出来たが、如何《いかん》せん身体の火照りが治まらない。

彩だって女の子だ。年中発情期の男子高校生と比べれば性欲だって劣るだろうが、全くないというわけではない。

中学生の頃はマセた女子たちとつるんでは、耐性のなさそうな男の子の着替えを覗いてみたり、プールの時間にセクシーポーズをとって見せたり、色々していた。

慌てた様子で下腹部を隠す男の子が面白かったというのもあったが、実際その行為を経てある種の興奮を覚えていたというのも事実だ。

「セックスって、気持ち良いんかな……」

だがそれでいて、心の奥深く——根の部分は純なのが御子柴彩という女子生徒だ。

とりあえずち○ぽを突っ込んで結合すれば、満たされるとかそんな尻軽女ではない。

どうせするなら、心から喜びを感じながらセックスしたい。

間違っても、女ヶ根とか御田川相手に股を開こうとは思わない。

言っちゃ悪いが、彼らには性欲を感じないのだ。

「猫山は結局、誰としたんだろう」

今までの振る舞いを見る限り美鈴の恋人は、クラス委員長虎生茂信だろうが。

彩はどうしても、あの二人がセックスをしている場面を想像出来ないのだ。

確かに、お似合いのカップルだなとは思っていた。

清潔感もあって中々に格好良く、話題も広く健全な交友関係も広いクラス委員長。

男子生徒からアイドル扱いされていた美鈴と付き合うことに、違和感を覚えることはなかった。

二人とも苗字がネコ科だというのは、多分関係ないだろう。

「それに最近の猫山は、男子生徒と距離を置いているようにも見えるしな……」

女王ヶ丘の取り巻きなどから目の敵にされるほどに、男子生徒に媚を売っていた猫山美鈴。

実際は単なる天然行為だったのだが、結果が伴うならばそんなことは関係ない。

猫山のぶりっ子行為——本人に自覚はないが——を経て実質逆ハーレム状態になっていたことに、嫌悪を感じていた女子生徒は少なくない。

息をするように男心を摑んでいた美鈴だが、最近はめっきり音沙汰なしだ。

日課になっている毎朝の強化回復だけは欠かさず行っているが。

近くで誰かが転んでも、真っ先に飛んでいくようなことはない。

最近二人にフられたらしい田中春人が迫って来たときも、視線さえ合わさずに振りほどいていた。

少し前の美鈴なら「しょうがないにゃぁ……」とか言って、ギュッとでもしそうなものである。

何か、彩たちの知らないところで動いているのではなかろうか。

クラス内部ではなく、外部から。

少しずつ気が付かれないように、何かを変えようとしているのではないか。

「まあ、別にいっか」

疑念は浮かぶが、それを突き止めてやろうなどと格好良いことを言おうとは思わない。

今はまず、この湧き上がる性欲をどうにかして解消したいのだ。

その他のことは、これが終わってからゆっくりと考えよう。

瞳を細め、彩は大きく口を開いてあくびをする。

先ほど行った一人えっちの所為《せい》か、眠たくなってしまった。

夕食の時間までまだ大分ある。とりあえず少し仮眠をとっておこう。

そんなことを考えつつ、彩はついさっき致したばかりのベッドにて眠りについた。

第14話　サークルクラッシャー

「……大丈夫、彩ちゃん？　何か、すっごく疲れてるみたいだけど」

「へーき、ただの寝不足だから」

目の下にクマを作った彩は、美鈴の手によって強化回復をかけてもらった。

全身を蝕《むしば》んでいた疲労と身体の重みが消失し、普段通りの調子を取り戻す。

「もし具合とか悪くなったら、ちゃんとすぐに言うんだよ？」

「……わーってるよ。あたしだって子供じゃないんだから」

元気を取り戻した彩は美鈴から離れ——廊下を曲がったところでしゃがみ込み、頭を抱えた。


——またやっちゃった。


夕食を終えて自室に戻った彩は、再度お腹の奥に熱をもった疼きを感じたのだ。

とはいえ、もう夜だ。今日は我慢して寝てしまおうとベッドに潜ったものの、太腿の間がヒクヒクと痙攣し、気になって眠れない。

ちょっと撫でれば治まるだろうと手をやると、彩の秘裂はその接触に喝采するように、たっぷりと愛液を分泌した。

接触によるソフトタッチな刺激も伴い、ぬらぬらと潤った割れ目がキュンキュンと反応する。

息が荒くなり、思わずだらしなく股を開いてしまう。

ちょっとだけだと自身に言い聞かせながら、彩はショーツをずり下ろし、指先を使って陰核を弄った。

しかし、甘く痺れる夜のご褒美が癖になった彩に、途中で止めるという選択肢を選ぶことなど出来るはずもなく。

「結局最後までやっちゃったし……。ああ、朝から憂鬱」

やり過ぎによる痛みは自身の治癒魔術で何とか解消したが、精霊魔術では疲労や寝不足を解消することは出来ない。

精霊魔術——この世界にてポピュラーな魔術だ——とは、精霊の力を借りて、自身の体内に眠る魔力を活性化させて行使する魔術のことだ。

この世界には精霊と呼ばれる魔力の粒子が漂っており、人々は精霊たちの力を借りて、魔術という現象を具現化して暮らしている。

魔力と呼ばれる単体では無意味なエネルギーを意味のある現象として構築するのが、精霊の仕事というわけだ。

精霊魔術以外の魔術も存在するが、はっきり言って使い勝手はあまり良くないらしい。

例えば魔力をそのまま自身の力だけで具現化させ使用する、無属性魔術。

遥か昔年の頃——誓いを破り、精霊との盟約を破棄された魔物と呼ばれる種族が開発した、一種の護身術のようなものだ。

攻撃的なものはなく、自然治癒や細菌に対する抵抗力を高めるなど、そういった魔術らしい。

故に精霊との盟約が続いている人間は、覚える必要がないのだとか。

後は程度の高い魔物のみが使用出来る、暗黒魔術などだ。

暗黒という名前からイメージされるように、魔物の体内にて生成される、魔力とは異なる邪悪なエネルギーを利用して行使する、魔物特有の魔術である。

暗黒魔術などと凄まじい名称を付けられているが、攻撃的なものだけではなく、治癒系や解毒系の魔術も存在するらしい。

だがこちらは魔物しか使用出来ないため、人間たちの中ではあまり研究が進んでいないのだとか。

最後に、固有魔術。

端的に言ってしまえば、聖徒たちに与えられたスキルのことだ。

魔力さえ保有していれば誰でも使用出来る精霊魔術とは異なり、〝才能〟を認められた人間——もしくは特殊な訓練を受けた者のみが使うことの出来る、特殊能力の一つである。

彩の無限魔力や蘭の眷属調教は勿論、聖徒たちをこの世界に呼び出した召喚魔術など、精霊の力を借りずに使用する魔術も、これに該当する。

固有魔術は本人の気力・体力が続く限り、際限なく行使することが可能な能力だ。

故に攻撃的な固有魔術を保有した人間とは、それだけで重要な軍事兵器として利用可能なのだとか。

その才能の塊である固有魔術が、彩の場合、精霊魔術を行使することに役立っているのだから、全く別のものだと考えるのも、妙な話なのかもしれない。

精霊魔術と暗黒魔術の双方を使用出来る生物は、この世に存在しないと言われているらしいが。

固有魔術を使える人間は精霊魔術を使えないなど、そんな事実は一切ない。

「とにかく、訓練場に行かなきゃな……」

基礎的な訓練を粗方終了させた彩は、現在は基本的に自主練が主な戦闘訓練だ。

その場その場で適切な精霊魔術を間違うことなく発動する——そのための練習である。

故にこっそり手を抜いていても、誰かに咎められるようなことはないのだが。

「誰かが見てないからって、いい加減にやって良いってもんじゃないし」

学校という世間での規則は幾つも破ってきた彼女だが、勉学や時間の厳守などを疎《おろそ》かにしたことはない。

不真面目のレッテルを張られた彩だが、その実態は真面目な女子高生である。

表ではいい子ぶっていながら裏では援助交際だとか何やらに興じている隠れ不良と比べれば、至って健全な女子生徒なのだ。


普段とは違った経路を通り、彩はいつもの訓練場まで歩を進める。

どうせ行き先は毎度同じなのだからいずれ出会うことは必然だろうが。

出来る限り、〝彼ら〟と会う時間を減らしたかった。


「……げへへ、今日も良いおっぱいしてんなぁ」

「ん、もぉ。やめてくださいよぉ、リゲール様ぁ」

出来るだけ人けのない場所をと歩いていると、メイドと大臣のものであろう如何わしい声が部屋の中から聞こえてきた。

通りすがりに視線を向けると、全裸の大臣がメイドとセックスをしている光景が目に入った。珠《たま》の汗を弾かせ淫らな行為に及ぶ二人は、扉が半開きになっていることにも気づかず、夢中で愛を示し合っていた。

必死に声を抑えながらもビクビクと腰を震わせる金髪のメイドは、幸せに満ちた表情をしている。

「………ふん！」

頬を染め、彩は気付かなかった振りをしつつ足早にそこから立ち去る。

あんなに年齢の離れた男性と繋がって、本当に気持ちが良いのだろうか。

指では届かない奥深くまでを、硬くて立派な男子のそれで思う存分グリグリしてもらうというのは、きっと天にも昇る心地なのだろう。考えただけで、彩の女としての本能が疼いてしまう。しかしそれは、二人の間に愛があって初めて成り立つ衝動ではないのか。

それとも、肉体的な満足感とは誰が相手でも芽生える衝迫なのだろうか。

その相手があんな――。

「ああ、ったく！　また何かムラムラしてきた」

昨晩シたばかりなので流石に股間が濡れてしまうことはないが、腰の奥がムズムズして仕方がない。

指では届かない奥深くまで、柔らかくも硬い肉の棒が刺激してくれるのだ。

考えただけで、背中がゾクゾクしてしまう。

とはいえ、その相手が誰でも良いというわけではない。

現在彩に付きまとっている四人のオタ共——とくに女ヶ根と川崎に股を開くなんて、絶対に嫌だ。

しかしどういうわけか。ヤリマンビッチな不良少女のレッテルを張られた彩の周囲を取り巻く男性陣は、どうにも彩の好みに合致しないのだ。

まあ実際、クラスメイトの中に彩の好みの男子生徒がいるかと問われれば、否定するしかないのだが。

「好きな人がいないのと、誰でも良いからセックスしたいのは、違うし——」

「おや、そこを行くのはみこりんではありませんか？」

聞き覚えのある声に後ろから呼び止められ、彩はビクリと震えつつ立ち止まる。

「訓練場に来ないので、心配したのでありますよ。どうしたんですか、こんなところで」

肩に手を乗せられ、彩はゾクリと身震いする。

このねっとりした声音と、無遠慮な接触。間違いない。——女ヶ根英一だ。

「具合が悪いのでしたら、すぐに言うんですぞ？　僕はいつだって、みこりんのことを想っておりますので」

ぞわりと総身に鳥肌が立つ。

肩を撫でる手つきも若干いやらしいものを含んだそれとなり、息遣いも少しだけ近くに感じる。

「……今日は一段と、良い香りがしますな。僕はみこりんから漂う、この花のような甘い香りが大好きなのですよ」

女ヶ根の行動理由は、分からないでもない。

大方訓練場に先回りして、毎日欠かさず自主練を頑張る彩に、労《ねぎら》いの言葉でもかけようとしたのだろう。

彩に声をかけたのも、心から彼女を心配してのものだ。

邪《よこしま》な気持ちが皆無とは言えぬものの、下心のみで接したとも思えない。

最後のは流石に失言だっただろうと思うが。

ともあれ、彩だって物分かりの悪い非常識人ではない。

人の気遣いを、真正面から蔑《ないがし》ろにするつもりはない。

人間関係を紡いでいくのが苦手なだけで、他人との接触を真っ向から拒絶しているわけではないのだ。

だが、タイミングが悪かった。

閉鎖的な空間のためか煩悩に塗れ、さらに先ほどのセックスシーンを目撃した直後。彩の脳内は、桃色に弾け飛んでいた。

「ちょっと、触らないでよ！」

「おっと、僕としたことが失礼を……。大丈夫でありますかな？」

疼く身体に馴《な》れ馴れしく触れるという無遠慮な行為に、彩は顔を歪める。

悪気がないことは分かっているが、火照った身体を誰か——とくに女ヶ根に触られるというのは、不快以外の何物でもない。

「——っ、早くあっち行って！　……あんたのこと見てると、む……ムラムラすんのよ！」

違う。間違えた。

彩はとっさに口を閉じたが、すでに放たれた言葉が喉の奥に戻ることはない。

確かに、ムラムラはしていた。

ついでに、イライラもしていた。

さらに言えば、ムカムカもしていた。

混ざったのだ。不運にも、このタイミングで。


「――――」


時が止まったような感覚に、思考が付いて行かない。

突き放すための言葉が、真逆の意味を為した台詞として吐き出されてしまった。

ピリピリとした空気が肌を刺し、彩は思わず身体を抱いてしまう。

唐突な告白に衝撃を受けたであろう女ヶ根は、唖然《あぜん》とした様子でポカンと口を半開きにしている。

漫画の表現よろしく大仰に後ずさりした女ヶ根は、ずり落ちた眼鏡をくいと直しつつ、嬉しさのためか喉をカタカタと震わせた。

「最近みこりんと良く目が合うと思ったら、そういうことでしたか……」

若干癖の付いた前髪を指で払いながら、女ヶ根はふぅと遠い目をする。

素知らぬ風を装いつつも興奮のあまり右足を小刻みに痙攣させながら、女ヶ根はニヒルに微笑んでみせた。

その顔でその笑みは全く以《もっ》て似合っていないが、そんなことを律儀に指摘出来るような精神状態を保っている人間は、現在この場にいなかった。

「ち、違っ……。そうじゃなくて！」

「大丈夫です。僕がみこりんの気持ちを、間違えるわけがないじゃありませんか」

「人の話を聞けえっ！」

「……あまり騒ぐと、その可愛らしいお口を塞いでしまいますよ」

意味ありげにすぼめられた唇から逃れるように、彩は身を退かせる。

「まったくみこりんは、ウブで可愛らしいですな」

嫌悪から生まれたその行動を都合よく解釈した女ヶ根は、「我が青春に春来たり！」と叫びながら、幸せそうに駆けて行った。

茫然《ぼうぜん》とその背中を眺めていた彩だったが、彼の姿が見えなくなったところで、ようやく自分を取り戻した。

取り返しのつかぬことをしてしまったと頭を抱え、声にならない言葉を呻きながらその場に屈《かが》み込む。

御子柴彩がこの世界に来てから、早くも二つ目の失言だった。

◇　◇　◇　◇

「……これは、とんでもない瞬間を目撃してしまったかもしれない」

細々とした備品が無造作に詰め込まれた小部屋にて、佐渡ヶ島沙夜香は愕然とした様子で口元を手で覆っていた。

沙夜香の周囲に散らばるのは、錆《さ》びた剣や破損した鎧《よろい》――それから、先の折れた拷問器具などだ。

どれもこれもそのままでは使い物にならない物品ばかりだ。

何故こんなものを仕舞い込んでいるのか、沙夜香には理解出来なかった。

「というか、それよりも」

小部屋の扉から顔を出して、沙夜香はキョロキョロと周囲を見渡す。

視界に映るのは、突き抜けるように長く細い、王宮の廊下のみだ。

外に誰もいないことを確認してから、沙夜香は先ほど目にした光景を脳内で反芻《はんすう》し始める。

見間違い――もしくは聞き間違いだろうか。

いやしかし、人の好みは千差万別とも言う。見た目や雰囲気だけで、勝手なレッテルを張るのは良くないだろう。

無愛想な不良少女が実は小動物好きとか、男勝《ボーイッシュ》りな女の子が少女趣味だとか、少女マンガでは良くある設定だ。

ありえないことだとは言い切れない。

事実沙夜香だって、大人しい文系少女と思いきや、淫乱なサディストだったりする。

人を見かけや容姿などで判断するのは、良くないことだというのは分かっている。

「御子柴さんって、女ヶ根くんのこと好きだったんだ……」

御子柴彩という女子生徒に関しては、沙夜香にとってあまり良い思い出は存在しない。

どちらかといえば、苦手なタイプだ。

この世界に転移した直後も、虎生や新垣などと怒鳴り合っていたし、ショックで泣き崩れる乙女崎恵美や沙夜香も、御子柴から結構な罵詈《ばり》雑言を浴びせられた。

まあ元々そういう生徒だということは知っていたので、それがトラウマになるということにはならなかったが。

沙夜香から見て、御子柴彩という女子生徒のイメージとは、端的に言えば不良少女だ。

ちょっと端的過ぎただろうか。しかし抱いた印象はそれ以上でもそれ以下でもない。

そもそも沙夜香は御子柴のことを良く知らないのだ。

いつも一人だし、休み時間は机に突っ伏したまま動かない。

乙女崎恵美や藤吉百合曰《いわ》く、先輩後輩たち何人とも身体だけの関係を持って遊び歩く悪女だとのことだ。

ただまあ恵美や百合の感覚だと、非処女イコール遊び女のようなものなので、あまり信憑《しんぴょう》性はないのだが。

「最近女ヶ根くんたちと御子柴さん、よく一緒にいたけど……。こういうことだったなんて」

クラスから浮いた一匹狼と、クラスカースト最下層のオタグループ。

御子柴と女ヶ根たちが仲良くしていることに、クラスの中でも、根も葉もない噂が幾つか流れていたことも事実ではある。

女っ気皆無な根暗オタと、常時男の匂いを振りまいている（と噂の）ビッチＪＫだ。普通に考えれば、相容れない存在だ。

それに容姿に関しても――失礼極まりない話なのではっきりとは言い難いが――釣り合わないような気がする。

御子柴彩はクラス内での扱いこそ底辺だが、スタイルから面差しまで見事と言って良い魅惑の女子生徒だ。

あれで明るく目立ちたがりだったりすれば、瞬く間に男子生徒たちを虜《とりこ》にしたであろう。まあ、言ってしまえば美少女である。

それがあの女ヶ根と――。世の中、分からないものだ。

「この湧き上がる思いを誰かと分かち合いたいけど、恵美ちゃんとか百合ちゃんには話せないなあ……」

貢ぐだとか身体だけの関係だとか隠れ巨根だとか、そんな噂はもう聞き飽きた。

色眼鏡を通さない純粋な恋愛模様を（第三者の目線から）誰かと語らいたい。

沙夜香だって女の子だ。諸事情により自身の恋愛模様を話すことは出来ないが、恋バナ自体は好きなのである。

「まあとにかく、今は目の前のことに集中しなくちゃ」

自主練で使用する錆びた盾と鎧を抱えながら、沙夜香は黴《かび》臭い小部屋を後にした。

◇◇◇◇

心ここに非《あら》ずといった様子で、女ヶ根英一はぼんやりと蒼天を見上げていた。

魂の抜けたような顔をしていると思えば、いきなりニヤリと口元を緩めたりする。そしてそのまま堪えきれないとクスクスケタケタ顎を震わせ、にゅっへっへと奇妙な笑い声を漏らす。

俯瞰《ふかん》的に見れば酷《ひど》く気味の悪い光景だったが。当の本人は嬉しさのあまり、今にも飛び上がってしまいそうな気持ちだった。

気分の高揚。高鳴る胸。見るもの全てが鮮やかになって、触れるもの全てが愛おしく感じる。

容赦なく照り付ける日差しも、湿気の籠ったじっとりした気候も、不快には感じない。

むしろ清々《すがすが》しい気分だ。弾ける汗が心地良い。出来ることなら今にも歌いだしたいと、そんな心持ちであった。

『触んないで！　あんたのこと見てると、ムラムラすんのよ！』

御子柴彩から受けた告白の言葉を、女ヶ根英一は頭の中で何度も何度もリフレインしていた。

幾度思い出しても、色褪《あ》せない素晴らしい記憶。あの時の衝撃を、女ヶ根は一生忘れないだろう。

『さ、触らないで！　……え、英一くんのこと見てると、身体が熱くてじゅくじゅくして堪らないの。ねえ、あたしもう、このままじゃ無理。我慢なんて出来ないよ……。好きだよ、英一くん。世界で一番——英一くんのことが好きなの。……お願い、英一くん。あたしのこと、めちゃくちゃにして！　英一くんの気が済むまで、あたしとセックスしよ？』

「みこりん……。そこまで、僕のことを想ってくれていただなんて……。分かりました。男として、みこりんの大切な彼氏として、僕が責任もってみこりんのムラムラを解消してあげましょう！」

『ありがとう、英一くん。そう言って貰えると、あたしすっごく嬉しい。……ねえ、英一くん。もし良かったら今晩、英一くんのお部屋に行ってもいい？　……え、何のためって？　それはその、だから英一くんと。だからその、英一くんと——せ、セックスしたいなって——』

「さっきから一人で何ブツブツ言ってるんデブか？」

聞き慣れた声に割り込まれ、都合良く進められていた妄想は良いところで途絶えてしまう。

しかし女ヶ根は嫌な顔一つせず、むしろニヤニヤとだらしなく笑みを浮かべたまま、声をかけてきた友人――川崎伸三の肩にポンと手を乗せた。

「いやあ、異世界転移――それもクラス転移というのは良いものですなあ。変化する環境。新たな恋の予感。そして芽生える男女の愛。堪りませんなあ」

「言ってる意味がよく分からないんデブが……」

ブフゥと鼻を鳴らし、川崎伸三は肩を竦《すく》める。

彼の後ろから、ひょっこりと御田川健次郎が顔を出した。

「た、楽しそうだねっ！　め、女ヶ根くん。な、何か良いこととか、あ、あった、の？」

長い前髪に隠れた目を瞬かせ、御田川健次郎は興味津々といった様子でそう尋ねる。

相変わらず目線は見当違いな方向を向いているが、女ヶ根はとくに指摘したりはしなかった。

「聞きたいですかな？」

「いや、別にいいデブ――」

「き、ききき、聞きたいなっ！　女ヶ根くん、さっきから何だか、たっ、楽しそうだし。何があったのか、し、知りたいなっ！」

元から細い目を半眼にする川崎伸三。その面差しは、どうせ下らないことだと悟っているように見える。

「ふっふっふ。どーせ川崎は、みこりんのパンチラを見かけたとか、お風呂上がりの犬神さんから良い匂いがしたとか、そんな小さなことで喜んでいるとでも思っているのでしょう？　そうなのでしょう？」

「別にそうは思ってないデブけど――。というかそれ、一昨日の夜、竜崎が自慢してたやつじゃないデブか」

視線を向けると、竜崎翼は少し離れた場所で黙々と自主練に取り組んでいた。

オタク特有の、興味のあることや自信のあることについてだけは妙に通る声を出すという癖のせいか、竜崎にも言葉の端々は聞こえているようだ。

訓練用の重い木刀を素振りしながら、竜崎翼はチラチラと遠慮がちにこちらを見ていた。

「程度の低いオナネタを手に入れたくらいでテンションを上げるなど、童貞をこじらせた者の所業ですぞ。今の僕らは青春真っ盛りの男子高校生！　そんな些末な幸せを、高校生活で一番の思い出とするなど愚の骨頂――」

「そ、そういえば、きょっ、今日はみこ――みこりんが、い、いないね！　いつもはこの近くで、魔術の練習して、してるのに！」

遮るように継がれた台詞で気付いたが、御子柴彩はオタグループの集まる訓練場にいなかった。

「あのようなことがあった後ですから、きっと照れているのでしょう。ぐっふふ……。恥ずかしがることなんてありませんのに。どうせこれから毎晩のようにみこりんと僕は、ぐふふふっ……」

「みこりんと、何かあったんデブか？」

「よくぞ聞いてくれました！」

待ち侘《わ》びた質問に、女ヶ根は鼻息荒く川崎御田川の両名に肉薄する。

気迫に気圧《けお》されたのか。反射的に、二人は接近されたと同じ距離だけ後方へ退いた。

「実はですね、先ほど――みこりんに、ふふっ。みこりんに、みこりんに、ぐふふっ……。告白、されてしまったのですよ」

想定外の内容だったのか、川崎と御田川は黙ったまま顔を見合わせた。

その反応が、期待通りのものだったのだろう。増長した女ヶ根は、距離を置いたままの竜崎へも聞こえるような声量で語り続けた。

「『英一くんのいない異世界生活なんて想像出来ない！　昼も夜も、英一くんと一緒じゃなきゃ嫌だ！』――と、強く望まれましてなあ。いやあ、恋とは良いものですなあ」

デタラメなステップを踏みながら、くるくると回ってみせる女ヶ根。

奇矯な行動に出る友人を前にした川崎御田川の二人は暫し硬直してから、各々それなりの反応を見せた。

「ほ、本当？　それ、本当？　みこりんとつ、つきっ――付き合うことになったの!?」

手を打ち合わせて、自分のことのように喜色を湛《たた》えて小躍りする御田川。

「よ、良かったデブね……」

川崎は少し訝《いぶか》しげな顔をしつつも、一応は信じてくれたようだった。

「………」

竜崎は相変わらず、三人から離れた場所で木刀を振り下ろしていた。

しかしその軌道が精彩を欠き始めているのは、誰が見ても明らかなことだ。

生まれて初めてされた女子からの告白に、浮かれ舞い上がった女ヶ根。動揺する竜崎は、女ヶ根にとって恰好《かっこう》のマウンティング対象と映ってしまった。

「おーやおやぁ、どーしたんですかなあ、竜崎よ。さっきから一人で木刀なんて振っちゃって、何か言いたいことがあれば、遠慮なく述べてくれて構わないんですぞ」

「…………」

オタグループの中では端正な顔立ちをした竜崎が、ギロリと女ヶ根を睨みつけた。

前髪の隙間から覗く瞳は怒りの感情が灯《とも》されていたが、テンションマックスアゲアゲ状態な女ヶ根に怖い物などない。

眼鏡の縁をくいっとしながら、女ヶ根はニタニタと粘っこい笑みを浮かべた。

「いやあ、ギャルっ娘というのは優しくてそして積極的ですなあ。ギャル系な女子に土下座して交際を頼み込むアニメを、元の世界で観たことがありましたが――いやあ、現実というのは実に素晴らしいものですなあ。むしろ向こうから、あんなにも可愛らしく『お願い』をしてくるんですからぐふふ。おおっと、あまりの嬉しさに語尾が変になってしまいました。いやしかし、これはもうDT卒業も目前かもしれませんなあ。初めての相手がみこりんになるとは、おふふ……。本当に、夢のようですなあ」

鼻息荒くふんぞり返り、これでもかと自信に満ちたドヤ顔を晒す女ヶ根。

浮かれているのは分かるが、これは流石に言い過ぎだろう。調子に乗った女ヶ根を止めようと、川崎が身を翻すのと――竜崎の情動が沸点を突き抜けたのは、ほぼ同時のことだった。

「調子に乗ってんじゃねーよ！」

心情の爆発。変な箇所に力が入ったためか、振り抜かれた木刀が手からすっぽ抜けた。

叩きつけられた木刀は地面で跳ね返り、女ヶ根の脛《すね》に痛撃を与える。唐突な打撃に女ヶ根は苦悶《くもん》の声を上げ、脚を押さえて蹲《うずくま》る。

竜崎の面差しが、驚きに引き攣《つ》る。

意図して行った暴力ではない。これは不幸な事故だった。

一瞬で、頭が冷えた竜崎。ここで互いに非を認めることが出来れば、二人の間にこれ以上の亀裂が入ることはなかっただろう。

「わ、悪い女ヶ根、そんなつもりじゃ――」

「……いいんですよ。竜崎は悪くありません。僕がいけないんです。竜崎の大事な大事なシコシコオナペットちゃんを奪ってしまったのは、明らかな事実なのですから」

だがそれは叶わなかった。双方プライドが高く、今まで女性と縁がなかったことを必要以上に気に病んでいる――悪い意味での似たもの同士。

何かしら相手に傷を付けなければ気が済まない。故意か偶然かはともかく暴力に出たことを糾弾するように、女ヶ根はわざとらしく竜崎を挑発した。

「それにしてもですよ。何も言い返せないからといって、暴力に出るというのはいただけませんなあ。竜崎のこんな姿を見たら、みこりんもきっと幻滅することでしょう。見苦しい真似は慎んでいただきたいものです」

「――は。誰があんなヤリマンビッチに未練なんかあるかよ。初体験で変なもの感染《うつ》されねーように、せいぜい気を付けるこったな」

コンプレックスを刺激された腹いせか、余計なことを口走る竜崎。

竜崎の抵抗を軽くいなしていた女ヶ根も、これにはプツンときてしまったようだ。

「僕はともかく、みこりんを悪く言うのは許せませんなあ。今すぐ撤回してください！」

踏み付けた木刀が、バキィと音を立てて二つに割れる。

剣呑《けんのん》な空気を感じ取ったのだろう、遠目に眺めていた川崎と御田川が駆け寄り、火花を散らし合う友人たちを必死に止めに入った。

聞くに堪えない罵詈雑言を浴びせ合いながら、女ヶ根と竜崎の両名は容赦なく牙を剝《む》き摑み合う。ともあれ友人同士の口喧嘩《くちげんか》。取り返しのつかない暴言が放たれることはなく、他愛《たわい》もない売り言葉に買い言葉の応酬が続くだけに留まった。

暫し言い合っていた二人だったが次第に言葉少なくなり、果たして二人は俯いたまま黙り込んでしまった。

気まずい沈黙が、オタグループの中に広がる。静寂を破ったのは、女ヶ根英一だった。

「みこりんは——みこりんは、こんな僕のことを好きだと言ってくれたんです。口説かれることを待つようなそんな卑怯《ひきょう》なこともせず、真正面から思いの丈をぶつけてくれました。身体目的だとかミツグくんだとか陰口を叩かれても構いません。僕はこれ以上迷いません。……僕はみこりんに、精一杯の愛で返したいんです！」

「……女ヶ根」

「ですから、みこりんの悪口を言うのはやめてください。僕のことは幾らでも罵倒してくれて構いませんから」

アニメに出てくる聖人キャラの台詞を模した言い方で、女ヶ根は諭すように呟く。

借り物感満載な棒読み演技に、竜崎は渋いものを口の中に突っ込まれたような顔をした。

「告白された直後に彼氏面で臭い芝居するとか、恥ずかし過ぎだろ……。高校生同士のカップルなんて、どうせすぐに別れるくせによ……」

捨て台詞を吐いた竜崎は、三人に背中を向けて歩き出した。

御田川が制止の声をかけたが、立ち止まることはない。竜崎の姿が見えなくなったところで、女ヶ根がやれやれといった様子で肩を竦めた。

「あんな格好付けた去り方して、今頃顔を真っ赤にしてるところでしょう。……心配ありませんよ。どうせ晩御飯の時に顔を合わせるんですから。その時に竜崎の方から謝罪の言葉があれば、僕もこれ以上ゴチャゴチャ文句を付けるつもりはありませんよ」

言いながら竜崎とは逆の方向へ歩みを進める女ヶ根。残された川崎と御田川は、所在なさげに佇《たたず》んでいたが。

「だ、だだだ、大丈夫かな、二人とも……。何か、す、すごっ——すごく、険悪なムード、だ、だだっ、だったんだけど！」

「まあ、前にも推しのヒロインが被って喧嘩した時もあんな感じだったデブし、時が経《た》てば仲直り出来るとは思うデブよ」

現実《リアル》の女子を取り合うという状況に興奮し、自分に酔ってしまった部分もあるのだろう。いずれ笑い話として流せる日が来る。そう信じて、川崎伸三は御田川健次郎とともに女ヶ根が消えた方へ歩を進めた。

女ヶ根の言う通り、夕食時にはしれっと戻って来ているに違いない。何事もなかったように受け入れてやるのも、友達としての大切な役割だろう。

——しかし、川崎伸三の予想は無念なことに外れてしまった。

夕食の時間。竜崎翼は女ヶ根たちのいるテーブルへ寄り付こうとはしなかった。

平然とした面持ちで、他の生徒たちと共にテーブルを囲んでいた。楽しそうに談笑する竜崎は、食事の時間中——一度たりとも、こちらに興味を示す様子はなかった。

まるで、お前らとは住む世界が違うんだと、無言の圧力をかけるように。

新たなグループで、竜崎は快く受け入れられているように見えた。

それは同時に、オタグループとの決別を意味していた。

竜崎翼は——元いたオタグループから、自らの意思で離脱してしまったのだった。

第15話 その少女、サディストにつき

人目を避けつつ自室へ戻った上級使用人ライアンは、扉の前に佇む人影に警戒を露《あら》わにした。

廊下の角にその身を隠し、顔だけを出してじっと様子を確認する。やがてある程度の安堵感を得たのか、ライアンは胸元にあしらった黄色い蝶《ちょう》の飾りを指先でツンと突っついた。

その刺激に反応するように、ブローチと化していた黄色い蝶々はヒラヒラと闇の中を舞い、ライアンの部屋まで飛んで行った。

暫し周囲を漂った後、鮮やかな色彩をした蝶々はつまらなそうに舞い踊ると、肩の上に乗って、安心したように翅を畳んでみせた。

「ごめんね、丁度陰になってて、誰だか分からなかったんだ。待たせちゃったか？」

「大丈夫、今来たとこだから。それに私こそ、アポなしで来たりして、その」

月光を遮る暗雲が流れ、おぼろげな月明かりが二人きりの廊下を照らし出す。

肩の辺りまで伸ばされた綺麗な黒髪を何度も何度も手櫛《てぐし》で整えながら、沙夜香は照れたように口を尖らせる。

一日中結んでいたせいか、結び癖が取れないのだ。ライアン——執事《バトラー》に変装した蘭のことだ——はそんなこと気にしないだろうが、そういったちょっとしたことを気にするのが恋する乙女という生き物であり、つまりそういうことだ。

「少し、日に焼けたみたいだね」

「外での訓練が増えたからかな。それに、最近何だかお日様が照ってる時間が長いみたいだし」

この世界の季節感は分からないので確実なことは言えないが、今は日本で言うところの、春から夏ごろの気候なのではないかと思われる。

これから徐々に暑くなっていく季節——四季の中で、沙夜香が一番好きな時期だ。

「霧島くんは、日焼けした女の子と、色白な女の子、どっちが好き？」

「色白な女の子も素敵だと思うけど、日焼けした女の子も健康的で好きだよ」

欲を言うなら、色白な女の子が体操服やスクール水着の形に日焼けしているのが一番好きだったりするのだが。

体操服もスクール水着も存在しないこの世界では、あの魅惑的な日焼け跡を堪能することは出来ないのだろう。

そんなことを考えつつ、蘭は沙夜香を自室に招き入れる。

黴臭い籠ったような臭いとともに、ふんわりとした甘い香りが部屋の中から漂う。

何の匂いだろうかと鼻をひくつかせるより先に、沙夜香の視界には、色とりどりな花卉《かき》や植物の姿が映り込んだ。

「お花、育ててるの？」

「アゲハの餌《えさ》——食事用だよ。前は蜜をあげてたんだけど、最近気温が高くなってきたからか、腐っちゃってさ」

沙夜香に座るよう促し、蘭はアゲハ——胸にあしらったブローチに擬態した蝶々を、窓際の植木鉢へと放った。

アゲハが花卉の陰に隠れたことを確認してから、蘭は沙夜香の隣に腰かける。

ちなみに腰かけた場所は、他でもない就寝用のベッドである。

異性の部屋に来て真っ先にベッドに腰掛けるなど、誘ってるのかと思われても仕方のない行動だ。

実際誘っているのだから問題ないのだが。

「沙夜香から来るなんて珍しいね。何かあったの？」

「まあ、んっ、その……、ちょっと、お話ししたいことが、あって、ね」

問いかけながらも、さりげなく背中や腰を撫でてくるのが蘭らしい。

まあこんな夜更けに男の子の部屋を訪れているのだから、そう思われても仕方がないことではあるのだが。

事実――沙夜香もそのつもりで赴いた。

御子柴関連の話をしたかったというのは単なる建前で、実際はまあそういう意味で来たのだ。

愛しい男の子と抱き合ってセックスしたいから、わざわざこんな時間にここまで来たのである。

「まあ、沙夜香の格好見たら、大体想像付いたけどね」

「元の世界だったら、勝負服とか勝負下着とか着るんだろうけどさ。こっちの世界じゃ、可愛いお洋服なんて制服くらいしか持ってないから」

蘭に撫でられながら、沙夜香は挑発的にスカートを捲《まく》り上げた。ムチッとした内股《うちもも》が蘭の眼下に晒される。

蘭はその艶めかしいラインに喉を鳴らしてから、下心たっぷりにスパッツに手をかけた。

蘭にスパッツを脱がされながら、沙夜香は制服の上着を首元まで捲り上げ、何でもないかのようにブラジャーも取る。

女子高生としては可哀想なほどに慎ましやかな双丘を見やりつつ、沙夜香はさわさわと自身の胸を撫で、片目を瞑って口端を舐めた。

その誘惑行為に息を荒げながら、蘭はすぐさま執事服を脱ぎ捨て、瞬く間にパンツ一枚になる。

抑えきれぬ欲望が内側からパンツを押し上げるが、沙夜香はそれに対して嫌悪や不快を示さない。むしろ興奮したように顔を上気させ、鼻息荒く蘭のパンツに手をかけた。

「大好きだよ、霧島くん……」

蘭のパンツをずり下ろしながら、沙夜香は蘭の耳元で愛を囁く。

どちらともなく首筋に腕を回し合い、顔を傾ける。期待の混ざった吐息を口端から零しつつ、沙夜香は蘭の唇を柔らかく包み込んだ。

舌は絡めない、触れるだけのソフトなキス。唇自体を味わうように、愛しい相手の口元を労るように咥え込み、包み込む。

沙夜香とキスをする場合、決して——彼女の口腔へ舌を挿れることは出来ない。

これは、沙夜香と蘭とでちゃんと決めたこと。沙夜香の心の準備が出来るまで、舌を絡めたキスは絶対にしないと。二人の間で、固く誓い合ったのだ。

セックスまでしておいて、何を純情ぶっているのか。

初めての経験だというわけでもないのに、二人は何を恐れているのか。

単純なことだ。眷属調教を施された女子生徒《奴隷対象》は、蘭と深いキスをすると、眷属レベルが二段階まで進んでしまう。

あの時の美鈴の変貌は、まだ記憶の中に深く刻み込まれている。

まだ自我が残っていた美鈴が、甘いキスを経て、本能に忠実な可愛らしいネコちゃんになってしまったこと。

まるで別人のように、蘭に対する反応が変わったこと。

その経過を知っているだけに、蘭は沙夜香を二段階目まで陥落させることが出来なかった。

無論、一旦眷属調教を解除すれば、気が済むまで沙夜香と愛し合うことが出来るだろう。

だが人間というものは、一度気を抜くと張りつめていたタガが外れてしまうものだ。

解除すれば、大丈夫。間違ってシちゃっても、終わってからかけ直せば平気。その無責任な妥協が、全ての始まり。

塵も積もれば山となる、だ。少しくらい平気だと甘い誘惑に負けてしまえば、いつの間にか後戻り出来ない場所まで辿り着いてしまう。

「……ん、霧島くん、霧島くん。大好き、ん、霧島くん」

「沙夜香……、ん。可愛い、可愛いよ。ん、沙夜香、沙夜香っ」

触れるだけのキスを何度も重ね、蘭と沙夜香はどさりとベッドの上に倒れ込む。

沙夜香の脚が蘭の腰をホールドし、ガッシリと抱え込む。

既にガチガチに勃ち上がったペニスを撫でながら、沙夜香は蘭の唇を甘噛みした。

「霧島くんの、すごく熱くなってる。……このまま、射精したいよね？」

細く長い指が、カウパーをお漏らしする欲棒の先端をツンツンと突っつく。

ペニスの先っぽと沙夜香の指先を、先走り液によるえっちな糸が淫猥に繋ぐ。

「もうこんなに……。私とするのが嬉しすぎて、興奮しちゃったの？」

「沙夜香こそ。声がSっぽくなってるよ」

「当然。実際、どうしようもないくらい興奮してるし。……ほら」

蘭の指先が、沙夜香の秘部へと押し当てられる。熱く疼く沙夜香の割れ目は、もう既にとろっとろに蕩けていた。

ぐちゅりと濡らされた蘭の手を、沙夜香は自身の膣穴に押し付ける。

蘭の接触は気持ち良くて、癖になってしまう。背中や頭を撫でられただけで、こんなにも身体が疼いてしまうのだ。直接触ってもらった時の快楽は、言葉で言い表すことなど不可能だろう。

「はい、霧島くん。力抜いて、だらーんとしててね」

甘い蜜をとろりと垂らしながら、沙夜香は蘭の上に覆い被さる。

小ぶりで可愛らしい乳房を蘭の胸に押し付けながら、沙夜香は蘭の耳に吐息を吹きかけ、甘噛みする。

舌を器用に使って蘭の耳元を掻き回しつつ、沙夜香は下半身へ手を伸ばし、熱く主張する愛しい相手のシンボルをキュッと握り締めた。

「あ、ぅ……」

「霧島くんのここ、ビクビク震えてすごく可愛い」

早く射精したいと声高に主張する男の子の証。敏感に反応するモノを沙夜香に握られ、蘭は快感のあまりビクンと身体を仰け反らせる。

その震えと同調するように、ビクビクと痙攣する先端から、またしても蘭はカウパーをお漏らししてしまう。

手のひらをカウパーで湿らせた沙夜香は満足げに口元を緩めると、嬉しそうに蘭の頬を両手で包み込んだ。

「さあ、霧島くん。膣外《そと》と膣内《なか》、どっちに射精したいですか？」

コンと額と額とを打ち付け合い、沙夜香は誘惑するように唇を舐める。

この状況このシチュエーションで、わざわざ前者を選ぶ男の子がいるのだろうか。疑問に思いつつも、沙夜香は意地悪く蘭に問いかけた。

答えは聞く前から分かっている。

「じゃあ、膣内《なか》で」

「ん、分かった。それじゃ、挿れるね」

待ちきれないとばかりに反応するペニスを沙夜香に撫でられ、蘭は思わず堪えるような声を漏らす。

手の肉に包まれた生殖器はそのまま沙夜香の割れ目に宛がわれ、熱くとろけた膣穴へと遠慮なく押し込まれていく。

ぐちゃぐちゃに蕩けた膣穴に迎え入れられたち○ぽは、触れただけでその感触に歓喜し、喝采を上げる。

愛液に塗れた膣壁を感じながら、蘭のペニスはすっぽりと飲み込まれてしまう。

甘い雰囲気を漂わせながらうねり蠢く膣壁に咀嚼《そしゃく》されたち○ぽは、快楽のあまり情けなくも動けなくなってしまう。

「それじゃぁ……、動くよ?」

蘭の分身を飲み込んだまま、沙夜香はゆっくりと腰を振り立てた。

蘭の身体を抱き締めるように、沙夜香はギュッと蘭の首筋に腕を回す。首筋に接吻を重ねながら、
沙夜香は徐々に蘭の耳元へ顔を近づけていく。

フッと吐息を吹きかけながら、Sっ気たっぷりな声で、焦らすように言葉を紡ぐ。

「霧島くんのせーし、私の膣内《なか》にいっぱい注いでね?」

沙夜香の声に反応するかのように、蘭のペニスが膣内でビクンと反応する。

女性的な起伏は少ないが、滑らかでしなやかな身体付きを全身で堪能しながら、蘭は沙夜香の体躯を夢中で抱きしめ返す。

汗ばんだ素肌と素肌がしっとりと吸い付き合い、コリコリとした沙夜香の乳首が、蘭の胸元に押し当てられる。

沙夜香の吐息を耳元で感じながら、蘭は彼女の頭に頬擦りする。

サラサラとした髪の感触を、直《じか》に感じる。女の子特有の甘い香りに頭が痺れそうになりながら、蘭はヒクヒクとち○ぽの先端を痙攣させた。

汗ばんだ肩に張り付く黒髪に、折れてしまいそうなほどに華奢《きゃしゃ》で繊細な白い体躯。

瑞々しい素肌は実に官能的で、慎ましやかな胸元からぷくっと起き上がった乳首は、そこはかとない色気を醸し出す。

そんな沙夜香に抱き締められながら腰を振られているという状況に、蘭の興奮も加速していく。

快感の波が訪れ、蘭はゾクリと身体を震わせる。

しっとりとした沙夜香の素肌に吸い付くように、総身をいっぱいに使って彼女の体躯を包み込む。

「さやっ、沙夜香！」

「んっ、イき、そう？　良い、よ。せーし、いっぱい、出して？」

腰が砕けそうな快楽から逃れるように、沙夜香の体躯にしがみ付く。

ヒクヒクと蠢く膣壁に搾り取られるように、浮き上がった睾丸がキュンキュンと悲鳴を上げる。

「ヤバ、も、もう――――」

最後の堤防が決壊し、蘭は総身を仰け反らせる。

沙夜香の膣穴に咥え込まれたち○ぽがビクンと跳ね、パンパンに膨れ上がった睾丸がキュゥゥと持ち上がる。

凄まじい快感と共に、真っ白な奔流がびゅるびゅると音を立てて吐き出されていく。

「あ――は、霧島くんの熱い精液、いっぱい出てる……」

余裕の表情で腰を揺らしながら、沙夜香は嬉しそうに笑みを浮かべる。

恍惚《こうこつ》とした表情は、好きな相手と繋がっているという状況からか。それとも好きな相手を組み敷き、一方的にイかせることが出来たという一種の優越感からか。

どちらにせよ、沙夜香が喜んでいることに変わりはないので、別に構わないのだが。

沙夜香の膣内にびゅくびゅくと射精しながら、蘭は不甲斐《ふがい》なさそうに脱力する。

眷属調教《スキル》のために感じやすくなった女の子ばかり相手にしていたせいだろうか。情けないことに、今晩は沙夜香をイかせることが出来なかった。

一応沙夜香も眷属調教のスキル効果を一段階までは進めているはずなので、その理屈は少しおかしいかもしれないが。

とにかく。自分だけ気持ち良くなってしまったという現実に、蘭は若干の寂寥《せきりょう》を感じてしまう。

だが――。

「どう、霧島くん？　私の膣内、気持ち良かった？」

当の本人――沙夜香は、そんな蘭を見つめながら幸せそうに微笑んでいた。

沙夜香にとっての幸せは、自分が果てることではない。大好きな相手が可愛らしい悲鳴を上げながら、気持ち良さそうに射精してしまうこと。自分よりも、繋がっている相手に気持ち良くなってもらいたい。

サディスト佐渡ヶ島沙夜香にとって、自分がイけたかどうかは関係ない。むしろ沙夜香にとっては、自分ばかり気持ち良くなっても、相手の男の子が無反応だとつまらないのだ。

ともあれ、蘭だって男の子だ。せっかく愛し合いながらセックスをするのなら、相手の女の子にも気持ち良くなってもらいたいと思うのが普通である。

蘭は沙夜香を抱き締めたまま、ごろんと寝返りを打った。

沙夜香にのしかかられていたような格好から、女の子を押し倒すような体勢へ。沙夜香はそれを不思議そうに見つめていたが、やがて合点がいったのか、幸福そうに瞳を細めてみせた。

「もぉ、負けず嫌いなんだから」

「俺だけイっちゃうなんて、情けないから。今晩も、絶対沙夜香を気持ち良くさせてやる」

男気の籠った力強い視線に、沙夜香はゾクリと総身を震わせる。

強がっている男の子の表情はどうしてこんなにも格好良く、魅力的なのだろうか。沙夜香の奥深くに眠るサディストの本能が、ムクムクと膨れ上がっていく。とはいえ沙夜香だって、蘭を虐《いじ》めたいわけではない。自分のために必死に頑張る表情・仕草・行動が大好きなだけだ。

別に性格が悪いとか、そういうわけではない。

なだらかな平地にてツンと突き立った乳首に舌を這《は》わせ、蘭は再度沙夜香の膣内に陰茎を押し込んだ。

蠱惑《こわく》的に動く沙夜香の腰に振り回されぬよう、沙夜香の平らな胸を舐め上げ、応戦する。

「……ん、ふぁ！　き、霧島くん。そこ、そんなに吸ったら、ひゃう！」

最初こそ強気だった沙夜香だが、甘い舌捌《さば》きによる執拗《しつよう》な乳首責めの前には、だらしなく嬌声を上げることしか出来なくなってしまう。

コンプレックスだった小さな胸を最愛の同級生に吸われながら、沙夜香はビクビクと総身を痙攣させたのだった。

◇◇◇◇

「霧島くんってば、本当感じやすいよね」

今晩二度目のセックスを終息させた蘭は、疲労の溜まった表情でベッドに寝転がりながら、沙夜香の言葉を茫然と聞き流していた。

小さくも女性的な魅力を醸し出す沙夜香の乳首を重点的に責めていた蘭は、あのまま沙夜香をイかせることが出来ると思っていた。

だがどういうわけだろうか。慎ましくも柔らかい乳房を唇でこね、その中央でぷくっと立ち上がった甘い乳首を、舌で舐めていたというのに。ビクビクと震える沙夜香に凄まじい興奮を得ながら、沙夜香のおっぱいをたっぷりと味わっていたというのに。結局沙夜香は果てることなく、グリグリと腰をいっぱいに使って、蘭のち○ぽを膣穴で咀嚼し始めたのだ。

既に一度絶頂を迎えていたということもあって敏感になっていた蘭のペニスは、甘くうねり蠢く沙夜香の膣壁に飲み込まれ、可愛らしい悲鳴を上げながら果ててしまったのだ。

沙夜香の体躯にしがみ付きながら果てる蘭を眺めていた、沙夜香のあの視線は忘れられない。見下すようであって、それでいて大切なものを愛《め》でるような優しい目つき。

不甲斐ない蘭を貶《けな》すようにも見えて、良く出来ましたと褒めているようにも感じられる、甘い目線。

全てを沙夜香に掌握されているような感覚に、腰の奥がビリビリと震えてしまった。

このままだと、いつか蘭はMに目覚めてしまうかもしれない。

「霧島くんがMに目覚めたら、毎晩たっぷり可愛がってあげるから心配しないでね」

「具体的には、どんな風に？」

「私が霧島くんにしてみたかったこと、ぜーんぶしてあげちゃおっかな」

へその辺りまで毛布をかぶりながら、沙夜香はにっこりと口元に弧を描く。

慎ましやかな胸元を無防備に晒しながら、沙夜香は身体を起こし、未だ息荒く脱力する蘭の頬を指先でちょんちょんと突っついた。

「ね、霧島くん。シたばかりでこんな話するのもアレなんだけどさ。聞いてくれる？」

「ああ、良いけど」

沙夜香と同じく生まれたままの姿で毛布をかぶった蘭は、気怠さからくる眠気に抗《あらが》いながら、沙夜香の方へ身体を向ける。

お互い何も身に着けずクラスメイトの異性とベッドの上で向かい合うという状況に興奮しながらも、蘭のち○ぽはへにゃりと垂れたまま、ピクリとも動かない。

睾丸に溜まっていた生命の種は、全て沙夜香の子宮内に注ぎ込んでしまった。

これ以上するのは無理だ。

「女ヶ根くんのことなんだけど――」

女ヶ根の名前を出した途端、蘭の顔があからさまに曇った。

とはいえ言葉を発したのは沙夜香であり、女ヶ根とは無関係だ。湧き上がった嫌悪感をぶつけることなく、蘭は鼻から深い溜息を吐いた。

「あいつが、どうかしたのか?」

「う、うん。実は今日、御子柴さんと女ヶ根くんが一緒にいるところを偶然見ちゃったんだけど……。御子柴さん、女ヶ根くんを見てると、えっちな気分になっちゃうんだって」

想定外の話だったのだろう。俯きかけていた顔を上げ、蘭は不思議そうな顔をした。

「……御子柴が、女ヶ根にそんなことを言ってたのか?」

「『あなたのこと見てると、ムラムラするのよ!』――って、大きな声で言ってたよ」

場面を想像してしまったのだろう。半眼で半笑いをするという器用なことをやってのけながら、蘭は思案するように眉を顰《ひそ》めた。

「女ヶ根に？」

「そう」

「ヤリマンビッチって噂の御子柴が、あの女ヶ根――女ヶ根英一に？」

嘘《うそ》だろ？　という疑問が、蘭の素直な気持ちだった。

「女ヶ根は、何か言ってたか？」

「動揺してたから、もしかするとちょっと聞き漏らした部分があるかもしれないけど――。キスしようとしてたみたい、だった……」

気味の悪いものを前にしたように、蘭の顔が不快そうに歪む。それを見て、沙夜香は否定するようにひらひらと手を振ってみせた。

「御子柴さん照れちゃってたみたいだから、目の前でちゅーしちゃうようなことにはならなかったよ。だから私も、その後どうなったのかは分からないんだけど……」

言ってから、難しそうな顔で顎に手をやる沙夜香。クラスから排斥されて以来、クラスメイト同士の男女関係がどのように変遷していったのか、蘭には与《あずか》り知らぬことだったが。彼女の仕草を見る限り、予想外のペアであったことは間違いない。

男に飢えたスラットが節操なしに男子生徒を食い荒らした――なのだろうか。

御子柴彩という女子生徒は、はっきり言って、かなりの美少女だ。

茶髪の似合う整った顔立ちに、健康的に日焼けした素肌は非常に魅惑的。おっぱいも大きくてスタイルは抜群だし、スカート丈は短く、太腿はムチムチだ。

出席番号の関係上、クラス替え当初彼女の後ろに座っていた女ヶ根が、授業中甘い香りがして不覚にも勃起してしまったと、オタ仲間に自慢しているのを聞いたこともある。

実際蘭も授業中に彼女の姿を目にしたことがあるが――。

まあ、うん。一言で言ってしまえば、エロい。

教師の中には、御子柴を近くで見たいのか、授業中に何度も指名しては黒板に答えを書かせる輩《やから》もいるくらいだ。

「でも確か、御子柴って頭良かったよな」

見るからにガリ勉っぽい女ヶ根は、どちらかというとあまり成績は良くなかったはずだ。

学力についてはー先《ひとま》ず置いておくとしても、どこからどう見ても非モテオタクな女ヶ根が、御子柴を口説く場面を想像することが出来ない。

それとも男子である蘭には理解出来ないだけで、不良系女子には堪らないフェロモンを放っていたりするのだろうか。

「人の好みは千差万別って言うからな」

「やっぱ、霧島くんもそう思う？」

意味ありげに紡がれた言葉に首を傾げると、沙夜香は小さく溜息を吐いた。

「恵美ちゃんとか百合ちゃんだったら絶対、女ヶ根くんが貢いだとか、身体だけの関係だとか言いそうだなって」

「ああ」

乙女崎恵美も藤吉百合も、生粋のオタ女子――藤吉に至っては腐女子だ。素材は中々良さそうだが、地味でモテなさそうというのが蘭の感想だ。

藤吉百合なんて、高校生にもなってツインテールだし。

「御子柴に施されたスキルは、何だったっけか」

「無限魔力《オーバー・エネルギー》だよ。それで、女ヶ根くんのスキルは鑑定」

「それは覚えてる」

女ヶ根には、文字通り腸《はらわた》が煮えくり返るような怨嗟《えんさ》——恨みがある。

実際に暴力を振るったのは虎生の方だが、最初に蘭のことを吊《つる》し上げたのは、他でもない女ヶ根英一だ。

彼さえ黙っていれば、今のような——恋い焦がれていたクラスのアイドルと、凛々《りり》しい剣道女子と、蘭に想いを寄せる文系少女を囲う生活は出来なかっただろうが。これは単なる結果であって、それで蘭が女ヶ根や虎生のことを受け入れようとは考えていない。

「でも、何だかおかしいんだよね」

沙夜香は不思議そうに、うーんと首を傾げた。

「御子柴さんから告白したはずなのに、その、全然イチャイチャしてないっていうか……。今日の晩御飯の時も、ずっと黙ってたし。普通大好きな男の子と付き合い始めたら、もっと近づきたいとか、見つめ合いたいとか、そう思うものだと思うし」

「なるほど、そりゃ少し妙だな」

ともあれまあ、御子柴も女ヶ根も、あまり人前でベタベタするような人間ではなさそうだ。

意外とお部屋でこっそり会って、熱烈な愛を語らっているのかもしれない。

そう考えると、何故か無性に腹が立ってくるが。

「まあ、何だ。気になることがあったら、また教えてくれないか？」

「うん、いいよ。私も、霧島くんと他人の恋バナするの楽しいし」

照れたように微笑む沙夜香の頭を撫でながら、蘭は思案気に顎に手をやった。

勿論考えているのは、今話題に上がったばかりの、御子柴彩のこと。御子柴が女ヶ根に告白した。もしそれが冗談やからかいの類などではないのであれば、彼らは正真正銘、お付き合いをしている、ということだ。つまり、あのムチムチ美少女の御子柴彩は、現在女ヶ根英一のものということになる。

御子柴彩は、女ヶ根英一のもの。

「……御子柴、か」

女ヶ根には、彼一人では負担しきれないほどの貸し――恨みがある。

それを今ここで、返して貰うことにしよう。

獲物を見つけた鷹のような目付きをしながら、蘭は意味ありげに口元を歪めた。

第16話 抗えぬ誘惑

女ヶ根英一にとって学校生活とは、花の咲いていない花畑をひたすら無意味に歩いているように、味気ないものだった。

いずれ咲き乱れると微《かす》かな希望に縋《すが》り、積み重ねてゆく毎日に意義を持たせる。

理想にこだわらず、味気ない日常から相応の楽しみを見出せば、退屈な日々を過ごさずに済む。

真の充足からは程遠い——それなりの幸せを、まあこれで良いかと達観したように受け入れる、そんな毎日。

もし女ヶ根が霧島蘭のように無趣味であったのなら、間違いなく彼はクラスという名の集団にて一人ぼっちになっていただろう。

だが女ヶ根には、幸か不幸か一応の趣味があった。深夜放送枠のアニメ観賞という、決してポピュラーとは言えぬ趣味ではあったが。その趣味こそが女ヶ根にとって、何よりも大切な——クラスのオタグループと仲を深める、重要な鍵《キー》となった。

昨晩視聴した深夜アニメの感想を、友人たちと語らい合う。

仲間たちから勧められた漫画やライトノベルを貸借し合い、趣味を通じて交友関係を深めていく。

クラスの女子生徒たちからは避けられていたが、一応は充実した生活を送っていた。

しかし女ヶ根はもっと充実した——薔薇《ばら》色の青春を、学校生活の中に求めていた。

仲間たちと趣味の話をする日常生活も、楽しくなかったわけではない。だがそれでは物足りなかった。女ヶ根の求める学校生活とは、同性との交友関係だけでは、決して満たすことの出来るようなものではなかったからだ。

人生で三年間しか楽しむことの出来ぬ、男子高校生という高等な身分。長い人生の中わずかな時間しか生活を共にすることの出来ぬ、制服を纏った女子高生との甘い青春。心から楽しまなければ、損ではないだろうか。

御田川や竜崎、川崎など同性の友人たちも、勿論大切な青春の欠片《ピース》だ。だが出来ればそこに花が欲しかった。

一輪で良い。ほんの短い間だけでも良い。鮮やかな――可愛らしい花が欲しかったのだ。

放課後まで残って、夕焼けの中二人きりで勉強したり。

運動部から放たれる応援の声をバックに、手を繋ぎながら二人きりで下校したり。

卒業式の最後に、大切な女の子を胸の中で泣かせてあげたりと。

そういったよくある青春（主にアニメやゲームからの知識ではあるが）を、女ヶ根は心から求めていた。

一人の女の子の大切な恋人として、充実した高校生活を全うすることを望んでいたのだ。

――まあ色々と綺麗ごとを並べ立てたが、端的に言ってしまえば、高校生の間に彼女を作ってセックスしたかった、とそういう意味である。

「唐突なクラス転移、不遇チート、生徒間での諍《いさか》い……。既に、フラグは全て立て終わりましたな」

何の変哲もない日常生活から、剣と魔法の異世界へ転がり込む。クラスメイトたちが様々なチート能力を授かる中、女ヶ根には平々凡々な不遇スキル――鑑定が与えられた。

そして数多《あまた》の筋書通り、一人の生徒がスキルに難癖を付けて暴れ出した。

身に余るスキルを与えられれば、良からぬ考えを起こす人間が現れてしまうのは必然。むしろ二十一人もの人間が一斉に召喚されて、余計な行動を起こした愚者が一人しか現れなかったというのは僥倖だっただろう。

あのままクラスが分裂してしまったら、女ヶ根に残された道は、クラスから逃げ出して好き勝手に冒険し――魔物娘や異世界のチョロインでハーレムを作る王道展開しかなかった。

まあそれでも幸せな結末を迎えることは出来ただろうが。

ともあれ女ヶ根の筋書（転移後に即興で組み立てた展開だが）通り、集団の中から一人、悪役が生まれた。

皆から好かれる学級委員長と共に害悪――性欲に塗れた眷属調教の使い手を集団から追い出し、女子生徒を救った女ヶ根英一。

一躍ヒーローである。悪趣味なスキル持ちから女子生徒を守った女ヶ根は、その功績を讃《たた》えられ、愛くるしい同級生のハートをズキュンと撃ち抜くのだ。

――だが、現実は非情である。

女を奴隷化するという最悪のスキル持ちを排除した女ヶ根だったが、彼に惚れる女子生徒は現れず、薔薇色の青春が訪れることもなかった。

少し考えれば分かることではあるが。自分自身を客観視出来ない人間がそういった自分本位な考えに陥るのは必然だろう。おかしな話ではない。

しかし女ヶ根は、希望を捨てなかった。

クラスに絶対一人はいるであろう、女ヶ根に密かな恋心を抱いている女子生徒。告白のタイミングがつかめず、陰から毎日女ヶ根のことを眺めては「はぁ、今日も話せなかったな」なんて呟く、清楚な女の子。その子が勇気を出すまで、女ヶ根は山の如《ごと》く静かに待つことにしたのだ。

そして、時は来た。

「しかしその相手が愛しのみこりんだったとは、世の中狭いものですなあ」

「――――」

照れたように（実際は違うが）そっぽを向く御子柴彩を眺めながら、女ヶ根は幸せそうにうっとりと目を細める。

ニタニタと歪められたオタ顔を横目に見やりながら、御子柴は面倒くさそうに頭を掻き毟る。

どうしてこんなことになったのだろう。

その疑問に答えるのは、至って簡単なことだが。こうなった原因から結果まで全てのあらましを誰か第三者の口から説明されでもしたら、流石の御子柴も平静を保ってはいられないだろう。感情に任せて殴ってしまうかもしれない。

ムラムラとイライラを言い間違えたせいでこんなことになっているとか、信じたくない。

もしかして悪い夢でも見ているのではないかと、ありえない希望に縋って頬をつねるのはこれで何度目だろうか。

「恥ずかしがるみこりんも実に可愛らしいですなあ」

「――――」

「みっこみっこみー」

「――――」

「幸せのあまり、心がみこみこしてしまいそうでありますよ」

「お願いだから、その呼び方やめてくれる!?」

女ヶ根がみこみこ言う度に、女オタグループ――主に乙女崎恵美と藤吉百合だが――から、変な視線を向けられるのだ。

特に藤吉百合は、妬みの籠った目線を向けてくる。

相手がこんな男でも、男子にちやほやされるのが羨ましいのだろうか。それならまずその痛々しいツインテールをやめれば良いのにとも思うが。あそこまで徹底していると、逆に気になってしまう。何かの真似だったりするのだろうか。

「で、でも、みこりんは、み、みこりんだし……」

「…………」

胸の前で指先をくっつけたり離したりしながら、御田川がしどろもどろに発言する。

御田川健次郎の隣では、川崎伸三が一心不乱にトマト味の肉料理をかきこんでいた。

いつもの二人組だ。竜崎翼は今この場所にはいない。竜崎は現在、田中春人やその友人らのグループに無理矢理割り込み、得意げに「女の口説き方」とやらを講釈垂れている。

沙夜香と百合の二人にフラれたばかりの春人は、興味津々で竜崎の高説に耳を傾けているが。彼の口から吐かれる言葉は、全てエロゲーやギャルゲーからの知識だと誰か教えてあげた方が幸せなのではないかと思ってしまう。

見ていて痛々しい。無関係な御子柴も、思わず背中が痒《かゆ》くなってしまうほどだ。

「いやー、しかし、竜崎も嫉妬深い奴ですな。僕がみこりんと付き合い始めた途端、あからさまに距離をとるようになりましたからな」

「だから付き合ってねーっての！」

「な、仲良しで、い、良いなぁ……」

「御田川も、いつか可愛らしい彼女が出来るはずでありますよ。御田川は根が優しく、穏やかですからな」

「えへへ、そ、そうかな……」

可愛いと思ってやっているのだろうポリポリと頬をかく仕草を眺めながら、御子柴は退屈そうにトマト味の肉を口へ運んだ。

御田川の今の発言は、数多の童貞が口癖のように呟く「彼女が欲しい」とは異なるものだろう。女ヶ根は気が付いていないようだが、彼――御田川健次郎には、想いを寄せる女子生徒がいる。視線の定まらない御田川だが、彼は先ほどから一人の女子生徒をチラチラと視界に入れていた。

クラスでのカースト上位陣。新垣や虎生、猫山美鈴や――陸上部の白雪沙姫《シラユキサキ》などと共にテーブルを囲む風紀委員――犬神佳奈美。

御田川はきっと、彼女のことが好きなのだろう。

逆に竜崎翼は、女子高生なら誰でも良いから付き合いたい――セックスしたいと、そう考えているような奴だった。

大方御子柴に近づいたのも、ある程度仲良くなってから頼めば、一回くらいはやらせてくれるのではと思ったからだろう。

「……もう少し、格好良ければな」

女ヶ根も御田川も川崎も――竜崎は、この四人の中では整った方だが――御子柴からすれば、ぼっち感を紛らわしてくれるだけの男子生徒だ。ステータスにもならなければ、性欲も湧かない。

存在しているだけで気持ち悪いとか、そこまで悪く言うつもりはない。

女ヶ根に付きまとわれるのは、正直言ってあまり良い気分はしない。だがここで本気で拒絶してしまえば、御子柴はまた、元の扱いにくいエセ不良ぼっちに逆戻りだ。

ここは元の世界とは違う、異世界だ。ここでの孤立は、世界での孤立と同等の意味を成す。

付き合う付き合わないは別として、あからさまに――彼らを無下に扱う必要もないだろう。

「……本当に、もう少しだけ、イケメンだったら」

腰をキュッと揺らしつつ、御子柴は果物のしぼり汁をグッと飲み干した。

冷たい果汁を胃の中に流し込んでも、この熱さと疼きは、全く以て治まらない。

――一度くらいなら、身体を許しても良かったかもしれないのに。

◇◇◇◇

「あー……ヤバい。ちょっともう、マジで限界かも」

窓から差し込む月明かりに照らされた、仄暗《ほのぐら》い個室にて。

オタサーの姫御子柴彩は、息を荒げ顔を上気させながら、ベッドに敷かれたシーツを一心不乱に噛みしめていた。

ベッドに頬を乗せ、床に膝を突きながら太腿をすりすりと擦り合わせる。

誰かに触れられているわけでもない。彼女自身の素肌同士が擦れ合っているだけなのに。

「くぁ、ダメ、だ。……頭の中が真っ白くなって、弾け飛びそう」

お腹の奥深くに尋常ではないほどの疼きが生じ、御子柴彩は辛そうに片目を瞑る。

触りたい。べっとりした愛液を吐きだしながら悲鳴を上げる陰裂を、指を使って思いっきり弄りたい。

奥深くまで指を突っ込んで、この熱さを解消したい。

大事なところを指先で蹂躙する妄想が何度も何度も頭の中を過るが、一縷《いちる》の理性を振りかざし、彩は何とか平静を保とうと奮闘する。

こうなったのも、全て今までのオナニーのせいだ。

毎晩毎晩弄っていたせいで、彩の股間や乳首は、既に感度良好——完全に開発されてしまったらしい。

今ではちょっと弄ると、甘い喘ぎ声が口端から漏れだしてしまうくらいである。

「したい。マジでもうやりたい。とにかくもう、誰でも良いからあたしのことを抱いて欲しい。今すぐに」

これは、罰なのだろうか。

遥か昔年の頃、一人えっちとは子孫繁栄に繋がらぬ行為として、神に背く行為だと考えられていたという。

快楽を求めるために自身の身体を弄ぶ、ふしだらな所業。神に背く行為を毎晩のように積み重ねた彩に対する神罰。逃れられぬ、結果だというのだろうか。

もういっそ、女ヶ根でも良いから部屋に連れ込んでしまおうか。顔をシーツでくるんで、絶対に声を出すなときつく命令しておけば、いけるのではないか。

しかし一時の感情に流されて、女ヶ根などとセックスなんてしてしまえば。

理性を取り戻した時に、どうしようもないほどの後悔と嫌悪に苛まれてしまうだろう。

それだけはダメだ。

女ヶ根――というか、オタグループの面々と身体を重ねるわけにはいかない。

それに――、どうせ初体験を迎えるのなら、心から愛し、気持ち良くイきたいというのが本心だ。

「今日も、一度だけ、シちゃおうかな……」

制服を上に纏ったまま、刺激的なブラジャーを器用に脱ぎ捨てる。

ファサリとブラが床に落ちたのを確認してから、自身の胸元に視線を落とす。

女子高生にしては中々に育った双丘を見やり、彩は優越感の籠った表情で口元に弧を描いた。

大きなおっぱいが柔らかく揺れ動き、制服の胸元がたゆんと跳ねる。

制服の裏地にいやらしく摩擦された乳首は既にツンと突き立っており、視覚的にも、自身が興奮していることがはっきりと分かってしまう。

制服の上から乳首の先端をそっと撫でてから、いつものようにオナニーを始めようと、彩はスカートの中に手を伸ばした――のだが。

静謐《せいひつ》な個室に、乾いた音が二回、コンコンと奏でられる。

ビクンと身体を跳ねさせ、彩はベッドの上に飛び乗った。

「……来客。こ、こんな夜遅くに？」

とはいえ夕食が終わって、まだそう経っていない時間帯だ。

訪問するには非常識な時間だというわけではない。

「だ、誰？　もしかして、女ヶ根？　それとも、猫山か？」

暫しの沈黙。訪問者からの返答はない。

もし来客が女ヶ根だったら、何かしらの戯言《ざれごと》をのたまうか何かしらのアクションは見せるだろう。

御田川や川崎――竜崎だったとしても同様だ。事務的な指令を伝えるために赴いた猫山や犬神だったとしても、誰なのか名乗るくらいはするだろう。

「どうしよ。あたし今、かんっぜんにノーブラなんですけど」

制服を押し上げる胸元をさりげなく隠しながら、彩は扉の鍵をガチャリと開けた。

一応ここは、王宮の中だ。

騒ぎや何やらが起きているわけではないし、不審者ということはないだろう。

まう。

逡巡《しゅんじゅん》している間に、再度扉がノックされる。急《せ》かすような所作に、彩は反射的に声を上げてし

「は、はいっ！」

ノーブラのまま訪客を相手にするという行為に若干の興奮を覚えながら、彩は自室の扉を開く。

月明かりの差し込む廊下に佇むのは、ピシッとしたスーツを身に着けた、ブロンドの男性だった。

探偵が被るような特徴的な帽子を深く被り、眼鏡越しの瞳は影に包まれて視認することが出来ない。

だが彼が身に着けている服装から、何者なのかを察することくらいは可能だ。

「執事《バトラー》さん。あれ？　あたし、何か買ってくるように頼んだっけ？」

「…………」

無言のまま、ブロンドの上級使用人は彩の部屋へ躍り込む。

唐突な行動に制止することも出来ず、彩は慌てた様子で、遠慮なく乙女の部屋に押し入ってきた上級使用人を睨みつけた。

「ちょっ……！　何勝手に入って――」

るのよ！　と続けようとしたところで、彩の中でとある感情が唐突に噴き上がった。

膨れ上がった衝動はお腹の奥深くで爆発し、凄まじい速度で脳内を駆け巡り、総身を熱く焼き焦がしてしまう。痺れるような火照りは、確実な性衝動となって心を掻き乱す。男に触れられたい

――本能に忠実な情動が、色々と溜まりっ放しだった彩の中に芽生えてしまう。

微かに残っていた理性を、劣情が凌駕《りょうが》した。

「…………いい」

値踏みするような眼差しで、彩は欲しそうに喉を鳴らす。

執事服を纏った、ブロンドの上級使用人。身体付きや雰囲気から察するに、割と若年層——青年か少年だと思われる。顔はよく見えなかったが、一目見ただけで嫌悪を感じるような面差しではなかった。

清潔感のある服装は勿論、異国的なブロンドヘアも魅力的だ。頼もしそうな背中。いやらしい目付きで余すところなく眺め、妄想逞《たくま》しく自身の指を舐め上げた。

欲望を解消する手立てが脳裏に浮かび上がる。一歩間違えれば取り返しのつかない結末を迎える可能性もある危険な企て。理性的に考えれば、絶対に選択してはいけない諸刃の剣だ。速くなる心拍が、情動を掻き立てた。上気し熱をもった頬が、冷静な思考を阻害する。

彩の中で、ピンク色の妄想が甘く弾けた。

「なぁ……、バトラーさん」

熱く疼くお腹を撫でながら、彩はドッカリとベッドの上に腰かけた。

男性と二人きりの時にベッドに腰かけるなど、どう考えても誘っているようにしか見えないだろう。

振り返ったバトラーに、彩は誘惑するかのように甘いウィンクを放つ。

艶めかしく肢体のラインを撫でつけながら、人差し指と中指を唇に押し当て、色めかしい投げキスを見せつける。

「あんたが何の用でここに来たのか、知らないけどどさ」

「……はい」

眼鏡越しの瞳に、やや熱っぽい感覚が灯る。

目の前にいるバトラーが、彩をエロい目線で見ていることは確実だろう。

「もし時間あるなら、ちょっとだけ、頼まれてくんないかな」

「何でしょうか」

分かってるくせにと、彩はスカートを捲り上げる。

ムチムチと艶めかしい太腿を露出させ、下着を見せつけるように、ゆっくりと焦らしながら股座《またぐら》を開く。

男性の前で股を開くという行為に興奮しているのか、彩の秘部はもう既に愛液でぬらぬらと潤っていた。

バトラーの目線が股間を向くのが分かる。身を捩ると、くちゅりと粘ついた水音がした。

「内股がちょっと痒いんだ。もし良かったら、そこにある塗り薬を塗ってくれないか？」

薬草をすり潰して作ったという、王宮の魔術師お手製の塗り薬を指さし、彩は気怠げに吐息を零す。

普通に考えれば、なんて我儘《わがまま》な聖徒だろうと呆《あき》れるような所業だが。

ここまでして、誘っていることが分からないほど鈍感ということはないだろう。

とはいえ彼は王宮の執事だ。国の所有物である聖徒に、軽々しく手を出すとも思えない。

「…………」

だが清廉な執事《バトラー》も所詮は男性だ。

食べ頃JKが目の前で誘い受けをしているともなれば、良からぬ想いだって浮かんでしまうことだろう。

別にセックスしろと言っているわけではない。

男性の指で、陰核や膣穴を撫でて欲しいだけ。そう、自分以外の指で刺激して欲しいだけなのだ。

バトラーの喉元から、唾を飲み込む音が聞こえた。

塗り薬を手に取って、じりじりと彩に向かって歩を進めてくる。

どんな反応を見せるのかドキドキしながら、彩はキュッと目を瞑る。

愚直に内股を探るか、さりげなさを装って割れ目に手を押し当ててくるか。どこが痒いのか、聞いてくるか。

だが実際に起こったのは、彩の空想した、それらの事象とは全て異なるものだった。

瞑目《めいもく》した彩がまず感じたのは、頭を撫でられるような感覚だ。

労るように、慈しむように、優しい手つきで誰かが彩の頭を撫でている。

そこじゃないのにと思いながら、彩は無言で唇を尖らせる。意気地なし。年頃の女の子が勇気を出して誘っているのに、結局何も出来ないのか。

若干がっかりしながら瞳を開けると、そこにはブロンドの上級使用人の姿は存在しなかった。

確かに、バトラーの服に身を包んだ、同い年くらいの少年は存在する。だが髪色はまごうかたなき漆黒で、瞳の色も見慣れた茶色だ。違和感が胸中を支配し、思わず視線をさまよわせる。少年の手には、金色の毛束が握られていた。

何が起こったのか理解が追いつくより先に、少年は勿体《もったい》ぶった仕草で顔を隠す眼鏡を取り払った。

曝《さら》け出された容貌に、彩は喉を引き攣らせる。見知った顔。しかしこの面差しと相対することになろうとは、彩は夢にも思わなかった。

「……き、霧島？」

驚きの声が漏れるが、彩の心を掻き毟ったのは畏怖や驚愕のそれではなかった。ぞわぞわと肌が粟立《あわだ》つのを感じる。目の前の存在から目を逸らすことが出来ず、鼓動が速くなり呼気は弾む。

怖気《おじけ》ではない。胸の奥が、キュウと締め付けられる。不快ではなかった。火傷《やけど》しそうな熱を携え訪れたその情動は彩の心をときめかせ、幸せの旋律を奏で彩っていく。

「嘘。何で、霧島が――ていうか、そんなことより、あたしってばどうして、霧島のことを好――」

零れかけた文言をどうにか寸前で飲み込む。言葉として出かかったその気持ちは、彩の中に深く刻み込まれていく。突如生じた感情の意味を知覚し、彩は顔を真っ赤に染める。

彩を見ながらニヤつく蘭の姿が、堪らなく愛おしい。女の本能が、霧島蘭という存在を強く欲す。下腹を苛む物足りなさを、彼に埋めて欲しいと、切に願った。

「きり、霧島ぁ……っ」

「御子柴彩。君には俺の、眷属になってもらおうか」

口元を歪めながら、上級使用人ライアン――聖徒霧島蘭は、躊躇いなく彩の身体を胸の中に掻き抱いた。

第17話 はじめてなギャル

茶色く染まった髪からは甘い香りが漂い、押し当てられた割れ目からは、じんわりとした体温と湿り気を感じる。髪の匂いを胸いっぱいに吸い込んでから、蘭は彩の頰を撫で、濡らさないようにそっと首筋に接吻してやった。

その接触に反応するように、ピクンと跳ねる彩の肢体。密着した左胸は期待に満ちた鼓動をトクトクと伝達させ、彩の息が荒くなっていく。

押し当てれば押し当てるほど、無抵抗に形を変える柔らかなおっぱい。きっと下着を着けていないのだろうなと、蘭は思った。

「な、何で、霧島が」

「その辺の話はまた後で。それより、御子柴さんに聞きたいことがあるんだ」

首筋をいやらしくなぞりながら、蘭は彩の身体を視界に入れる。

制服に包まれた肢体は女性的な起伏に富んでおり実に魅惑的だ。安産型なお尻から伸びた曲線は艶めかしいくびれを生じさせ、甘くうねった腰回りの魅力をさらに際立てる。

捲り上げられたスカートから覗く太腿は、ムチムチしている。太すぎず細すぎず、日焼けした素肌は汗を弾いてしっとりと湿っていた。

「御子柴さん。今俺のこと、誘ってたよね？」

あれが誘惑行為でなくて、何だというのか。

突如現れた正体不明の執事《バトラー》に、甘いウィンクを放ったうえ、えっちな音をたてながらの投げキスだ。彩ほどの美少女にそんなことをされれば、その気がなくとも自然と欲望が湧き上がってしまう。無防備に喰《く》われるのを待っているだけの据え膳とは違う。皿の上から飛び出し、わざわざ口の中に入ってくるようなものだろうか。

しかも最終的には、蘭の手で内股を触るよう誘導したのだ。

ここまでされて理性を保てる男性が、この世に存在するのだろうか。

「し、仕方ないだろ⁉　お腹の中が疼いてどうしようもないから、男の子の手で、気持ち良くして欲しかったんだから！」

眷属調教の能力のためか嘘を吐《つ》けなくなった彩は、叫ぶように自身の思いをぶちまけてしまう。

ついでに蘭の手を取って自身の口元に運ぶと、眦に涙を浮かべながら、蘭の指先に熱い舌をねっとりと這わせた。

「ああ、誘ったよ！　あたしだって、執事服好きだもん！　オナニーしようと思って心も身体も準備万端にしたところで、年頃の男の子が来たんだよ。黙って見過ごせるわけがないじゃん！　あたしだって女子高生なんだから、男の身体に興味津々だし、欲しいに決まってんじゃん！　生殖本能に流されて悪いかよ！」

カプリと蘭の指先を甘噛みし、彩はちゅぅちゅぅと指先に吸い付いた。劣情の籠った赤い顔を隠そうともせず、涙の浮かんだ双眸《そうぼう》をじっと蘭に向けてくる。

「女がエロいことに興味もって、悪いかよ……」

「いや、悪くない」

むしろエロくて最高ですという戯言を飲み込み、蘭は彩の胸元に手を伸ばす。右手を舐められながら、左手で彩のおっぱいを優しく撫でる。制服越しの乳首は、ふしだらにツンと突き立っている。制服の上から摘《つ》まんでやると、彩は幸せそうに「ふきゅぅん」と甘い声を上げた。

「御子柴さん。気持ち良い？」

「あ、ああ……。すごく、エロい気分だ。霧島、女の身体触るの、上手いな」

「それほどでも」

実際彩が感じているのは、眷属調教のスキル能力によるものがほとんどではある。

眷属調教の魔の手にかかった女にとって、蘭からの性的な接触はまさに禁断の果実。理性で抗えるような代物ではない。清楚な生娘ですら蜜壺は大洪水を起こし、自ら快楽を求めるようになる。無理強いや強制ではない。蘭が触ったところが熱を帯びて、気持ち良くなってしまうのだ。

とはいえ、それを馬鹿正直に伝える必要もないだろう。

むしろそれを逆手にとって——。

「御子柴さんと俺って、もしかすると身体の相性が良いのかもしれないね」

「身体の相性……。何だかエロいな。興奮する」

安心しきったように、蘭に身体を許す彩。蘭も今までに三人ほどの女子高生とセックスをしたことがあるが、このような反応を見るのは初めてだ。

まあ見た目から凄まじいほどのスラット臭が漂ってくるので、きっとこういう経験も豊富なのだろう。

見たところ、乳首とか割れ目も開発済みのようだ。初めてを奪えなかったというのは蘭の心情上残念な話だが、ヤリマンビッチの噂に塗れた彩にまで、処女を求めなくても良いだろう。むしろこんなにもセックスに寛大な女子に処女を求めたら、罰が当たってしまいそうだ。

「……ん、霧島。その魔性の手で、こっちも触ってくれ」

はしたなく股を開き、彩は蘭の頬を誘うように撫でつける。

彩に舐められベトベトになった右手を下ろし、彼女の内股——女の子の大事な部分に、遠慮なく触れ合わせる。下着越しだというのに、彩の秘部はぐっしょりと濡れていた。

これは蘭の接触によるものだけではないだろう。蘭が来る前から、自分自身の手で慰めていたようだし。

「待ってね。俺もそろそろ脱がないと」

借りものの上着を汚すことを危惧したというのもあるが、それよりも男の子として重要なことが限界を迎えたのだ。

スーツのようなピシッとしたズボンの中では、既に己の分身がギンギンに立ち上がっていた。これ以上閉じ込めておくのは無理だ。苦しくて仕方がない。

執事服を脱ぎ捨て、テーブルの端に畳んで置いておく。この世界で購入したパンツの紐《ひも》を緩め、蘭は彩の身体にしなだれかかった。

「御子柴さんも、脱ごっか」

たっぷりと愛液が染み込んで重くなったショーツを、足首の辺りまでずり下ろす。

挑発的な長さのスカートを捲り上げると、ツンとするような甘酸っぱい香りが鼻孔をくすぐった。

甘酸っぱい蜜でしっとりと湿った麦畑を撫でつけ、蘭はその手を口元に運ぶ。

「霧島ったら、結構いやらしいことするんだな」

「こういうことされるの、初めて？」

蘭の問いかけに、彩は照れたように首肯する。

淫乱ビッチな彩でも、初めてされる行為なんてものがあるのか。

だとしたら、真っ先に当たりを引いたのだろう。ここから先も同じような新鮮さを求められたら、少し困るな。

「あ、そうだ。もう一つ聞くの忘れてた」

何故蘭が、今晩の獲物《デザート》に彩を選んだのか。

理由は幾つかあるが、決定的なものは二つだ。

一つは、彩のスキル目当て。彩のスキルは、無限魔力。限界の存在しない膨大な量の魔力で、フィジカル系の付与魔術をかけてもらうのだ。美鈴ほどではないだろうが、際限なく付与魔術を施されれば、連続射精も夢ではないだろう。

事実最近は自分でも少し付与魔術をかけて、濃い精液をたっぷり出せるように頑張っているのだ。それに彩ならビジュアル的に、精液塗れにしても喜んでくれそうだし。

そして二つ目は、他でもない女ヶ根英一への復讐。ようやく手に入れた可愛くてえっちな大切な恋人を、この手で奪い取ってやりたい。脅迫や暴力を介したレイプではなく、双方合意の上で愛し合う。罪悪感も悔恨も感じない。それこそが、蘭にとってこの上なくカタルシスを得ることが出来る、最高の寝取り行為なのだ。

「御子柴さんって、女ヶ根英一の彼女なんだよね？」

「……それ、誰から聞いたんだ？」

不機嫌そうに、口を尖らせる彩。想像した反応と異なる仕草を見せられ、蘭は思わず動揺する。ここは「そうだよ」とか言って、照れくさそうにする場面ではなかろうか。

「いや、ちょっと待てよ」

しかしそうなるとおかしい。彩は先ほど、自分で自分の性欲を慰めていると言っていた。

現実の女との接点がなく、性欲もたっぷりあるであろう女ヶ根と付き合っているとしたら、そんなことをする必要があるだろうか。

男性なら、妻や彼女がいても自慰はするだろう。彩の性欲が底なしという可能性もなきにしも非ずだが。それなら今この場に、女ヶ根がいるはずだ。

「あたしと女ヶ根が付き合ってるって噂は、全くの出鱈目《でたらめ》だ。あたしの言い間違いを、女ヶ根のやつが都合よく勘違いしただけ」

「それ、本当？」

言ってから己の愚かさを痛感する。眷属化しているのだから、嘘が吐けるはずがないのだ。

となると、沙夜香が見たという彩の告白は一体何だったんだろう。

鍬《クワ》と鋤《スキ》を言い間違えたとか、そういう話だろうか。昔のギャグ漫画かよ。

しかしまあ、都合よく解釈する——ということは、女ヶ根も彩のことを少なからず想っていることに相違ないだろう。彩からの好意は勘違いだったとはいえ、絶賛片思い中の相手を口説いていることには違いない。今回はともかく、それで良いか。

「それよりも、今は女ヶ根のことなんて、どうだって良いだろう？」

ゆるゆるになったパンツに手をかけられ、そのままずるりと脱がされる。

完全勃起したペニスがぶるんと跳ねるのを見て、彩は嬉しそうに「きゃー」と声を上げた。喜びを隠せないとでも言うように、顔を赤く染めニマニマと口元を緩めている。股間と顔とを交互に見やる仕草が堪らない。

「これが霧島のち○ぽかー……。ふぉー……」

まるで初めて見たかのように、じっくりと蘭のペニスを観察する。

指先で先端を突っついてみたり、ぶらりと垂れた玉袋をさわさわと撫でてみたり。

蘭を気持ち良くさせてあげようというよりかは、彩自身の性的好奇心を満たしているような、そんな感じだ。

「お、思ったより、かわいいな。ピクピクしてて、すっごくエロい」

ツンツンと突っついては、その接触に反応して跳ねる仕草を見て、頬を赤く染める。

竿《さお》の部分を撫でて先端からとろりとカウパーが零れれば、「ふあぁー……」などと言いながら、目を見開く。

「な、なぁ。舐めてみても、良いか？」

「勿論。何なら、咥えちゃっても良いよ」

「わ、わぁー……」

はしたなく喉を鳴らし、彩はそぉっと舌を出して、蘭のち○ぽをペロリと舐めた。

裏筋を丁寧に刺激するように這う舌は、そのまま先端まで赴き、溢れ出たカウパーをも絡めてから、彩の口腔内へと仕舞われる。そしてもう一度、コクンと喉が鳴らされた。

「は、はわぁ……。これが、霧島のち○ぽの味……」

「そ、そんなに感動するようなことかな……」

視線を落とすと、彩の太腿を甘い蜜がとろとろと伝っているのが見えた。どうやら今の行為だけで、愛液を溢れさせる程に興奮してくれたらしい。

ここまで感じやすい身体なのか。だとすれば、確かに男好きのしそうな身体の持ち主だ。

これだけ幸せそうな反応を見せてくれると男の子として嬉しいものだが。これで満足してしまうほど、霧島蘭という人間は謙虚な人物ではない。

「もっと気持ち良く、してあげようか？」

「ん、して！　して欲しい！」

前のめりになってにじりよると、彩は期待するかのように瞳をキラキラと輝かせる。

その反応に新たな興奮を生じさせながら、蘭は彩の唇を優しく撫でてから、舌先でそっと彩の口端を舐めとった。

「ディープキス、して欲しい」

彩の頬を手で包み込み、彼女の唇をペロリと舐める。

蘭の唾液で湿らされた唇は、すぐさま彩の舌によって、上書きされてしまう。

彩に覆い被さり、蘭は彩の唇に自身の唇を押し当てる。ついでとばかりに体躯をも押し当て、彩のおへそに向かってち○ぽをぐりぐりと押し付ける。その接触に彩は可愛らしい声で悲鳴を上げながら、脚を器用に絡め、蘭の腰をホールドした。

舐めまわすように彩の唇を味わいつつ、唇の割れ目に少しずつ舌を押し込んでいく。温かくぬめりとした舌と触れ合い、そのまま奥へ奥へと挿れていく。ぬめっとした口腔粘膜を味わうように、彩の口内を舌で蹂躙する。

「ん、んっ。ちゅぷ、ちゅ、ぬちゅぅ……っ。ちゅぷ、ふふぁ……。はぁ、はぁ、はぁっ……！」

蘭の舌を求めるように、彩の艶めかしい吐息が奏でられる。空気の漏れ口を塞ぐように彩の口端を唇で押さえ込み、温かい吐息が互いの口腔内を行ったり来たりする。

彩の体温を間近で感じながら、目一杯舌を絡め合う。果たして唇が離された時には、蘭と彩の口腔を、光の糸がねっとりと繋いでいた。

「……何これ、さいっこぉに気持ち良いんだけど」

口端を繋いだ糸を舐めとり、彩は幸せそうに顔を蕩けさせる。

ディープキスを経てスキル効果の段階が上がったからだろうか。彩の視線は、先ほどよりもさらに甘く緩んでいる。

長い睫毛《まつげ》をくるりと揺らし、彩は蠱惑的に瞳を下に向ける。彩の双眸に映るのは、同い年――同じクラスの男の子の肉体だ。

何も身に着けていない――生まれたままの姿を堂々と晒す、同級生の男子生徒。線の細い、直線的な肢体。女のそれとはまるで異なる身体付きは勿論、肌の触り心地も、結構違う。

そして何より、彩の興味をこれでもかと刺激するのは――。

「うわぁ、苦しそうにヒクヒクしてる。今のキスで、霧島も気持ち良くなっちゃったのか？」

透明な液体を溢れさせながらぷるぷると痙攣する、えっちな形状をした肉の棒。ネットなどでモザイク越しの画像と対面したことはあるが、ナマで目にするのは初めての経験だった。

彩の中学時代の友人たちは、グロテスクで気味の悪いものだと口々に言い合っていたが。こうしてナマのち○ぽと対面してみると、そういった感情は一切湧かなかった。

「霧島のそれ、かわいい。もっと触ってみてもいいか？」

蘭の返事も待たずに、彩は蘭の欲棒を指先でキュッと握り締める。彩の接触に反応するように、彼女の手の中で蘭の分身がピクピクと痙攣する。手の中で脈動する生命の神秘に、彩は気分が高揚するのを感じた。

「あ、あぅ……」

彩の細く長い指先が絡まり、ち○ぽの先端からカウパーがとろとろと漏れ出してしまう。

敏感な先端部分をこねこねと弄られる度に、腰の奥から何かがこみあげてくるような感覚が湧き上がってくる。

冷たい指先が裏筋を撫で上げ、女の子らしく柔らかい肉の付いた手のひらが、パンパンに膨れ上がった玉袋を愛撫してくる。

堪えきれぬ快感から逃げようと思わず腰を引いてしまうが、発情した彩にそんな抵抗は全くの無意味だ。すぐさま両腕を蘭の腰に回し、絶対に放さないとでも言うようにガッシリとホールドする。

肉や脂肪が程よく付いたムチムチな腕を腰に擦りつけ、彩の手のひらがゆっくりと蘭のお尻を撫で始めた。

探るように撫で回し、臀部《でんぶ》の割れ目に沿って、彩の指先がさわさわと刺激していく。焦らすような愛撫に堪らず、蘭は彩の頭の上に手を添えた。

もう間もなく、我慢の限界を迎えるだろう。流石経験豊富な不良スラットだ。触れ方が、慣れている。どこを触れば男の子が悦《よろこ》ぶのか、全て把握しているのだろう。

「ああ、ヤベぇ……。顔近づけたら、男の匂いがすっごい漂ってくる。ち○ぽの匂いって、こんななんだな……」

今にも昇天しそうな表情で、彩は一心不乱に鼻をヒクつかせる。

腰に腕を回しているため、現在彩の顔の目の前では、今にも限界を迎えそうな蘭の淫棒がとろとろと透明な液体を溢れさせている。

「匂いでこれとか……。も、もう我慢出来ないんだけど」

発情した獣のように、無我夢中でち○ぽの匂いを嗅ぐ御子柴彩。ふしだらに蕩けただらしのない雌の表情。眦に涙を浮かべて顔を上気させたその顔は、一体何人の男子生徒が目にしたのだろう。

まだ挿入してないのに。彩の身体を弄ってあげたわけでもないのに。胸の奥深くに眠る本能を目覚めさせるような凄まじくえっちな表情を見せながら、彩はち○ぽの先端を、ぱっくりと唇で咥え込んだ。

潤った唇に先端部分を挟まれ、とろりと熱を帯びた舌が、ぬめりと鈴口を愛撫する。

深く咥え込むフェラと比べれば、刺激はさほどではない。

「はぅ……、はふ、ちゅぅ……。れろ、れろぁ。き、霧島のち○ぽ……。すっごいいい匂い……」

快楽に蕩けた表情で、こんなにも献身的に舌を這わせる姿を目にして、我慢出来る者などいるのだろうか。

「あっ……！　御子柴さっ――、も、もう俺、我慢出来ない！」

「ふぇ？　我慢って、え、ぅ……んひゃぁぁぅ!?」

駆け上がる快楽に身を任せ、彩の口腔へ向かって真っ白な奔流を放出する。

ぷるっとした唇に挟まれたち○ぽの先端から、容赦なく吐き出された白濁液。勿論それらは彩の顔やら口腔内やらを真っ白に汚す。そして、まだ濃度の高い精液をたっぷりと吐きだし続けていた。

「ふぁっ？　ふぇっ？　ひょっ、何？　何これ、おしっこ？」

突然の射精に困惑した彩は、頬や鼻先に飛び散った粘性の液体を手に取って、じっくりとそれを観察する。

指の間に挟んで延ばしてみたり、くんくんと匂いを嗅いでみたり。

口の周りに飛び散った精液を舌で舐めとり、口の中で味わってみたり。

やがて喉を鳴らしてから、彩は顔中に付着した白濁液を手の甲で拭い、蕩けた表情で頬を緩めた。

「……射精、しちゃったんだぁ」

「……ごめん、流石に、顔にぶっかけるつもりはなかったんだけど」

まあ勿論、今の台詞には「最初から」という言葉が付け加えられる。

慣れてきたら、勿論顔やら口の中からお腹の中まで、蘭の精液でたっぷり彩ってあげる予定だった。

だが初《しょ》っ端《ぱな》から顔射をしてしまうとは、蘭にとっても予想外のことだった。

「御子柴さんのフェラが、気持ち良すぎて……」

「謝ることなんてないだろ？　霧島が気持ち良かったなら、あたしだって嬉しいし」

激しい射精を経て垂れた欲棒を指先で突っつきながら、彩は誘うような目つきでペロリと舌を覗かせる。

「これ、今日はもう出ないのか？」

「いや、フィジカル系の付与魔法をたっぷりかければ、何度でも出せるはずだけど」

「ん、分かった」

カウパーと精液の混じった白い液体を垂らすち○ぽを、彩は労るように手の中に包み込む。

重ねられた彩の指先に、薄緑色の光が漂い、蛍の光のような——ぼんやりとした輝きが蘭の生殖器を包み込む。

空になった睾丸に、精液が溜まっていくような感覚。軽くなってぶらぶらしていた睾丸は、彩の手によってエネルギーを与えられ、瞬く間にパンパンに膨らんでしまう。

完全に勃起しても、彩の手から流し込まれるエネルギーの奔流は止まらない。

ついさっき射精したばかりのち○ぽはガチガチに膨れ上がり、またしても。

「う、あっ……！」

「おっと、ちょっとやり過ぎちゃったか」

刺激もなにもない状態で、ぴゅぴゅっと真っ白な精液が飛び出してしまった。

元気よく吐き出された精液は彩の口元から首筋を汚し、とろりと垂れた残滓《ざんし》が彩の胸の上にべたりと落下した。

見事に制服に飛んでしまったが、彩は嫌がる素振りも見せず、照れたように手の甲で精液を拭った。

その仕草があまりにエロく、蘭は思わずゾクリと総身を震わせる。

「……もう一回、してもらっても良いか？」

肩に手を置いて、蘭は彩をベッドに押し倒す。

まるで抵抗する素振りも見せず、彩は蘭の欲望を受け入れようと、制服を捲っておへそを見せた。

女の子らしく柔らかそうなお腹に刻まれた、縦筋の綺麗なおへそ。その官能的な光景に思わず見入っていると、彩はそのまま制服を首元まで捲り上げ、躊躇いなく脱ぎ捨ててしまった。

突然の行動に戸惑う蘭を見やり、彩は蠱惑的に瞳を細めた。

「これで、どこに射精しても大丈夫だかんね」

柔らかく形を変える乳房を自身の手で揉みこねながら、彩は誘うような目つきで蘭の顔を見つめた。

◇◇◇◇

誘惑するような眼差しに見事に搦《から》め捕られた蘭は、その瞳に吸い寄せられるように、彩の胸へ身体を預けた。

天に向かってツンと突き立った彩の乳首が蘭の胸元を撫でつけ、甘ったるい感触をまるで爪痕《つめあと》のように深く刻み込んでいく。

彩と触れる場所が、熱くて熱くて堪らない。ついさっき先走ったばかりのペニスはギンギンに膨れ上がり、ちょっとした刺激だけで、すぐさま射精してしまいそうだ。

「……さっき使った、付与魔術のせいか」

フィジカル系の付与魔術自体は、誰にでも使える瞬間的な肉体強化——疲労の消失や精力の増強などを促す一種の強化魔術だ。

使い勝手が良く便利な魔術ではあるが、それほど強力な魔術ではない。

美鈴の固有魔術である強化回復と比べて燃費が非常に悪く、また治癒魔法と違って自然治癒力を高めるわけでもないため、使用する場面はかなり限られる。

格闘戦や肉弾戦を主に行う戦士や、渾身《こんしん》の一撃を叩き込むことで敵の生命を刈り取る——剣士や騎士など。その一瞬が勝敗を決めるとも言えるであろう者たちが、ここぞというときに使用する戦闘用の魔術だ。間違っても、絶頂を迎えた性器を再び勃たせるための淫猥な魔術ではない。

ともあれ、この世界の男娼や貴族などは、ふしだらな事柄のために付与魔術を使うことは日常茶飯事だったりする。

故にこうした使い方は、別に悪いことではない。

ただ、さっきも言った通り、付与魔術でち○ぽを勃たせるのは燃費が悪すぎるのだ。

健康な若者が最後の一押しに使うならまだしも、完全に萎えた肉棒を元気いっぱいにするためには、膨大な量の魔力が必要となる。

そのため蘭が自身の生殖器を勃たせる時にも、最低限の付与魔術しか施すことはなかったのだが。

御子柴彩の固有魔術——無限魔力の前では、そんなことは何の意味も成さなかった。

「ふふ。霧島のおち○ぽ、えっちな液体でベトベトになってるな」

蘭の下腹部に彩の手が伸ばされ、敏感になったち○ぽをクリクリと撫でまわす。

鈴口の辺りを執拗に責められ、蘭の口端からは堪えるような吐息が漏らされる。

カウパーと精液に塗れた敏感ペニスを、肉付きの良い彩の指が柔らかく締め付ける。まるで搾乳されているかのような快感に、思わず腰を引いてしまう。

「さっきから、ずっとヒクヒクしてる。かわいいな」

手の中で痙攣するち○ぽを弄りながら、彩ははぁはぁと息を荒げる。

処女である彩にとって、勃起したナマち○ぽを触るのも、男の子の艶めかしい吐息を目の前で聞くのも、初めての経験だ。

彩だって、年頃の女子高生だ。えっちなことには興味津々だし、男の子とセックスだってしたい。

蘭の口から漏らされる喜悦の声を聞く度に、彩のお腹はキュンキュンと熱く疼いてしまう。

蘭の出す声、仕草、蘭から香る匂い——目の前の男の子から溢れ出す全ての事象が、彩を興奮させるのだ。

手の中に握り締めた肉の棒が熱く硬くなっていくにつれて、彩の期待も高まっていく。

この可愛らしい器官が、彩の膣内を優しく刺激してくれるのだ。

自分では怖くて指を挿れることが出来なかった処女膜の奥——熱の籠った疼きの元凶であろう、子宮の入り口付近まで、心を込めて抉ってくれる。

考えただけで、彩の膣穴はち○ぽの突入を迎え入れる準備が整ってしまう。

「……御子柴さん」

「ひゃっ、だ、ダメだ霧島、だってそこは——」

ぐちゃりと濡れた膣穴に、蘭の太腿が容赦なく押し付けられる。

思わず股間を閉じてしまいそうになるが、理性が本能に敵うはずがない。恥ずかしいほどに熱い愛液を溢れさせる蜜壺を異性に刺激され、どうしてその行為に抵抗出来るというのか。

ぐりぐりと押し当てられる太腿の感触に蕩けそうになりながら、彩は脱力したように大の字になった。

ぐしょぬれになった割れ目ははしたなく広げられ、蘭からの刺激を今か今かと待ちわびる。離された太腿が再度押し当てられ、彩はピクンと肢体を跳ねさせた。

「ダメ、だ霧島……。それ以上されたら、あたし……」

「大丈夫。力を抜いて、楽にしてて」

優しい声をかけられ、彩は脱力したようにコクンと項垂《うなだ》れる。

男の子の目の前で、大事なところをこんなにぐちょぐちょにしてしまうなんて、何て破廉恥な話だろうか。

思わず涙が浮かびそうになるが、その雫が眦からこぼれ落ちることはない。何故なら――。

「もっと気持ち良くしてあげよっか」

「ふぇ？　もっとって、どうや――あ！　だ、ダメ！　そんなのされたら、ひゃぁぁぅぅ!?」

熱を帯びた股座から太腿が離され、代わりに優しい感触が股間の割れ目を包み込む。

吹きかけられた温い吐息に情動が加速する。目視する勇気はなかったが、触れた感触から何をされたのか大体の想像はつく。ベトベトと粘つく独特な温もりと、慈しむように膣肉を掻き分ける柔らかい感触。気になって、その部分へと視線を向けた。股座で揺れる黒い頭が視界に入る。おま○こに顔を埋めてペロペロと舌を蠢かす蘭の姿を目の当たりにした彩は、顔が熱くなるのを実感した。

ちゅくちゅくと淫らな音を立てながら、蘭の舌が大事な割れ目を解すように舐め回す。果たして顔を離した蘭は、愛液と唾液に濡れた口端を手で拭い、満足気に笑みを浮かべた。

「よく濡れてるから、問題なく入りそう」

「ふ、ふぁぁぁっ!?」

ぱっくりと裂けた割れ目を包み込むのは、直線的で骨ばった男の子らしい指だ。指先が彩の恥ずかしい部分を躊躇うことなく拡《ひろ》げ、そして——。

「ふぁ、ぁ、ぁぁぁっ! そ、そんなところに指なんて挿れたら——。ひ、ひぃぃぅぅぅん!?」

自分のではない。自分の意思とは無関係に動く疑似ち○ぽが、彩の膣穴を蹂躙する。

そして、何と優しい指使いなのだろうか。

慣れているのだろうか。彩が触ってほしい箇所を的確に掻き回し、甘い感触が膣壁を摩擦する。

「あっ、あぁっ! あ、ふ、ふへぇ。へ、へひ、へひぃ……。ひぁぁぁぁん!」

情けない喘ぎ声を上げながら、彩は両手でシーツの端をギュウッと掴む。

ふしだらに開かれた割れ目からは、甘い蜜が止めどもなく溢れていた。

毎晩のように自分の手だけで慰めてきた彩にとって、他者からの刺激は何よりのご褒美だ。欲を言えば、力強く勃起したち○ぽで奥深くまで掻き回して欲しかったというのが本音ではあるが。

「き、きりしまぁ……」

快楽に顔を蕩けさせ、彩は物欲しげに蘭の顔を見やる。

シて欲しい。指はもう良いから、その元気いっぱいなち○ぽで掻き回してほしい。子宮の入り口まで押し付けて、グリグリと抉ってほしい。

そんな感情を込めたつもりだったのだが。蘭はどう思ったのか、彩の唇をそっと自身の唇で塞いでしまった。

「んンン――――！　ん、ンンン！　んンン！　んン――――ッ!?」

蘭に唇を塞がれながら、彩は体躯をビクンと跳ねさせる。

今まで感じたことのないような凄まじい快楽の波が押し寄せ、彩は絶叫のような悲鳴を上げた――が、唇をしっかりと塞がれているため、その口から放たれるのは堪えるような声だけだ。

声にならない悲鳴を上げながら、彩の膣穴がヒクヒクと痙攣する。

くちゅりと音をたてて、蘭は彩の膣内から、焦らすように指先を抜き取った。

塞いでいた唇を離し、未だ夢見心地な彩の姿を眺める。想像を超えた快感に飲み込まれた彩は、口を半開きにしたまま放心状態になっていた。

彩の下腹部へ視線を向ける。彩の割れ目と蘭の指先を繋ぐえっちな架け橋に見惚《みと》れつつ、蘭は意地悪く頬を緩めてみせた。

「御子柴さんって、結構感じやすいんだね」

指先をペロリと舐めながら、再度彩の顔を見やる。

眦に涙を浮かべ、快楽のあまり口端から涎を垂らした彩は、熱を帯びた視線で蘭のことを見つめていた。

劣情に頬を赤く染め、息も絶え絶えに脱力する御子柴彩。

蘭の手によって絶頂を迎えた彩は、早くも眷属第三段階まで突入している。

安堵しきった様子でだらしなく開かれた口も、呼吸に合わせて上下する肉感的なおっぱいも、甘い蜜を溢れさせながらヒクヒクと痙攣する割れ目も、全てが蘭のものとなったのだ。

「……き、霧島」

背筋がざわめくような甘いボイスで、彩は蘭の名前を呼ぶ。

何かを求めるような満ち足りない表情を見せながら、彩は両手の指を股間に這わせる。鼻息荒くそしてひと時も蘭から視線を離すことなく。彩は躊躇うことなく、女の子として一番大切な部分をぱっくりと自身の指によって開いてみせた。

ぷっくりと裂けた秘部からはとろりと愛液が零れ、開かれた膣穴が切なそうにヒクンと痙攣する。

「その硬くなったおち○ぽで、あたしのここ、めっちゃくちゃに犯して欲しい」

ち○ぽを欲して涎を垂らす割れ目を見やりながら、蘭は己の分身を指先で撫でつけた。

目の前では、はしたなく股を開きながら淫猥に蘭のことを誘うクラスメイト——御子柴彩が無防備に寝転がっている。

何も身に着けぬ生まれたままの姿で仰向けになりながら、だらしない表情で蘭のことを眺めているのだ。

穢《けが》れのないサーモンピンクに喉を鳴らし、蘭は彩の股間にそっと顔を近づけた。

むわりとした女の子の匂いが鼻先を飲み込み、その濃厚さに思わず鼻血が出そうになってしまう。

鼻息荒く彩の太腿に手を添えて、慈しむような手つきで内股を愛撫する。その接触に反応して漏らされる甘い嬌声を耳に入れながら、蘭は目の前でヒクつく女の子の部分を躊躇いなく舌で舐めとった。

「ひぁ、ぁぁ、ぁっ！　へぁっ……、ぁ、ぁふぅ、んひゃぁぁん！」

嗜虐心を掻き立てる悲鳴を上げながら、彩の膣穴からはとろりとした愛液が湧水のように溢れ出てくる。

それを舌でぴちゃぴちゃとやりながら、蘭は彩の大切な部分を執拗に舌で責め続けた。既に開発済みかつ、三段階目の眷属化——何と感度良好な女子高生なのだろうか。

ある程度舌で虐めてから、蘭は彩の股間から口を離した。唾液と愛液の混じった光の糸が二人を繋ぎ、やがてぷつんと途切れてしまう。口元を手の甲で拭ってから、蘭は彩の顔を見据えた。

「じ、焦らさないで、早く挿れてくれ、よぉ……」

だらしなく蕩けた顔を隠すように、むっちりと肉付きの良い腕で目元を押さえながら、彩は息を荒げている。

頬は紅潮し、可愛らしい口元からは快楽のため垂らされたのであろう唾液がとろりと顔を覗かせていた。

「早く、霧島のおち○ぽ、奥まで挿れて欲しい……」

「良いよ。でも、その前に」

ぐちゃぐちゃに蕩けた割れ目から目を逸らし、蘭はとある一点をじっと見据えた。

彩の顔より、少し下の部分。呼吸に合わせて上下する、突き出すような形状をしたハリ艶のある健康的なおっぱいだ。

元の世界にいた頃から、彩のおっぱいには興味があった。普段から貞操観念が破綻していた彩は、セーラー服の胸当てを平気で取り去っている。冬は流石に寒いのか、冬服セーラーをキチンと着こなしていることが多いが、夏になると豹変する。スカーフすら取り除かれ堂々と晒された胸元からは、鮮やかな色彩をした刺激的なブラジャーと、思春期青少年たちの興味を集中させるであろう暴力的な谷間が遠慮なく姿を現すのだ。

エアコンのついていない午後の授業など、一種の天国とも言えるだろう。汗でしっとりと張り付いたセーラー服は、肉感的な肢体のラインをモロに見せつける。インナーを身に着ける習慣がないのか、透けブラは当然。雨に濡れた時など、下着姿とほぼ変わらない状態の時もあった。あの時は流石に見過ごすことが出来なかったのか、風紀委員犬神佳奈美がベストかキャミを着ろと詰め寄っていたが。結局制服が乾くまで、スケスケのまま授業を受けていた。

ともあれ彩も一応は常識人だ。痴女でもなければ露出魔というわけでもない。

高等学校という人生で最も煌《きら》びやかな環境の中で起こるチラリズムの範疇《はんちゅう》で言えば、彩は無防備だったし、青少年の妄想を掻き立てる様々な燃料《オナネタ》を提供してくれてはいた。

だがそれは、制服をしっかりと着こなしたガードの堅い女子高生を基準に見た時の話だ。

乳首や陰裂など女の子として大切な部分は、一度たりとも晒したことはない。

同級生の男子生徒の脳内では幾度となく脱がされ裸にされ、犯されたであろう御子柴彩だが、実際に男子生徒の前で裸を晒したのは、今晩が初めてのことだ。

故に蘭も、彩の下着の中に隠された女の子の秘密の場所は、今晩初めてお目にかかる。

クラスメイトのおっぱいをナマで見るのは今日が初めてだというわけではないが、彩のおっぱいを見るのは今日が初めてだ。ツンと突き立ったハリ艶のある健康的な形状も、汗が滲んでじんわりと湿った素肌も、実に魅力的だった。

蘭だって健全な男の子。女の子の股間にも勿論興味津々だが、おっぱいにも興味はある。それどころか、触りたくて仕方がない。

「御子柴さんのおっぱい、大きいよね」

「お、おっぱい？　ん、まあ大きさで言えば、割と自信はあるつもりだけど？」

目元を隠していた腕を下げ、彩は自身の乳房をむにゅんと寄せ上げた。

天井を指さすかのようにツンと突き立っていた胸がたゆんと揺れ動き、しっかりと立ち上がった乳首が淫らに強調される。

ぷっくりと自己主張を見せるピンク色の乳首。殿方を誘惑するような淫乱な仕草に耐え切れず、蘭は躊躇いなく彩の上に覆い被さった。

「ふ、ふぇぁっ？　霧島の熱くて硬いのが、あ、当たってるんだけど」

ガチガチに勃ち上がったペニスを彩の太腿に押し付けながら、蘭は鼻息荒く彩の胸元を凝視する。

訓練着による日焼け跡だろうか。腕や顔などと比べると若干色白な乳房に、慎ましやかに乗っかった桜色の蕾。彩の腕によって寄せられ強調されたそれらは、覆い被さった蘭の眼前へ淫猥に迫ってくる。

少し顔を近づければ、乳首の先端と鼻の先が触れてしまうだろう。乳房から漂う甘いミルクのような香りに、蘭の理性も決壊する。目の前で揺れるクラスメイトのおっぱい。そして、何かを求めるような視線をこちらに向ける、劣情の籠ったクラスメイトの表情。完全に発情している同級生の女の子を前にして、理性を失わぬ男子高校生がどこに存在すると言うのだろうか。

「……おっぱい、美味しそう」

「ふぇ、ふぁぁぁっ!?　へぁ、ぅぅ……。ちょっ……、そんなことまで！」

乳肉の詰まった豊満な乳房に堪らず、蘭は彩のおっぱいにむしゃぶりついた。口いっぱいに彩の乳房を詰め込み、先端の突起部分を舌で執拗に舐め続ける。甘い。美味しい。実際に甘い味がするわけではないが、口に入れた時の食感が堪らない。

佳奈美のおっぱいと比べても引けを取らないサイズに、若く健康的な弾力のある乳房。そして口の中で立ち上がる、コリコリとした乳首。舐める度に彩の口からは可愛らしい声が紡がれ、一層蘭の性欲を刺激していく。

「や、やぁっ！　そんな、そんな強く吸ったら、おっぱい、出ちゃう、からっ！」

「こんなに感じやすい身体して……。御子柴さん、こういうの初めてじゃないでしょ？」

ちゅぅぅと乳首を吸い上げつつ、空いた方の乳首を遠慮なく指先でつねり上げる。

声にならない悲鳴を上げながら肢体を痙攣させる彩を見やり、労るような手つきで彩の乳房を念入りに揉み解す。

手のひらで優しくこね回し、先端の突起をくりくりと刺激してから、つねり上げる。

右手を使って左乳を揉み解しながら、右乳を口いっぱいに頬張って舐めまわす。

一つ一つの刺激に律儀に反応するように、甘い嬌声を上げながら、身体を捩らせる御子柴彩。

その淫乱な反応に堪らず、蘭の嗜虐心がじわじわと湧き上がってしまう。

「御子柴さんの可愛い声、もっと聞かせて欲しいな……」

「そ、それってどういう——ひゃにゃぁぁぁぁん!?」

蘭は体を動かし、彩の膣穴の入り口付近に熱く硬くなったち○ぽの先端を躊躇いなく押し付ける。

まだ挿れてはいないのに、彩の口からは快楽の籠った悲鳴がまるで絶叫のように放たれた。

先っぽが触れただけでこの反応。これ以上のことをしたら、彩はどうなってしまうのだろう。

「さっき言ってた通りのこと、してあげるから」

「……さっき、言ってたこと？」

夢見心地で眦に涙を浮かべる彩は暫し茫然としてから、ボッと顔を赤く染めた。

「あたしのここ、犯してくれるのか……？」

「ん？　ここじゃ分からないよ」

股間の分身を膣口に押し付けたり離したりしながら、彩の顔を見つめる。

「御子柴さんのどこを、犯して欲しいの？」

「だから、その……」

口をへの字に曲げ、ほんのりと頬が染まっていく。

今にもち○ぽを迎え入れようと準備万端で、気持ち良さそうに愛液を零す部分の名称を口に出すのが、そんなに恥ずかしいのだろうか。

「あ、あたしのお……おま○こ、ぐっちゃぐちゃに犯して、ください！」

「喜んで」

絶叫のように放たれたその言葉に若干の興奮を覚えながら、蘭は彩の股間に手を添える。

とろっとろに蕩けた彩の秘部は蘭のち○ぽを受け入れ、ずぷずぷとそのまま奥まで押し込まれていく。

「ふきゅぅ、くぅ、くぅぅぅん！」

彩の悲鳴に合わせ、彼女の膣壁が甘くうねり、蘭の分身を美味しそうに飲み込んでいく。

はしたなく広げられた股間の穴からとろとろと愛液を溢れさせながら、彩は顔を蕩けさせる。

彩の嬌声を聞きながら腰を押し出していると、蘭の目の前でありえない現象が起こった。

「──あ、い、いぅぅ！」

「──え？」

何かを突き破るような感覚に、蘭の中で既視感のようなものが湧き上がる。

既視感と表現するのは少し違うように思われるかもしれないが、否──これで正しい。

蘭に生じた違和感は、生殖器を押し込んだ時の感覚だけではない。

もう一つ、現在目の前で起こっている事象。そっちの方が、蘭にとっては重要だった。

単なる感覚だけならば、蘭の勘違いで済んだだろう。

だがこうして視覚情報として目の前に現れてしまえば、勘違いや間違いで済ませるわけにもいかなくなる。

「……み、御子柴さん？」

蘭のち○ぽを飲み込んだ膣穴から、とろりと何やら液体のようなものがこぼれ落ちる。

愛液とは違う。色の付いたそれはつぅーっと股座を垂れて、シーツの上に零れた。

その液体がシーツに落ちるまでを目に焼き付けてから、蘭は再度彩の容姿を見回した。

金色の混じった、校則違反まっしぐらな可愛らしい茶髪。少し日に焼けた肌や睫毛の長いパチッとした瞳は、何をするでもなく男が寄って来るであろう魅惑のパーツだ。そして常時不機嫌そうに尖らされた、ぷるっとしたピンク色の唇。

首筋に滲んだ汗も、男を誘惑するような着こなしも、座ればパンツが丸見えになるような挑発的なスカート丈も、淫猥に揺れる豊かな胸も、艶めかしいラインを見せるくびれも、むっちりとした暴力的な太腿も。

全てが、御子柴彩という少女から経験豊富なビッチ少女という雰囲気を醸し出していた。

彩自身がどう思っていようと、このような見た目では数多の男子生徒が放っておかないだろう。

実際それが原因で、彩とやらかした、彩にしてもらったという噂は様々な場所で流れていた。

交友関係皆無だった蘭でも、放課後校舎裏に三万円持っていけば、手コキやフェラをして貰えると聞いたことがあるくらいだ。

「この容姿、この雰囲気、この感度で処女とか……。マジかよ」

多少の偏見は混じっているかもしれないが、御子柴彩が処女とか、天然記念物レベルではないか。

このような容姿で処女を護り抜いてきた天使を穢してしまったという現実に、蘭は啞然としてしまう。

ともあれ、こうも考えることが出来る。

天使の初体験を手にしたのは、他でもない霧島蘭だ。ヤったヤったと噂ばかり垂れ流している輩とは違う。実際に御子柴彩という女子生徒を犯し、心も身体も繫がった男子生徒は、蘭だけなのだ。

「……き、霧島。震えてるけど、どうかしたのか？」

これから彩にすることは、全てが彼女の初体験となる。最初にしてもらった口淫も、蘭の指による絶頂も、男子生徒におっぱいを吸われる経験も。今から彩を犯し、蘭色に染めてやるつもりだが。それも全て、彩の大切な初体験として心の奥底に刻み込まれるのだ。そう考えると、何と興奮する話だろうか。

「大丈夫。それじゃ、挿れるよ？」

「え、もう入って――。ひゃっ、あっ、あぅ……ん。んへぇやぁぁ!?」

突き破ったところで止めていたペニスを、さらに奥深くまで押し込んでやる。

うねり蠢く膣壁はペニスとの邂逅を心から祝福し、抵抗することなくゆっくりと咀嚼していく。

肉棒の全体を彩の膣内に押し込み、彩の首に腕を回す。ベッドの上で淫猥な喘ぎ声を上げる彩を抱きかかえ、蘭は自身の胸板に彩のおっぱいを押し付けた。

先ほど執拗にしゃぶっていたためか、彩の乳首は硬いままだ。ツンと突き立った蕾が胸板で擦れる度に、彩の肢体がビクビクと痙攣する。

「ひゃぁっ!?　あぁぁ――――っ!?　乳首の先っぽが擦れて、気持ち良い、よぉっ！」

彩の太腿が回され、蘭の腰がガッシリとホールドされる。

むっちりした弾力ある太腿が腰に押し付けられ、柔らかいような絶妙な心地良さが腰回りを駆け抜ける。

「好き、好き好き好き好き好き、好きぃっ！」

脚を絡みつけながら、彩は蘭の唇を奪う。

潤いたっぷりなぷるっとした唇が蘭の口元を塞ぎ、ぬめりとした舌が蘭の口腔内に入ってくる。

艶めかしく蠢く舌が蘭の舌を湿らせ、前歯を舐めとるように、ねっとりと口腔内を蹂躙していく。

情欲の籠った熱いキスに、蘭の興奮も高まっていく。

「お腹の奥……ずっと、ムズムズして、熱くて、疼いてて……。でもこうやってると、変だったところが掻き回されて――凄く、いいっ！」

ぷはっと口を離し、彩と蘭の唇を光の糸が繋ぐ。ぷつんと途切れた架け橋の残滓を口端から垂らしながら、彩は快楽に顔を蕩けさせる。

顔は官能的に紅潮し、眦は幸せそうにだらしなく垂れている。吐息が湯気になりそうなほどに興奮した様子の彩は、蘭の背中に腕を回し、首筋から耳朶《じだ》へちゅっちゅっと接吻を重ねていった。

「御子柴さんったら……、くすぐったいよ」

「彩」

甘い吐息が耳朶を包み込み、思わずゾクリとする。

ぬちゃりと音がして、耳の入り口が濡らされる。ぬめっとした感覚が耳の入り口から耳朶を駆け回り、やがて柔らかい唇が蘭の耳朶をぱっくりと咥えた。

はむはむと唇だけで甘噛みした彩は、そのまま耳元から顔を離さずに、色めかしい声音で言葉を紡ぐ。

「その格好良い声で、彩って呼んでほしい。なぁ、ふふっ……」

頬をぺろりと舐めてから、彩は蘭の顔を真正面から見つめる。

情欲と期待と愛欲と快楽に塗れた瞳は、ぬらりとしたピンク色に輝いているように見える。

「……彩」

「何だ、霧島」

瞳を柔らかく細め、嬉しそうに口元に弧を描く。

可愛らしい笑顔だなと思いながら、蘭は彩の頭を優しく撫でてやった。

「動くよ」

「ふぇっ!?　ちょっ、ちょっと、まっ！　まだ、心の準備が、出来てないんっ、だからぁ……」

止めていた腰を振り立て、彩のお腹の奥深くまでペニスを押し込む。

よく濡れた膣内は、抵抗を感じさせず挿れることが出来た。先端に感じるぐにぐにとした感触は、彩の子宮口だろうか。

ついさっき、彩がムズムズと疼いて仕方がないと言っていた箇所だ。

「ここ、気持ち良いんだろ?」

「ひゃぁぁぁぁっん! そ、そこぉっ! ずっと誰かに弄ってもらいたくて、疼いてたとこ、なのぉっ!」

はしたなく下品な声を上げながら、彩は蕩けた表情で蘭の体躯にしがみ付く。普段から男心を刺激する彩の声音が、さらに淫猥かつ魅惑的なものへと変貌する。

半分呂律《ろれつ》が回っていないような、心から快楽を得ているであろう気持ち良さそうな悲鳴。目の前で——自分の行為のためにこのような姿になってしまったクラスメイトを目にして、蘭の興奮はさらに加速していく。

「熱くて濃ゆーい精液、彩のおま○こにたっぷりと注ぎ込んでやるからな!」

「ふ、ふぁぁぁ……。熱くて、濃ゆい、霧島の精液……」

肉同士がぶつかり合う音を奏でながら、蘭は目一杯腰を振り立てる。

彩はもう快楽に飲まれ、腰を動かすことはおろかキスや愛撫をすることさえ出来なくなってしまっていた。

蘭は彩の体躯を抱き締め、彩の背中や首筋を撫でてやる。

子宮口までを蹂躙されるという凄まじい快楽に飲み込まれながらも、蘭による接触も快感として感じているらしい。

背中などを愛撫してやると、それに合わせて彩の口端から堪えるような嬌声が漏れてくる。

心を直接愛撫するような、彩の可愛らしい喘ぎ声。その声を耳にしながら、蘭はぐいぐいと彩の膣内を掻き回した。

甘くうねり蠢く膣壁に搾り取られるように、蘭のち○ぽが悲鳴を上げ、睾丸がキュウゥと締め上げられる。

「う、うぁっ……！　あ、彩！　も、もぅ……射精る《で》！」

「で、出るって——、ふ、ふぁぁぁぁぁぁぁん！　霧島のおち○ぽから、熱いのが……」

真っ白な奔流が、ち○ぽの先端から吐き出される。最奥部まで押し込んでいたためか、濃厚な精液が彩の子宮内へこれでもかと流し込まれる。

「や、べ……。気持ち良すぎて、止まんないっ」

うねり搾り出すような感覚に、睾丸がキュウゥと膨れ上がる。びゅるびゅると連続した射精が起こり、中々止めることが出来ない。

射精すればするほどに、湧き上がる射精感。付与魔術のせいなのか、それとも彩がエロくて可愛いせいなのか。むっちりとした彩の体躯を全身で体感しながら、蘭は脱力するように彩の肢体へ倒れ込んだ。

暫しの放出ののちようやく白濁液を排出しきった蘭は、ぐったりと倒れ込むように彩の隣にごろんと転がった。

股間から垂れたち○ぽは、満足げに縮こまり、柔らかくなっている。

隣で脱力する彩も、満ち足りた表情を見せながら息を荒くして仰向けに寝転がっている。

幸せそうにこちらを見やりつつ、にへりと口元を緩めてみせた。

これが、付与魔術の効能なのか。彩の無限魔力《スキル》で制限なく注ぎ込まれたエネルギーのおかげで、彩をこんな風にしてしまうまで、射精することが出来た。

ふと身体を起こして、彩の股間を見やってみる。ついさっき蘭が精液を注ぎ込んだ彩の膣穴からは、どろっとした濃厚な白濁液がとろとろと垂れているのが見えた。

ぱっくりと拡げられた彩の割れ目は、気持ち良さそうにヒクヒクと痙攣している。

「霧島のおち○ぽ、ちょぉきもちーよぉ……」

蕩けながらも余裕の表情を垣間見せながら、彩は蘭の股間に手を伸ばした。

ついさっき射精したばかりで敏感なペニスを、肉付きの良い柔らかな手で包み込まれる。

ふにゃりと萎え垂れ下がったち○ぽだが、意外とまだまだ元気いっぱいだ。

一発——連続して射精したため一発と言って良いか分からないが——の射精だけでは、どうやらまだ治まらないらしい。

彩に触れられ、蘭の欲棒はまたしても完全に勃起してしまう。

睾丸もパンパンに膨れ上がり、彩に撫でられた箇所は快感のあまりビクビクと震えてしまう。

あんなに出したというのに、蘭のち○ぽは満足出来ていないらしい。

程よく日焼けした肌に真っ白な精液はよく映えるんだろうななどと思いながら、蘭は再度彩の上に覆い被さった。

◇◇◇◇

じんわりと汗の滲む、健康的に日焼けした薄褐色の素肌を白濁液で彩ってあげたい。

ヤリマンビッチ（だと噂されていた）御子柴彩の処女を奪い取った蘭が次に欲したのは、視覚的な独占だった。

例えば——そう、女の子に献身的にフェラしてもらうと、気持ち良いだけでなく、女の子の口の中までをも支配したという一種の征服感が生じる。

それと同じように、蘭は彩の肉体——全身を精液で汚してあげたくなった。

有り余る性欲と睾丸に溜まった精液の量が比例していない蘭にとって、それは夢物語——実質不可能な話だった。いくら健康体な男子高校生とはいえど、性欲が続く限り無限に射精することなど出来やしない。

だが今晩は、そんなことを気にしなくて良いのだ。

美鈴の強化回復とほぼ同程度の能力を隠し持った、フィジカル系の付与魔術——それを彩は、自身のスキルである無限魔力のおかげで際限なく行使することが出来る。

それが何を意味するのか。簡単だ。その魔術を使えば、蘭も性欲が果てるまで身体の限界を気にすることなく精液をぶちまけることが可能になる。

女の子の身体中全てを、自分の出した白濁液で可愛く飾ってあげることが出来るのだ。

「あ……ぅ、彩の唇、柔ら——か」

「ふむぅ、もぉ……。そんなに押し付けちゃ、ダメだったらぁ」

ぷるんと潤った彩の唇に、蘭は己の分身をぐりぐりと押し付ける。

陰茎の先端との接触で柔らかく形を変える唇はとても可愛くて――、すごくえっちだ。

根元に手を添えながら、上目遣いにち○ぽを唇でご奉仕する彩の姿の、何と淫猥なことか。熱の籠った視線で蘭の顔をじっと見つめながら、彩は丁寧に根元を手で愛撫しつつ、唇でペニスの先端を優しく包み込んでいた。

「彩の唇、すっげぇ気持ち良い……。今すぐにも射精しちゃいそうだよ」

「我慢とかしなくていいんだから。したくなったら、遠慮なくぴゅっぴゅって射精しちゃってへーきだかんね？」

先っぽをぱっくりと咥え込み、舌先と唇で鈴口をころころと舐めまわす。まるで飴玉《あめだま》でも味わっているかのように舌を躍らせ、口端から涎を垂らしながら、いやらしい音をちゅぱちゅぱと奏でている。

手のひらの肉で睾丸を優しく圧迫しながら、くいくいと竿の部分を指先で丁寧にしごいていく。

この感覚も、さっきと今とでは全く異なる感慨を生じさせる。今まではどれだけ彩に気持ち良くしてもらっても、その行為は全て他の誰か――今までに関係を持った男で練習することで洗練された、ビッチ特有の技だと思っていた。

だが蘭は、彩という女子生徒を完全に誤解していた。茶髪でスカート丈は短くておっぱいは大きくて、とびきり可愛くて。しかも多数の男子生徒たちが、彩にシてもらったことがあると噂を流していた。

色眼鏡を通して見た彩は、数多の男とセックスを重ねた、淫乱ビッチ――エロいことなど当然、といったイメージを醸し出していたのだ。

しかし現実は違った。彩は男とセックスどころか、お小遣い稼ぎの前戯さえ行ったことのない完全な無菌状態——処女だったのだ。

彩のビジュアルで処女。偏見がかなり混じってはいるが、到底信じられるような話ではないだろう。

「初めてでここまで積極的とか、本当彩ってばえっちだよね」

「エロいことに興味津々な女は、嫌いか？」

「むしろ大好物だよ。彩にはもっともっと、えっちなことに興味を持って欲しい。勿論、俺に対してだけ——だけどね？」

独占欲満載な台詞で彩の性愛衝動を焚き付ける。嬉しそうに笑顔を浮かべる彩の何と可愛らしいことか。

柔らかな唇の感触に耐え切れず、蘭は彩の口元に向かって目一杯精液を排出する。

濃厚な白濁液が口元で弾け、ほんのりと日焼けした彩の顔を真っ白に彩っていく。

びゅるびゅると放たれた精液は彩の鼻やほっぺた、顎なんかを汚しながら、粘り気たっぷりにとろりと胸元へ垂れていった。

彩はそれらを手の甲で拭いながら、まるで甘いホイップクリームを味わうように、ちゅぅちゅぅと口の中に運び入れ、美味しそうに喉を鳴らす。

「霧島の精液、濃ゆくて美味しいな。……次は、どこに出したい？」

まだ終わらせないぞとでも言うように、イったばかりのち○ぽを、彩は丁寧に扱《しご》き始める。

さっきの付与魔術がまだ効いているのだろう。蘭のは彩の手コキで再度勃ち上がり、ピクピクと痙攣し始めた。

「次は……口の中に直接ぶっかけても良い？」

「霧島ったら本当にお口でするのが好きだな。――いいよ、ほら。あーんしてるから、いつでもどうぞ？」

顔を紅潮させ、唾液に塗れた口腔をちゅぱぁっと開いてみせる。挑発するように舌をペロペロと動かしながら、彩は蘭の分身をくいくいと扱き続ける。

唾液やカウパーでぬるぬるになった竿の部分を、女の子らしく柔らかい肉の付いた彩の手のひらが、慈しむように圧迫する。

クラスメイトの女の子が、射精を待ちながらち○ぽの目の前で口を開けているという光景に堪らず、蘭はまたすぐに絶頂を迎えてしまう。

濃度も量も全く衰えぬ射精。ち○ぽの先端から吐き出された濃厚な白濁液は、淫猥に開かれた彩の口腔内へびゅくびゅくと飲み込まれていく。

はしたなく突き出された舌を真っ白に汚しながら、彩はその舌を口の中に仕舞い込み、ぐちゅぐちゅと音を立てながら口腔内にて精液と唾液を絡め合う。

やがて淫靡《いんび》に瞳を細めると、照れたように頬を染めながら、ゆっくりと口を開いてみせた。

むわっとした湯気が口端から漂い、彩の口腔内からは濃厚な精液の匂いが青臭く漂ってくる。

精子特有の生臭い香りを口の中に閉じ込め、ごきゅんと淫らな音を出しつつ彩は喉を鳴らしていく。

劣情を灯したはしたなく下品な顔で得意げに口元を緩めながら、彩は口に溜まった白濁液を喉の奥へ流し込んでいく。

粘り気のある液体が彩の喉を流れ落ちる。流石に今の行為は刺激が強かったらしく、彩は眦に涙を浮かべながら可愛らしく咳《せ》き込んだ。

「くふ、けほ、けはっ……。ゴメ……霧島。ちょっと、喉の奥に絡みついちゃって」

「大丈夫か？　ほら、とりあえずこれで……」

水魔術を行使して、蘭は傍にあったグラスに水を注ぎ、彩に手渡す。

むせるように咳き込みながら彩はそれを受け取り、こくこくと喉に流し込んだ。

口端から零れた水滴が、首筋を伝って鎖骨へ落ちる。鎖骨に弾かれた水の粒はそのまま胸の谷間まで流れ落ち、深淵の中へ消えて行った。

水の行く末を見届ければ、次に目に入るのは彩の暴力的なおっぱいだ。

柔らかく突き立った乳首と夢と希望がたっぷり詰まった乳房を見ていると、蘭はまたしても腰の奥がムズムズしてしまう。

ついさっきの口内射精によりへにゃりと力をなくしたち〇ぽだったが、性欲と直結した蘭の分身は、再度力強く勃ち上がった。

「ちょっ……霧島ったら。あたしを精液塗れにするつもりかよ？」

「最初からそのつもりでした」

「無駄に格好良い顔で言うなし！　そんな顔されたら、ど、ドキドキするだろ!?」

頬を染め上げ、ふいと下腹から目を逸らす彩。

言葉では拒絶しているが、——うん。ちょっと押せばいけるなと、蘭は頭の中で結構下種《げす》なことを考えていた。

彩の肩に手を乗せて、股間をぐりぐりとおへそに押し当てる。

今までの行為のためかじんわりと汗が滲んだ彩の肉体は、非常に官能的で、肉感的だ。

「ちょっ……とぉ。霧島ったら、エロ過ぎ。あたしを何だと思ってんのよ」

「超絶可愛くて堪らなくえっちな、俺の大切な恋人って認識でオッケー？」

口をへの字に曲げ、頬を赤く染める御子柴彩。

反応の一つ一つが可愛くて、蘭は思わず彩を虐めたくなってしまう。

逸らされた瞳を追うように、蘭はじっくりと彩の目を見つめる。暫し口を尖らせていた彩だったが、やがて小さく溜息を吐くと、脱力したようにベッドの上に仰向けに転がった。

「……今晩だけだかんね」

無防備に寝転がる彩を見下ろし、蘭はゴクンと喉を鳴らした。

◇◇◇◇

「……ったくもぉ。まさか本当にするとは思わなかったんだけど」

顔から足まで全身をザーメン塗れにした彩は、濡れタオルでゴシゴシと身体を拭っていた。

青臭い匂いと蘭の香りが混ざり合って、妙な感覚だ。鼻にツンとくる匂いのはずなのに、気が付くと無心に深呼吸してしまう。

癖になる香りというのだろうか。傍にあると落ち着くというか、まあ悪くない感覚ではある。

「しかも当の本人は、電池が切れたみたいに寝ちまうしさ……」

彩特製のスペシャルな付与魔術で限界を超えた蘭のち○ぽは、最後の精液を搾り出された途端、唐突に力を失ってしまったらしい。

彩の太腿に向かって気持ち良さそうな射精をした瞬間、蘭は身動き一つせず、死んだようにバタリとベッドに倒れ込んでしまった。

まあ無理もない。男性は射精に伴い結構な疲労感や喪失感を覚えるものなのだと、彩は友人から聞いたことがある。きっと疲れてしまったのだろう。

「まったく、可愛らしい寝顔しやがって」

気持ち良さそうに寝息を立てる蘭の顔に頬擦りしつつ、そっと耳元に接吻する。

男の子の身体は直線的で堅いが、ほっぺたや耳朶なんかは柔らかくて愛おしい。

後始末もせずに一人勝手に眠ってしまった蘭の行動に、普通なら憤りを覚えるはずなのだが。

どういうわけか、蘭の寝顔を眺めていると、そんな感情が湧き上がるようなことはなかった。

「好きだぜ、霧島……。世界中の、誰よりも」

眠っている蘭に向かって一方的に愛を囁いてから、彩は脱ぎ捨てた制服を身に纏って、蘭の隣に寝転がった。

お腹の疼きも完全に治まったし、今日はぐっすりと眠れそう。

満足感溢れる下腹部を色めかしく撫でてから、隣で眠る蘭を抱き枕にして彩は眠りについたのだった。

◇　◇　◇　◇

その日御子柴彩は、清々しい気分で朝を迎えることが出来た。

お腹の奥を蝕んでいた疼きも消失し、毎朝のように感じていた股間のムズ痒さも今朝は全く生じていない。

そして何より心地良いのは、モヤモヤと頭の中を渦巻いていたものが吹っ切れたような感覚だ。

言い間違いが原因で偽りの関係を女ヶ根との間に作られ、このままどうすれば良いのだろうかと悩んでいた。

男の身体は欲しかったけど、女ヶ根たちで解消するのは遠慮したい。ともあれ毎晩一人で慰めていても、真の満足感が彩を訪れることはなかった。

「何だか、世界が変わって見えるな」

どんよりと重たかった空気も、薄暗く灰色だった世界も。今は軽やかで、クリアな世界に見える――気がする。

愛しい相手と愛を育むという行為は、こんなにも素晴らしいことだったのか。

単なる欲望の解消とは違う。性行為を通して、大切な相手をもっと近くに感じることが出来るのだ。

猫のように目を細めて伸びをしてから、彩は普段通り――セーラー服をだらしなく着崩した格好のまま部屋を出ようとして、ふと思いとどまった。

彩の格好は、はっきり言って女の子としてはしたない格好だ。

胸当てもスカーフも取り去り、はち切れんばかりに育ったおっぱいが激しく自己主張している。角度によっては、胸元からブラジャーがはみ出して見えてしまうだろう。

乳首が透けているわけではないので気にするようなことではないかもしれないが。どういうわけか今日は、蘭以外の男子生徒に好奇の目を向けられることは遠慮したかった。

暫し思案してから、彩は部屋の引き出しをゴソゴソと漁《あさ》った。胸当てとスカーフは転移したときにたまたまスカートのポケットに入れていたため、こちらに持ってきていた。彩はそれらを取り出し、それらを身に着ける。ベージュのカーディガンを上から羽織り、下着が透けていないことを何度も確認してから、彩は「よし」と頷き、部屋を出て行った。

上半身の露出こそ大人しくなったが、下半身を包むのは挑発的なスカートと紺色のハイソックス。良い意味で女子高生らしい、ある種のフェチシズムを刺激するような格好ではあったが。

とにかく胸元周辺の素肌を隠せたということに満足したのか、彩は得意げに口元に弧を描きながら、朝日差し込む明るい廊下を悠々と歩いて行った。


食堂に着くと、普段通り——二種類の空気に迎えられた。

一つ目は、孤立した生徒がクラスに入った時に向けられる、あの嫌な感覚だ。

可哀想なものを見るような、何かに安堵しているような、何とも表現し難い微妙な空気。

だがまあ、彩だってこの空気にはもう慣れている。

とくに気にすることなく、いつもの定位置である隅っこのテーブルの前に腰を下ろし、朝ご飯が運ばれるのをゆっくり待つことにした。

「おっはようございますー！　ヤー、今日も良い朝ですねえ、みこりん」

「お、おはよう、み、みこりん」

「……腹が減って死にそうデブ」

丁度腰を下ろしたところで、いつもの三人組が彩のいるテーブルに現れる。

嫌にテンションの高い女ヶ根に、普段通り視線の定まらない御田川と、今にも餓死しそうな川崎の三名。――やはり今朝も、竜崎は田中春人のグループに付きまとっているようだ。

「おや、みこりん。何か今朝はごきげんなようですな」

「そぉ？　何か、いつもと違ってたりする？」

「ええ、いつもより明るいと言いますか、何て言いますかね……」

「な、なんて言うか、きょ、今日のみこりん、いつもよりか、かわいいなって……」

頬を染めながら、てれてれと頬をかく御田川健次郎。

その台詞を口の中で反芻し、女ヶ根はようやく気が付いたように手のひらをポンと叩いた。

「ええそうです、何だか今朝のみこりん、笑顔が多くて可愛らしいんですよ。……い、いえ、いつもが可愛くないとか、そういうことを言っているのではなくてですね」

女ヶ根の言葉に、彩は思わず自身の頬をぐにっと撫でた。

どうしてか今朝は、気が付けばニマニマと頬が緩んでしまうと思っていたが。どうやら第三者から見ると、彩の変化は丸分かりのようだ。

「それに今日はスカーフも着けているのですね。いつもの格好もみこりんらしくて素敵ですが、今日の着こなしも新鮮味があっていいですなあ。似合ってますよ」

「う、うん！　スカーフ着けてるみこりん、いっ、いいね。か、可愛いよっ！」

「そ？　ありがと」

二人の褒め言葉に、彩はにっこりと天使のような微笑みを見せる。

言葉自体は素っ気ないものだったが、不意に付随された幸せそうな笑みに、御田川と女ヶ根は思わずキュンとしてしまう。

不機嫌そうな顔は幾度となく見たことがあるが、こんなにも幸福そうに表情を緩める彩を見るのは、二人とも初めてのことなのだ。

美少女の笑顔を正面から受けた御田川は、顔を真っ赤にして俯いてしまった。

「そ──それはそうと、みこりん。その、あれからずっと、考えていたのですが」

女ヶ根は顔を赤らめ、焦ったように後頭部をガシガシと掻き回す。

「やはり僕は、みこりんの彼氏として……み、みこりんのムラムラを、解消してあげたいと思いましてですね、その」

女ヶ根の男らしい発言に、彩はにへりと口元に弧を描く。

その笑顔にまたしてもドキドキとしながら、女ヶ根英一は勇気を振り絞って彩に向かって想いを解き放った。

「ぜ、ぜひ、今宵はみこりんと一緒に、同じ時間を過ごしたいと──」

「えー……、彼氏でもないんだから、別にいいって」

「い、いえそんな遠慮なさらず…………はい？」

驚いた様子で、傾いた眼鏡を直す女ヶ根。

その滑稽さにクスリと笑みを零《こぼ》してから、彩は柔らかく片目を瞑ってみせる。

「て、照れ隠しでは、なかったのですか!?」

「だからずっと否定してたじゃん」

「で、でもみこりんは、僕を見てムラムラすると……」

「あー、それについては真面目に謝んなきゃ失礼かもな。……えっと、ゴメン、女ヶ根。女ヶ根のこと見てるとイライラするってのを、言い間違っちゃったんだ。本当、ゴメンな」

彩のビジュアルには似合わない至極真面目な顔をして、女ヶ根に向かって真摯に謝罪の言葉を紡ぐ。

実際あの状況だと早とちりした女ヶ根も悪いような気がするが。相手が勘違いしていることに気付いておきながら他の男を誘ってしまったのは、悪かったとも思う。

それにこの場は、ちゃんと丁重に区切りを付けておいた方が良いだろう。

女ヶ根のことだ。変に禍根を残してしまうと、彩を寝取った〝誰か〟を許しません！　見つけ出して復讐してやります！　とか言い出しそうだ。

彩としても、蘭をこれ以上困らせたくないし、余計なことはしたくない。

この事件は、自分だけで解決しておきたい。

「それに……、欲求を解消してくれる王子様なら、もういるし」

「………………」

唖然とした表情で口を開けた女ヶ根の前では、頬を赤らめた元オタサーの姫が花のような笑みを見せながら頬杖を突いていた。

その面差しはまさに、恋する乙女のそれであって、それが意味することとすれば——。

「ぬおぉぉぉぁぁぁぁぁああああ————っ⁉」

絶望に打ちひしがれた女ケ根は、天井に向かって断末魔のような絶叫を放ち、そのままテーブルに突っ伏してしまった。

唐突な叫び声に周囲のクラスメイトたちは驚いた様子で、こちらのテーブルに様々な趣旨の視線を向けてきた。

悪いことをしたかな。他に人のいない——訓練の時でも良かったかもしれない。

まさか、あそこまで衝撃を受けてしまうとは思わなかった。

ともあれ、これでもう、誰かに言い寄られることはないだろう。

彩はクラスメイト全員から、淫乱なヤリマンビッチだと思い込まれている。

どうせ今回のことも、いつもと同じ——。執事か大臣とやらかしただけだろうと、勝手に考えてくれるはずだ。

薄く瞑目し、彩は自身の下腹部をさりげなく撫でつける。

今晩も蘭にしてもらおうか。そんな妄想をしながら、彩は幸せそうに顔を蕩けさせたのだった。

第18話　ファレノプシスの毒

「……よし、これでもう大丈夫だろう」

眩い朝日が柔らかく差し込む自室にて、犬神佳奈美は真っ白な布地を窓に掲げながら満足げに微笑んだ。

佳奈美が手に持っている布地には、申し訳程度の装飾であるピンクのリボンが付いていた。

そしてその布地には、穴が三つ空いていた。

二度目になるが、布地全体の色はまごうことなき純白だ。

「ようやく、穿《は》ける。元の世界から持って来た唯一の下着を、今日やっと穿けるぞ！」

この世界における女性ものの下着は、様々な種類のものが存在する。

一番一般的なのは、質の悪い光沢あるフォルムの下着だ。

この世界に来て最初の頃、お洒落《しゃれ》に気を使わない生徒たちは全員備え付けの安物ショーツを渋々身に着けていた。

佳奈美も最初の頃はそうしていたが、あまりに格好が情けないのとスカートが捲れると下着が丸見え状態になって心情的にも風紀的にもよろしくないので、クラス内で廃止した。

あと付属のブラジャーが気に入らなかった、というのもある。

ショーツとセットで置かれていたブラジャーは、同じく紐で調節するものだったのだが。

佳奈美のように――というか女子高生の平均値程度に育った乳房を支えるには、まるで性能が足りていなかった。

あんなものを毎日着けていては胸の形が崩れてしまう。

クラス丸ごと垂れ乳転移など、固く遠慮しておきたかった。

故に最近は、皆先述のものよりかは多少性能の良い下着を使用しているのだ。

流石にゴムやブラ用のワイヤーなどは存在しないため、日本の下着と瓜《うり》二つかと問われれば微妙なところではあるが。

上質な魔物の素材を加工して作られたそれらは、まあまあ使用に耐えうる程度のものではあった。

「ともあれ、肌触りは最悪だからな。やっぱり、穿き慣れた下着の方が絶対に良い」

他の生徒たちは毎晩のように下着を洗濯して、元の世界で購入したものを毎日のように身に着けていたのだが。佳奈美はちょっとしたトラブルに巻き込まれたせいで、穿き慣れたショーツを穿くことが出来なかったのだ。

思い出すだけで、嫌な気分に陥ってしまう。何者かに下着を盗まれ、性的な液体で汚された状態で戻ってくる——という、かなり悪質な悪戯《いたずら》の標的にされたのだ。メンタル強めな佳奈美も、あの時は流石にショックを受けたし、立ち直るにはかなりの時間を要した。男性不信になってもおかしくないレベルの事件だったが、剣道で培った平常心を保つ力と持ち前の強き心でどうにか耐え切ったのだ。ちなみにその後、蘭に眷属調教をかけられ大事な貞操をいとも容易《たやす》く散らしてしまうという、そんな一幕があったりする。

「だがこれで一安心だ。臭いも——汚れも、全部とれた。これで一件落着だな」

何とか言う魔物の体液で造られた洗浄剤と、消臭剤——そして抗菌剤を混ぜた液剤の中にショーツを漬け込んで、もう一ヶ月以上は経過している。

まだ少し引っかかるものはあるが、これ以上の洗浄は必要ないだろう。あとは気持ちの問題だけだ。

軽く深呼吸をしてから、パンツに脚を通して一息に引き上げた。ふくらはぎから太腿にかけてのラインをするんと滑り、純白のショーツはあるべき場所にぴったりと収まる。長く息を吐きつつ姿見の前で下腹部を撫でながら、佳奈美は安堵したように頬を染めた。

「やはり、この感触だな」

上半身にはセーラー服を纏い、下半身は下着一枚という何とも如何わしい格好のまま満足したように頷くと、佳奈美はいそいそと紺色スカートと漆黒のニーソックスを身に着け始めた。

◇◇◇◇

「佳奈ちゃーん、おっはよーぅ！」

清々しい気持ちで朝の廊下を歩いていると、背後から聞き慣れた声で名前を呼ばれた。

立ち止まって振り返ると、吐息のかかる距離に顔があった。

普通ならばビックリして後ずさりするような光景だが、佳奈美は別段驚いた様子も見せず、にこりと可愛らしく微笑んだ。

「おはよう、白雪。今朝は何だか、いつにも増して元気そうだな」

「んー。もーね、バリバリ元気っていうか、ちょぉハイテンションっていうか！　朝からすごーく良いことあったんだよね！」

カースト上位陣である陸上部女子の白雪沙姫は、しなやかな肢体を柔らかく伸ばしながら太陽のような笑顔を見せる。

日焼けした顔に浮かぶその笑顔は、今までに何人の男子生徒を虜にしてきたことだろうか。

元気いっぱいな笑みを見せながら、男女問わず仲良くする短距離走者《スプリンター》。

部活でトラックを駆け抜けるその姿は、獰猛《どうもう》かつ柔軟な動きを併せ持った獣のようだった。

凹凸の少ない身体に、女子高生としての魅力を損なわない程度に筋肉を施した絶妙なプロポーション。

豊満で柔らかいＪＫ体型とは程遠いが、余分な脂肪のないすらりとした身体付きからはフェロモンたっぷりな色香がムンムンと漂っている。

じんわりと汗の滲む薄褐色肌は、とても官能的である。

「朝から良いことか。素敵な夢でも見れたのか？」

「うん、マジもぉ最高！　思い出しただけでちょぉ幸せ」

きゃーと嬉しそうな悲鳴を上げながら、頬を手で包み込みぴょんぴょんと飛び跳ねる沙姫。

大方好きな男子生徒でも出てきたのだろうと、佳奈美は微笑ましげな視線を沙姫に向ける。

基本的に誰とでも仲良く接する沙姫だが、普段はカースト上位陣——佳奈美や美鈴、新垣や虎生などと共に行動することが多い。

とくにその中でも、彼女は新垣と仲が良い。普段からお互いに下の名前で呼び合っているし、二人きりで下校している姿も何度か目撃している。

休みの日などは良く二人で出かけるらしいし、きっと二人は付き合っているのだろう。

陸上部のエース白雪沙姫と、すれ違った女子生徒の内十人中八人がイケメンだと答えるであろう新垣武雄。

二人が肩を並べて楽しそうにしている光景は、絵になる。

お似合いのカップルだ。

「佳奈ちゃんは、好きな人が夢に出てきたことって、ある？」

「……覚えがないな。あったかもしれないし、なかったかもしれない」

基本佳奈美は、目覚めと同時に夢の内容は忘れてしまうタイプの人間だ。

だが何故か怖い夢とか嫌な夢は、結構覚えていたりする。難儀なものだ。

「あまり夢の内容までは覚えていないからな」

「そっかー……。それじゃさ、佳奈ちゃんの夢に武雄が出てきたことはある？」

「新垣か……。覚えている限りだと、ないな」

佳奈美の返答に、沙姫は残念そうに微笑んでみせる。

「武雄はね、あるみたいだよ」

「何がだ？」

「佳奈ちゃんが夢に出てきたこと、何度かあるってさ」

何故今そんな話をするのだろうと、佳奈美は不思議そうに首を傾げる。

確かに元の世界にいる時は新垣——というか、いつもの五人グループで行動することは多々あったが。佳奈美は新垣をどうとも思っていないし、新垣も佳奈美のことをどうこうしようとは思っていないだろう。

むしろ新垣は、美鈴や沙姫と比べて佳奈美と少し距離をとっているようにも思える。

新垣はきっと、元気いっぱいで優しくて可愛らしい、男心をくすぐる——美鈴や沙姫のような女子生徒が好みなのだろう。

そう考えると、三人の中では佳奈美だけタイプが若干異なるのだ。自分だけ少し距離を置かれていても、まあ仕方がないなとも思ってしまう。

「——あ、でも虎生が夢に出てきたことは、あったかもしれないな」

「へ、あ？　しげちーが？　夢に出てきたの？」

先ほども言った通り、嫌な夢や怖い夢は記憶に残るものなのだ。

虎生が出てきた夢がどんなだったかといえば——まあ、そんな感じだ。あまり思い出したくないというのが本音である。

「まあ大した話ではない。忘れてくれ」

「えぅー……。すごーく気になるんだけど」

などと沙姫と他愛もない世間話をしつつ、佳奈美は沙姫と肩を並べて食堂へ向かう。

食事が用意されるにはまだ大分時間があるためか、食堂にいる生徒たちの数はまだ全体の半数以下である。ふと隅の方を見ると暇そうに爪磨きをする御子柴彩と目が合ったので、手だけで挨拶をしておいた。

御子柴と蘭の関係は、先日彼の寝室を訪ねた時に——世間話の延長線として、何でもないことのように告げられて知った。ピロートークを楽しんでいる最中に「そういえば彼女が一人増えたよ」

と伝えられた時は、さしもの佳奈美も素っ頓狂な声を上げて蘭に詰め寄ってしまった。

それでも割と早い段階で現況を受け入れてしまうのだから、眷属調教がもたらす効力というのはかなり厄介で――強力なものなのだろう。佳奈美自身には、悪辣なスキルで強制的に惚れさせられたという感覚がないため、現状にさしたる違和感は覚えていないようだが。

「本当に手の早い男だ。油断も隙もありはしない」

御子柴は現在、一人っきりだ。だがもう少しすれば女ヶ根などのオタグループが来るはずなので、食堂での孤立状態もそう長い時間というわけではない。

蘭と結ばれて一応の彼氏持ちになった御子柴だが、オタグループとの交流は未だ継続中だ。

蘭自体は、女ヶ根と御子柴が仲良くしていることをあまり好ましくは思っていないようだが。

クラス内で唯一の拠《よ》り所である場所までを奪い取ってしまっては、御子柴が完全に孤立してしまうと考え、健全な交友関係を育むだけなら構わないと妥協したらしい。

佳奈美としても、蘭にメロメロ状態な御子柴が女ヶ根や御田川に口説き落とされるとも思えないので、別段気にすることもないだろうなと考えていた。

「あ、武雄たちもう来てるみたい。やっほー」

佳奈美が御子柴を見やっている間に、沙姫は自分たちのグループを見つけたらしい。

佳奈美の手を取りながら、まるでスキップをするかのようにテーブルへと駆けていく。

「武雄、しげちー、みすずん、おはよっ。三人は今日も早いね！」

「おはよう、沙姫。……っと、後ろに寝癖ついてるぞ、直してやる」

からかうような新垣の言葉に、沙姫はきまり悪そうに後ろ髪を押さえた。

「え、ヤダ嘘でしょ？　もー、佳奈ちゃん！　気が付いたら教えてよぉ！」

「……すまない。寝癖だとは思わなかった」

「確かに、見方によっては髪型にも見えるにゃぁ」

「みすずん！　それフォローになってないし！」

新垣に手櫛で襟足を梳《と》かされながら、沙姫は恥ずかしそうに顔を真っ赤に染める。

こうした他人に迷惑をかけない程度のドジっ娘属性も、彼女の魅力の一つだろう。

ちょっと抜けてる女の子は、男子生徒からの人気も高い。庇護欲を刺激されるのだろう。

「大丈夫だって、寝癖ついてても白雪さんはかわいいって」

「……っ!?　も、もぉ……しげちーったら」

柔らかく微笑み、しげちーこと虎生茂信が沙姫の頭を撫でてやる。

元の世界にいた頃は美鈴にゾッコンだった虎生だが。ここ最近は、美鈴とあまり接していないように思える。

美鈴が蘭に寝取られて数日──数週間くらいは、虎生も完全に気力をなくし、中身のない抜け殻のようになっていた。

一体何がいけなかったのか。

転移した当日に、セックスを暗喩する冗談を投げかけたからか。

それとも何か、美鈴の嫌がるようなことをしてしまったのか。

こっそりと裏でハーレムを作る空想などしていたからか。

幾度となく話し合いの場面を設けようと虎生は美鈴に頭を下げ続けたが、美鈴が虎生に以前のような笑顔を見せることはなかった。

それもこれも全て霧島蘭のスキルによる『命令』によるものなのだが、そのことを知っている人間は蘭と美鈴以外に存在しない。

佳奈美だって、どうして美鈴がこうも虎生を敬遠するのか理解出来なかった。

だが暫し時が経つに連れて、幾つか分かってきたことがあった。

美鈴は虎生を避けているのではない。

美鈴のことを良からぬ目で見てくる男子生徒全てから、距離を取っていたのだ。

誰とでも仲良く接していた美鈴の、異常とも言える態度の変化。

環境が変わったことによるストレスが原因なのか。

それとも本来は美鈴は物静かな娘で、元の世界での振る舞いが演技だったのか。

兎《と》にも角にも美鈴が変わってしまったことは事実である。

だがそのことに関して何も話したくないのなら、わざわざ無理に掘り起こそうなどとは考えない。

美鈴が現状を望むなら、そのまま――美鈴が望む形で接してあげよう。佳奈美や虎生たちのグループでは、そう決まったのだ。


環境に慣れたということもあるのだろう。

少しずつ、クラス内の空気は元の状態へ戻りつつある。

佳奈美たちカースト上位陣は、いつも五人で一緒だし。

沙夜香や乙女崎恵美、藤吉百合の女オタグループも、いつものように特撮やアニメの話題で盛り上がっている。

一匹狼であった御子柴を含めたオタグループも、竜崎翼はいないものの、落ち着いているように見える。

その竜崎だって、田中春人や山城宏勝《ヤマシロヒロカツ》、白鳥翔《シラトリカケル》などのグループにて（若干ウザがられながらも）仲良くやっているようだ。

「おーっほっほっほ、ようやくブレックファーストのお時間ですわ！」

ウェーブのかかった金髪ロングのお嬢様――女王ヶ丘麗華が取り巻きを引きつれて食堂に入ってくるのが目に入る。

取り巻きとはいえ、別に麗華自身が率先してシモベにした生徒だとか、そういうわけではない。

一応のクラス副委員長で、しかも実家が金持ちである麗華は、幼少の頃から様々な人間に付きまとわれている。

今回のも、それと同じことだ。麗華のおこぼれにあずかろうと、何となく傍で良い顔をしている女子生徒二人――とそして。

「いやしかし、麗華様は今日も実にお美しい。まるで月を映す水面《みなも》を優雅に泳ぐ白鳥のように、艶美そして豪奢な佇まい――流石は麗華様です」

歯の浮くような世辞を並べ立てる顔だけはイケメンな男子生徒――桐生院昴《キリュウインスバル》が、麗華のすぐ傍を陣取りながら優美に微笑んでいる。

そして何故か彼は、制服ではなくタキシードを着ていた。

セーラー服を着込んだ三人と並んで歩いていると変に目立ってしまうが、桐生院昴はそのことに関して全く気にしていないようだった。

まあそう言ってしまうと、セーラー服なのにブロンドのウェーブヘア（地毛らしい）――しかも純白のニーソックスを穿いている女王ヶ丘麗華も変な意味で目立ってはいるのだが。

「相変わらずだな、四人とも」

食堂内でも一番目立つ席に腰を下ろした四人を見やりつつ、佳奈美はとくに気にした様子も見せず頬杖をつく。

まあこんな感じだ。徐々にクラス内は落ち着きを取り戻している。

「なんかさ、平和だよねー」

「ああ、全くだ。これから魔王を倒しに行くパーティとは、思えないほどに」

ぽやっと呟かれた沙姫の言葉に、佳奈美は冗談めかしてそう答える。

一人一人身に余るようなチートスキルを与えられ、毎日のように戦闘訓練を続けているこの状況。最初の頃こそ不安や憤怒の感情が渦巻いていた生徒たちも、今ではこの通りだ。ちょっぴり長い宿泊学習をしているような、そんな感覚で毎日の生活を送っている。

「魔王打倒の旅――出発って、いつになるんだろうねー」

「いつだって良いさ。最終的に元の世界に戻れるのならな」

「えー、あたしは出来るだけ早い方が良いなー。このままずるずる引き延ばされて、帰れるのが数年後――とかになったら、嫌だもん」

「それもそうだな」

魔王さえ倒せれば、元の世界に戻して貰えるのだろう。

実際聖徒を抱え、訓練を始め、あらゆる面倒を見るにはかなりのコストがかかっているはずだ。役目を終えれば、真っ先に帰してもらえると思うのだが。

「……だが何か、引っかかるんだよな」

和気藹々《あいあい》と紡がれるこの状況が、本当にいつまでも続くのか。佳奈美は何やら思案気な顔をして、難しそうに眉を顰めた。

「どったの」

「いや、考え過ぎかな」

ともかく今は与えられた試練を乗り越え、着実にこなしていくだけだ。

魔王打倒の前に国王が死んでしまっては、元も子もない。それならばいずれ国の準備が出来次第、佳奈美たちは召集され、出発することになるはずなのだから。

脱力したように鼻から息を吐きつつ椅子に座り直すと、丁度奥の扉が開かれ、食欲をそそるスパイシーな香りが漂ってきた。

甘辛い香りに反応して鳴りかけた腹の音を必死にごまかしてから、佳奈美は運ばれてきた朝食を楽しむことにしたのだった。

◇◇◇◇

食事を終えてリラックスした状態で食堂を出ると、扉の直《す》ぐ傍で沙姫が佳奈美を待っていた。

沙姫に施されたスキルは閃光の太刀《フォーエバー・パニッシュメント》。一閃《いっせん》で無限距離斬撃を放つ、広範囲攻撃スキルだ。

かなり危険なスキルであり、一歩間違えれば周囲の万物を根こそぎ切り刻んでしまうため、沙姫は未だに真剣を持たせて貰っていないのだとか。

現在は木刀や縄で作った棒状のものを使用して、裏庭にて個別に訓練を受けているのだ。

沙姫が現在必死に習得しようとしているのは、能力の制御である。広範囲――効果が届く全てのものを攻撃しないように、力を絞って一箇所のみを攻撃出来るようにしている。

例えば一閃で、数十メートル先の魔物の首だけを斬り落としたりだとか、そういう技術である。

実際かなり神経を消耗するらしく、沙姫は毎日訓練が終わるとぐったりとしていることが多かった。

「珍しいな、白雪がわたしを待っているなんて」

「えっへへー、もぉどーしても佳奈ちゃんに話したいことがあってさ。ほら、行こ！」

上機嫌な沙姫に連れられ、佳奈美は王宮の廊下を足早に歩く。

ちなみに佳奈美はその他大勢の聖徒たちと同じ場所で訓練を受けるため、このまま沙姫に付いて行ってしまっては結構な遠回りになってしまう。

だがせっかくの友人の誘いだ。無下に断ることは出来ないと判断し、佳奈美が訓練を受ける場所に赴くのは、沙姫を彼女の訓練場まで送ってからでも良いなと思った。

「佳奈ちゃんってさ、正夢とか予知夢って、信じる方？」

「信じない」

「即答!?」

信じられないとでも言うような表情で、沙姫に見つめられた。

答え方を間違えたかと、佳奈美はポリポリと頬を掻く。

「いや、だってな。わたしはそもそも夢を覚えていないから、信じるとか信じないという次元の話ではないんだ」

「で、でも……しげちーの出てきた夢は覚えてたんでしょ？　だったら」

「……ああ、あれは、まあ」

壮絶な悪夢を思い出し、佳奈美はグギギと拳を握り締める。夢の中のこととはいえ、許し難いことだ。おっぱいとお尻の取り換えっ子なんて、たとえ夢の世界だとしても、もう二度としたくない。屈辱だ。夢だからといって、何が起きても良いわけではないのだ。

あの夢が現実になったらきっと佳奈美は虎生を殴ってしまうだろう。

風紀委員犬神佳奈美は暴力沙汰を好まないので、実際に行動に移すかどうかは置いておいて。

「わたしの夢はともかくとして。……もしかして、今朝見た夢が正夢になったのか？」

佳奈美の問いかけに、沙姫は照れたように首肯する。

なるほどと、佳奈美は分かったように頷いた。

先ほどのあの一幕だろう。愛しい相手に寝癖を指摘されて、からかわれながらも手櫛で襟足を梳いてもらう。

「すごーく嬉しかったの。もぉ、このまま一生頭を洗いたくなくなるくらい」

「それはやめておけ。女が汗臭いと、男が寄って来なくなるからな」

「えぇー、そぉかなー。異性の汗にはフェロモンがたっぷり混じってるから、好きな人も多いって聞いたことあるんだけど」

「誰から聞いたんだ、そんな話」

とそこまで言ってから、そういえば沙姫は陸上部のスプリンターだったなと思い出す。

陸上部――しかも短距離選手ともなれば、朝練もあるし毎日汗だくだ。

体臭を気にして、そういったことを調べるのはおかしな話ではないだろう。

まあ、匂いの話は別に良い。それよりも。

「はぅー……。マジで格好良いよぉ、犯罪的だよぉ」

恋する乙女のように（実際そうだが）頬を染めてトリップする沙姫。

気持ちは分からないでもないので、佳奈美はそれを温かい目で眺めやっていた。

「しかし、わたしはてっきり白雪と新垣はとっくに付き合っているものだと思っていた」

「……ふぇ？　武雄とあたしが？　何で？」

まるで心地良い夢から現実世界に引き戻されたかのように、沙姫は心底驚いた様子で瞳をパチクリとさせていた。

「何でって……。お互いに名前呼びだから、かな」

ふと頭の中に、佳奈美が唯一名前呼びする相手の顔が浮かんでしまう。

霧島蘭――彼とはいつも、下の名前で呼び合っている。

「やっだなぁー、もー。あたしと武雄はそんな関係じゃないよ、ただの友達。中学のときから一緒だったから、少し馴れ馴れしいだけだってば」

「そうなのか。てっきりわたしは、白雪と新垣は両思いなんだと……」

佳奈美がそう言うと、沙姫は「あー」と声を漏らした。

「武雄はスタイル良くてキリッとした格好良い女の子が好きだから、あたしじゃ武雄の好みに合致しないよー。勿論、みすずんもね」

みすずんもねのところで、沙姫の顔に影が差した。

この顔は佳奈美も知っているので、余計なことは言わない。

ある程度精神が成熟した女の子は、対象人物がいなくなると悪口や陰口を叩きだすのが一般的だ。

男らしいとか格好良いとよく言われる佳奈美も、紛《まご》うかたなき花の女子高生だ。

仲の良い友人が同じく大切な友達の陰口を叩いていようが、それを真っ向から否定したり拒絶しようとは思わない。

勿論友情関係に亀裂が入るようであれば、風紀委員としても佳奈美自身の心情としても、黙って見過ごすわけにはいかないが。

「みすずんも化けの皮が剝がれちゃって、もう前みたいにチヤホヤされるのは無理だよねー。しげちーとも全然話さなくなったみたいだし、もうあの娘も終わりかなって」

「そうか」

「人懐っこい演技までして、そこまで男の子からモテたかったのかな。ちょっと環境が変わっただけで、あんなに大人しくなっちゃうなんて。……だったら、最初っから高望みなんてしなければいいのに」

「……む？」

単なる陰口かと思いきや、どうやら違ったらしい。

沙姫は何やら寂しそうに視線を落としていた。

「手さえ繋がないで別れちゃうんだったら、最初から付き合わなきゃいいのに。あんな風に接せられて、しげちーがどれだけ傷ついたか分からないのかな」

「白雪？」

「大好きな女の子とようやく付き合えたのに、何もせずに振られたしげちーが可哀想だって言ってるの！」

佳奈美の目を見ながら、沙姫は真剣な表情でそんなことを言う。

吹っ切れたように長く息を吐いた沙姫は、「佳奈ちゃんに八つ当たりしてゴメンね」と呟いた。

「あたしだったら、絶対こんなことしなかったのに」

そう言い残し、沙姫はスタスタと訓練場の方へ足早に歩いて行った。

その背中を見やり、佳奈美は深く溜息を吐く。

クラスは元通り——平穏を取り戻したと思っていたが、どうやら計算違いだったらしい。

見えない場所で、小さな誤解や諍いが芽生えている。

それがやがて修復不可能な大きな亀裂になる前に、出来る限りカバーしてやらなきゃならないなと、佳奈美は思った。

◇　◇　◇　◇

霧島蘭の落とした毒は、じんわりと少しずつクラスを内部から侵し始めていた。

「んくぅっ……！　ひぁっ、やっ、ふぇぁぁぁぁっ⁉」

月光の差し込む深夜の密室。

艶めかしい水音と切なげな喘ぎ声を奏でながら、制服姿の二人の男女がベッドの上で互いの身体をまさぐり合っていた。

男の方は慣れた手つきで、柔らかく聳《そび》える豊満な乳房を手のひらで包み込み丁寧に揉み解す。

そしてもう片方――空いた方の手で、ぐちゃぐちゃに蕩けた女の部分を労るように掻き回していた。

女の右胸を左手でこね回しつつ、男はその顔を彼女の左胸に押し付ける。胸いっぱいに女の香りを吸い込んでから、男――霧島蘭は、ツンと屹立する佳奈美の乳首を唇で挟み込み、遠慮なくちゅうちゅぅと吸い付いていた。

「はぁ、はぁぅっ！　ふぁ、ふぁぁ、ふぇぁぁぁん！　そこ、そこ凄く、気持ち良いよぉっ！」

いつにも増して淫乱に喘ぐ佳奈美を見やり、蘭は右胸の乳首をキュウゥと指先でつねってみた。

「へぁぁぁぁっ！　それ、それっ凄く良い！　もっと、もっとしてぇぇ……」

陰核を弄るのを忘れぬよう気を配りながら、蘭は佳奈美の乳房を手と口でたっぷりと愛撫してやる。

労るように、佳奈美の身体に奉仕するように。

蘭自身の性的好奇心を満たすためではなく、佳奈美を気持ち良くしてあげるために。

佳奈美の身体が快楽で悦ぶ箇所を、蘭は重点的に責め続けた。

「はぅ、はぇぇ、はぇぇぁぁぅぅ――――⁉」

乳房と股間を同時に弄《いじく》り回され、佳奈美は気持ち良さそうにピンと体躯を仰け反らせる。

頭の先から爪先までをくっと伸ばしつつ、悲鳴のような嬌声を漏らし、やがて電源が切れたようにカクンと脱力した。

「はぁっ、はぁっ……。もう、ダメぇ……」

息を弾ませながらぼんやりと虚空を見つめる佳奈美を見て、蘭は心配そうに佳奈美の頭を撫でつけた。


今晩佳奈美とは、セックスをする約束をしていなかった。

実際蘭には身体を重ねる程度の関係を育んだ女の子が既に四人もいるので、シたくなればいつだって欲求を解消出来る。

流石に女の子の都合もあるので、好きな日に好きな相手とセックス出来るというわけではないが。

蘭にとっては美鈴も佳奈美も沙夜香も彩も、全員大切な眷属——ではなく、彼女である。

ここ最近は蘭自身が女の子たちの部屋へ出向き、イチャイチャして心も身体も癒されてから、自室に戻って床に就く——というのが日課だった。

ともあれ、蘭にも性欲の湧かない日だってある。

朝勃ち以外で股間が一日中ピクリとも反応せず、女体をまさぐる行為に何の価値も見出せない——そんな日だってあるのだ。

ちなみに今日はそれだった。故に本日は一人でぐっすり眠り、明日以降のセックスライフをより一層楽しむため、英気を養おうと思っていたのだが。ベッドに入ってさあお休みと布団を口元までかけたところで、コンコンと扉をノックされたのだ。

性欲がない日とはいえ、彼女たちに抱いている感情は何も性的な好奇心だけではない。

抱きしめたい、一緒にいたいという純粋な恋愛感情も含まれるし、何より蘭は彼女たちを大切に思っている。

本日はもう営業終了——だとか寝たふりをする必要もなく。蘭は嬉々《きき》として、来訪者を快く受け入れたのだが。

扉を開けたと同時に部屋に飛び込み、蘭の体躯をギュッと抱きしめてきた佳奈美。身体の全面に広がった佳奈美の体温に酔いしれながらも、黙ったまま身体を擦り寄せてくる佳奈美に若干の違和感を覚えたのもまた事実だった。

そして反応しない下腹部を見やり、上目遣いに蘭を見た佳奈美は——。

「セックスはしなくて良いから、慰めて欲しい」

と、そう懇願したのだった。


まあそんなわけで、お望み通り佳奈美を（性的な意味で）慰めてやったのが現状である。

「感極まって抱き締めちゃったまでは分かるけど。突然慰めて欲しいって、何かあったの？」

「ああ、ちょっとな」

言葉を濁す佳奈美。

そういえば初めて佳奈美を抱いた時も、こんな感じだったか。

黒髪ぱっつんのポニテ女子という容姿から想像出来るように、佳奈美は芯の通った心の強い女の子だ。練習も厳しいであろう剣道部に所属し、さらには学校内の風紀を正すため、自ら風紀委員に立候補しその役務を全うする。

真面目で堅実な、とても素晴らしい女子生徒だ。

だが真面目で堅実な風紀委員である前に、佳奈美は一人の女子高生だ。

特別なことなど何もしていない、至って普通の女の子なのだ。

強く真っ直ぐな心を持っているとはいえ、人並みにストレスも感じれば苦痛だって生じる。

佳奈美はそれを、露わにすることが出来ないだけなのだ。

「何かあったなら、話だけでも聞くよ。勿論佳奈美が話したくないんだったら、無理には聞きださない。ただ黙って抱きしめて欲しければ、一晩中ずっとギュッってしててあげる」

荒い呼吸に合わせて上下するおっぱいを見やりながら、蘭は佳奈美の前髪をさらりと撫でつける。

佳奈美の黒髪は、サラサラしていてとても綺麗だ。

それにとっても良い匂いがする。頭に顔を埋めて深呼吸したいななんて、蘭は思った。

綺麗に切り揃《そろ》えられた前髪を手で梳かしていると、切れ長な瞳が上目遣いに蘭の顔を見やった。

聞いて欲しいけど、言いたくない。

全てを打ち明けたいけど、蘭を心配させたくない。

甘えたいけど、弱いところを見せたくない。

そんな言葉が聞こえて来るかのような、弱々しい視線だ。

事実佳奈美の抱え込んでいる悩みとは、クラスの話であり――美鈴の変化が原因だ。

蘭を排斥したクラスの話――しかも、美鈴関係の話。蘭が全く関与していないとは考えにくいし、もしかすると問題の主原因は蘭なのかもしれない。

佳奈美の発言が原因で、蘭が嫌な思いをしてしまったら。

佳奈美のことを嫌いになってしまったら。

そう思うと、佳奈美も――現在の悩みを蘭に打ち明けることが出来なかった。

「……じゃあ、その、抱きしめてくれるか？」

「いいよ。おいで、佳奈美」

腕を拡げて、制服を着直した佳奈美を胸の中に抱きしめる。

胸の中で震える佳奈美をよしよしと撫でながら、蘭は部屋の壁を見やり、ふと思いを馳《は》せた。

佳奈美が一番恐れていることとは、何だろうか。

顔も分からぬ誰かに下着を盗まれ良からぬことに使用される――そんな年頃の女の子からすればトラウマレベルであろう事件に巻き込まれても、平静を装っていた犬神佳奈美。多分――これは蘭の推測だが――現在佳奈美が抱え込んでいる悩みとは、彼女個人の話ではないのだろう。

元の世界にいる頃から、佳奈美は弱き者――はみ出し者の味方だった。

そして誰よりも、クラスのことを考えていた。

となると佳奈美の悩みとは、クラス――クラスメイトに関する問題だろう。

「出来るだけ早い内に計画を実行した方が良さそうだな」

美鈴、佳奈美、沙夜香、彩――と、蘭は既に四名のクラスメイトを眷属化し、仲間に引き入れている。

各々凄まじいチートスキルを手にした頼もしい味方だが。

蘭を含めた五人だけで、残り十六名の聖徒たちと対等に渡り合えるとは思えない。

当初の予定通り、クラスメイト——一騎当千の戦士を出来るだけ多く仲間に引き入れておかなければならない。

蘭のスキルの能力上男子生徒を眷属化させることは出来ないので、必然的に女子生徒を率いることとなる。

ディープキスやセックスが作業化するのが嫌で、今まではマイペースに気が向いた時に女子生徒たちを犯していたのだが。クラス内に問題が出てしまったとなれば、そうも言っていられないだろう。

小さないざこざも、放置すれば後々大きな亀裂となって空気を壊してしまう可能性だってある。

出来るだけ早く、女子生徒たちを丸め込んでおいた方が良いだろう。

あまり考えたくないが、ギスギスした空気の所為で女子同士のいじめが発生したり、ストレスが爆発して誰かが犯されたり——スキルや魔術を使った喧嘩で誰かが生命を落とす可能性だってあるのだから。

暗い考えが胸中を支配し、思わずギュッと佳奈美の身体を抱え込む。

次は誰を標的にするか、誰から眷属化させるのか——その辺りの思考は、また明日にしよう。

今晩は傷心した佳奈美を癒すことを最優先にしたい。

佳奈美の温もりを胸の中に感じながら蘭は静かに瞑目し、眠りについたのだった。

第19話　甘美そして淫靡

朝食を終えた佳奈美が食堂から出ると、今朝もまた白雪沙姫が扉の傍にて佳奈美のことを待っていた。

だが今日は、沙姫一人ではなかった。

元オタグループで、現在は田中春人のグループに強引に入り込んでいる男子生徒——竜崎翼と向かい合い楽しそうに談笑している。

「竜崎くんって、普段どんなアニメ観てるの？　もし良かったら、今度オススメ教えてくれない？」

「あ、えっとね。お、俺はアニメよりも特撮の方が好きだから——じゃなくて、アニメ、そう、アニメの話だよね。俺はどっちかっていうと、日常系——所謂空気系ってやつ？　それ系はあんまし好きじゃなくてさ。もっとこう、深いテーマがあるやつが好きっていうか。そう例えばほら、メカとかロボ系とか——あとは戦うヒロイン系が好きなんだ。だからそうだな——、魔法少女が魔女と戦う感動作がちょっと前に流行《はや》ったんだけど、俺的にはそれをオススメしたいかなっていうか。うん本当、普段アニメとか観ない人でも楽しめると思うし、それに変なお色気シーンとかもないから健全だし、あれ、俺何言ってんだろ、ハハハ……」

竜崎翼が何を言っているのか佳奈美にはさっぱり分からなかったが。沙姫は興味津々といった様子でうんうんと頷きながら、竜崎の目を見つめて明るい笑顔を見せていた。

健康的に日焼けした薄褐色の素肌。年相応の面差しをしているはずだが、じんわりと額に汗の滲んだその顔は、若干の幼さと可愛らしさを醸し出している。

元気いっぱいなアウトドア派少女といった表現が的確であろう若々しい肉体は、現在訓練用の衣服に包み込まれている。

学校指定の体操服を思い起こさせるその衣装は、佳奈美──女の子としての視点から見れば、決して官能的な服装とは言えないものだ。

だが思春期の男子生徒──しかも現実の女子生徒とほとんど会話をしたことのないチェリーボーイにとっては、クラスメイトの女子高生が身に着ける衣装は全て性的好奇心を掻き立てる対象となりうるのだ。

肩まで捲られた袖から覗く、薄褐色の二の腕。身体を伸ばすとチラチラと顔を出す、運動部らしく程よい腹筋の付いた腹部。そして何より、健康的に焼かれた太腿、膝小僧、ふくらはぎの三連コンボ。

決して露出過度な衣服とは呼べないが、むしろそれが逆にいやらしさを感じさせてしまう。見られても恥ずかしくない場所であるが故に、堂々と晒された乙女の地肌柔肌。

それを真正面から拝むことが出来るという状況に、竜崎は鼻の下をだらしなく伸ばしていた。

「へぇ、面白そう！　元の世界戻れたら、観てみようかな。タイトルは何ていうの？」

「あ、えっと、あ。長いからその、覚えられるかな、んーとね」

「そっかぁ……。じゃーさ、ＲＩＮＥのＩＤ教えるから、元の世界に戻ったら送ってよ。文字だったら、一字一句間違えずに送れるでしょ？」

「え、えぅ、ＲＩＮＥ教えてくれるの？」

「だって連絡取れないと不便っしょ？　……はい、これ。絶対なくさないでよ」

サラサラと紙片に走り書きする沙姫の姿を見て、期待に喉を鳴らす竜崎。目の前で陸上部の美少女が、自分のために連絡先をメモしてくれているのだ。当然の反応だろう。

「も、勿論だよ！　あ、ありがとう」

数字と英字が羅列された紙片を竜崎に手渡し、沙姫は口角を上げてにこりと微笑む。

その笑顔に癒されつつボーッとした様子で手を伸ばした竜崎は、距離感を見誤り沙姫の柔らかい手のひらにつぷりと指先を突き刺してしまう。

意図せず指先を包み込んだ乙女の柔肌に、竜崎はビックリした様子でビクンと身体を震わせた。

「わ、わっ、えっと、ごめん！」

美少女との接触に戸惑った竜崎は反射的に謝罪の台詞を発し、耳まで真っ赤に染めてから逃げるようにその場を立ち去ってしまった。

可愛らしく手を振りながら、その背中を見送る沙姫。

やがて竜崎の姿が見えなくなると、佳奈美の方を見やってにへりと口元に弧を描いた。

「大した時間ではない。……それより、竜崎とはまだ連絡先を交換していなかったのだな」

「お待たせ、佳奈ちゃん」

明るく元気な運動部女子白雪沙姫は、美鈴と同様クラスの中心人物だ。

可愛らしく庇護欲の湧く妹タイプな美鈴と、人懐っこく元気いっぱいな幼《おさな》馴染《なじみ》タイプの沙姫。

クラスの二大美少女は誰かと問われれば、真っ先にこの二人が挙げられるだろう。

ちなみに佳奈美や彩に関しては一部から『怖い女子』というレッテルを張られているため、先述の二人と並ぶほどの人気はなかったりするのが実情だ。

クラスカースト上位陣で、クラスでの人気も高い美鈴と沙姫。彼女たち二人の最も異なる部分はどこかと聞かれれば、真っ先に挙げられるのが女子生徒からの人気だろう。

動作や仕草が幼く狙ってやっているかのような美鈴と、天真爛漫な元気少女沙姫。

沙姫は女子生徒たちからの人気も高いが、美鈴はクラスの女子生徒からはあまり良く思われていなかったりする。

まあそれは一部の生徒から見てどう――という話だ。

実際誰からも好かれる人間なんてものは存在するはずがないので、致し方ないことではあるだろう。

「竜崎くんとは――って、別にあたしだってクラスメイト全員とＲＩＮＥ交換してるわけじゃないってー」

「だが白雪は、女ヶ根とか御田川とも連絡先を交換していただろ？　全員ではないのか？」

「んー、霧島くんとかは持ってない。あの子ほら、暗いし無趣味そうだし、何話していいか分かんないんだよねー。嫌いなタイプってわけでもないんだけど、せっかくこっちが話題振って盛り上げようとしても、振る話題がなくてすぐ話が続かなくなりそうなんだもん。その点女ヶ根くんとか御田川くんは、アニメの話すれば大抵食いついてくるから、話すのは結構楽だよ」

そこまで言ったところで、沙姫は「そういえば」と手のひらを叩いた。

「霧島くんが王宮からいなくなって、もう大分経つよねー。クラス内でもなんかその話題出すのはタブーっぽい空気出ちゃってるからあたしも黙ってたけど、ちょっと気にならない？」

「気になるというと？」

「佳奈ちゃんって結構、誰かがハブられるとか、団体行動乱す生徒とかそういうの嫌いっぽいからさー。元の世界戻るときも、全員で帰ろうとか言い出しそうだし」

「ふむ」

顎に手を当てて、佳奈美は思案気に片目を瞑る。

ここは何と答えるべきだろうか。

蘭が生存し、何やら事を起こそうとしているということは佳奈美も重々承知しているが。

それを口に出すのはいけないことだし、悟られるわけにもいかないだろう。

「……あたしは、霧島くんには生きていて欲しかったな」

「白雪もそう思うか」

「佳奈ちゃんもちょっとは思うでしょ？　元の世界ではぜんっぜん意識したことなかったけどさ、何かこう――いなくなってみて初めて分かる寂しさ、みたいな」

沙姫の発言に、佳奈美は黙したまま首肯する。

「あの時はやっぱ、洗脳されちゃうスキルは怖かったけど、今になって――落ち着いてから考えると、あんな風にクラスメイト全員で非難の目を向けるのは、かなり酷いことだったたんじゃないかって思えてきたんだ」

今更遅いんだけどねと乾いた笑いを見せ、沙姫はポリポリと後頭部を掻く。

「竹山《タケヤマ》さんの連絡先も、結局聞けずじまいだったたし」

「……ああ」

竹山邪伊美《ジャイミ》。まあ言ってしまえば、所謂キラキラネームというやつである。

容姿は音痴で有名な某ガキ大将の妹そっくりで、絵を描くのが趣味という女子生徒だった。

話すのも苦手で、いっつも一人で絵を描いていた邪伊美。悪い娘ではなかったのだが、まあ虐められ易《やす》いタイプの女子生徒ではあった。

今回この世界に転移はしていないが——若干不良が入ったような生徒たちに虐められて、不登校になった生徒だ。噂では自殺未遂までしたと聞いたが、真偽の程は定かではない。

「嫌な人とか一緒にいたくない人をクラスから排斥するってのは、普通によくあることだと思うけどさ。帰る場所もない全く知らない世界でそんなことをしたら、死刑宣告と大差ないよねって、最近思ってきたんだ」

日常から突如放り込まれた、非日常の世界。そんな変貌から目を逸らすために、当初彼らは出来る限り日本での日常をなぞろうと無意識のうちに動いていたのだろう。

日常から切り離されていく、あの地面から足が浮いたような感覚は、恐ろしく何度も体感したいとは思えない感覚だ。

「白雪は、蘭——じゃない。霧島のことを、どう思ってたんだ？」

「別に何とも思ってないよー。ただ……さ、あたしらのせいで人生終わらすことになっちゃったとか、かなり残酷なことだし。同朋として悔やんでおくべきかなって。何となくそう思っただけだよ」

他人事《ひとごと》のような沙姫の態度。佳奈美は、胸の奥が少しだけ痛むのを感じた。

しかしそれは当たり前のこと。今でこそ蘭にゾッコンメロメロな佳奈美だが、彼女だって元の世界にいた時は、霧島蘭という男子生徒を一個人として認識したことはほぼなかったのだから。

「……ん、でも、まあ。湿っぽい話はおしまい！　ゴメンね、佳奈ちゃん。もっと楽しい話しよっか！」

「ああ、だったらそうだな――元の世界に戻れたら、まず何をしたいとか」

「それは勿論、冷蔵庫のプリンと買いためたジャンクフード漁って心も身体も満たされてから、浴槽たっぷりにお湯を溜めたお風呂にふやけるまで浸《つ》かりたい！　かな」

「ふふ、わたしが言いたいことも、全て白雪が代弁してしまったな」

確かに、この世界では絶対に出来ないことだ。

プリンやポテチなどに関しては、どうしようもないことだ。

類似した食品があるとも思えないし、我慢するしかない。

風呂に関しては――最近になって、ようやく打開策を打ち立てることが出来るようになった。

異世界の生活にも何となく慣れが見え始めた頃。水浴びだけでは汗を流し足りないと、聖徒たちから不満が出始めたのだ。王宮の人間も、当初は「我慢しろ」の一点張りだったが、御子柴彩が精霊魔術を覚えたことで状況は一転した。

無限魔力《オーバー・エネルギー》の使い手である彩が、水魔術と火魔術の混合魔術という難易度の高い技術を身につけたことで、王宮側の懸念事項であった――お湯を用意するために必要な手間や費用を度外視することが可能となったのだ。

滅多に使われていなかった――異国の使者をもてなす時などに使用していたらしい――浴室を、

聖徒用として開放してくれたのだ。彩にも、そして我儘を聞き入れてくれた王宮の人たちにも、感謝しなければなるまい。

「あとは——うん、元の世界に戻ったら、四人でダブルデートとかしたいなー」

「……四人？」

「あたしとしげちー、佳奈ちゃんと武雄だよ」

きょとんとした様子で立ち止まる佳奈美と、それを見て頬を赤らめる沙姫。

「昨日ので、察してくれてると思ったのになー……って」

「いや、白雪が虎生のことを好きだということは、昨日の会話で何となく察することは出来たが……」

佳奈美が戸惑ったのは、沙姫が虎生にゾッコンだ——という事実ではない。

さも当然のように、佳奈美と新垣が付き合うことになっている方だ。

「わたしと新垣が付き合うのか？」

「武雄、めっちゃ佳奈ちゃんのこと好きみたいだしさ。せっかくだから、付き合ってみたらどうかなーって。佳奈ちゃんと武雄なら、きっとお似合いのカップルになると思うなー」

さりげなく美鈴を除外していることはともかくとして。

間接的とはいえ唐突な恋慕の感情を投げつけられた佳奈美は、困ったように眉を下げてみせた。

「そ、そうか……。だが、わたしは」

もし異世界転移なんてものが起こらずに、平々凡々な日常生活を送っていたのなら。

五人で仲良く青春を謳歌している最中に、ふとしたところで新垣から告白を受けたとしたら。

佳奈美は、何と返事をしたのだろうか。

だが、状況が違う。『もしも』の話など、意味がない。

現に異世界転移は起き、佳奈美は蘭のスキルを受けて眷属化——心から、霧島蘭という男子生徒に恋い焦がれてしまったのだ。

今更そのようなことを言われても、佳奈美の心を動かすことはなかった。

「あれ？　もしかして佳奈ちゃん、好きな人いたの⁉」

「あ、ああ……」

どうしようとでも言うように、沙姫は口元を手で押さえる。

きっと彼女は心のどこかで、新垣の想いは佳奈美に届くと思い込んでいたのだろう。

佳奈美が否定——もしくは拒絶の言葉を示すとは考えもしなかったのだろう。

「ご、ゴメン佳奈ちゃん！　てっきりフリーだと思ってたから、つい……。どーしよ、勝手に想いを伝えて玉砕させて、武雄怒んないかなー」

ともあれ新垣の容姿なら彼女には困らないだろう。

外面《そとづら》の良さも相まって新垣は女子生徒——とくに先輩後輩からの人気も高いので、またいつか幸せな恋愛が出来るんだろうなと、沙姫は思った。

「す、すまない……。新垣の恋心は、知らなかったことにしておくから、その」

「だ、大丈夫だよー、佳奈ちゃんは気を使わなくたって。そ、それにしても、だよ！　美少女剣士の佳奈ちゃんに想いを寄せられるとか、幸運な男の子もいたもんだよね！」

黙ったまま頬を染める佳奈美を見やり、沙姫はゴシップ脳丸出しな笑みを浮かべながら佳奈美の耳元に顔を寄せた。

「——で、ミス剣道女子佳奈ちゃんの恋心《ハート》を撃ち抜いたのは、どんな男の子なのかなー？」

「わ、わたしのことは別にいいじゃないか」

「えー、だってさー。佳奈ちゃんこの世界に転移する前は、フリーだって言ってたじゃん。てことはうちのクラスの男子しかありえないし、あたしだって気になっちゃうよー！」

瞳を輝かせながら、沙姫は佳奈美の前で褒められた犬のようにブンブンとしっぽを振ってみせる。

そういえば沙姫は恋バナや噂話が大好物だったなと佳奈美は思い出した。

「誰？ ねー、誰にも言わないからさ、あたしにだけ教えてくんない？ 田中くん？ それとも白鳥くん？ もしかして山城くん？ それともまさかまさか、桐生院くんじゃないよね⁉」

「そんな大勢ポンポン出されたら、わたしだって困ってしまう……」

いつでも凛《りん》とした佳奈美には珍しいシュンとした様子を見せながら、佳奈美は照れくさそうに頬を染めてみせた。

佳奈美の顔に浮かんだその表情は、恋する乙女のそれであった。

◇　◇　◇　◇

「どうです、聖徒キリシマ・ラン。ここなら向こうからは決して目視することは出来ませんし、逆にこちらからは全ての光景が丸見えという——絶好の場所だと思いますが」

「いや本当に助かりました。思いつきの我儘を叶えてくれるだけでなく、こんな素晴らしい覗き場所を用意して戴けるなんて」

その日蘭は計画を実行する下準備のために、聖徒たちが使う訓練場を訪れていた。

とはいえ現在蘭自身が発したように、蘭がいる場所——今は使われていない時計塔の螺子巻《ねじまき》部屋だが——は、訓練場にて汗を流すクラスメイトたちからは、視認することの出来ない場所だ。

備品や武器などを仕舞い込んでいるわけでもなければ、隠された財宝や見られては困る書物などが置かれているわけでもない。

だが見られては困ることは時折行われているようで、年月の所為か黄ばんだ木製の床には、白と黄色の混じった粘性の液体のようなものがベットリとこびりついていた。

塔の外から中を見ることは不可能だが、部屋の中からは外の景色を見ることが出来る。

隙間風が入ってくるのか籠ったような感覚もないので、使用人や大臣からすればここは絶好のヤリ部屋なのだろう。ご丁寧に縄のようなものの切れ端も落ちているし。

「魔王打倒の旅には、いつ頃出発するのか。その辺りのことは、まだ知らされていないのでしょうか？」

「魔王打倒魔王打倒と騒いでいるのは、王妃側の人間が主ですからな。私のように完全な第一側室側の使用人には、情報など……」

「そうですか」

蘭は窓の隙間から瞳を向けながら、クラスメイトたちの訓練風景を眺め始めた。

訓練着姿の佳奈美が、案山子《かかし》のようなものをバラバラに切り刻んでいる光景が目に入る。

見事なものだなと蘭は思った。

「ここで訓練を受けているのは、全員ではないのですね」

「ええ。幾人かの聖徒たちは別の場所にて、個別の訓練やその他の訓練を行っているのです」

「流石に、闘気を纏えない聖徒――ってのは、いないんですよね？」

「もう全ての聖徒が、闘気を纏えるとのことです。ですので――、ここからは我々の推測ですが、出発は時間の問題かと」

使用人の言葉を聞き、蘭は思案気に瞑目した。

やはり急がなければならないな。

出来るだけ早いうちに女子生徒たちを眷属化させて、仲間を作っておかなければ。

計画を実行するより先に旅に出発されてしまうことだけは、絶対に避けなければならない。

蘭には最初から、中途半端な選択肢は許されていなかったのだ。

生存しているかどうかあやふやな蘭はともかくとして、美鈴たち――蘭の眷属たちは、魔王打倒の旅に連れて行かれるに決まっている。

若く健康的な高校生だけの旅。互いに助け合いながら、少しずつ仲を深めていく。

だが決して男子生徒たちに心を開かない美鈴や佳奈美。

攻撃的なスキルを手にした佳奈美や彩なら抵抗することも可能だろうが、保守的なスキルを施された美鈴や沙夜香はそうもいかない。

そういった雰囲気があちこちで湧き起これば、善良な高校生にだって魔が差すことだってあるだろう。考えたくない話だが。闘気やスキルで押さえつけて、レイプ紛《まが》いのことをされてしまうかもしれない。

無防備な女の子を無理矢理犯すような鬼畜野郎がクラスにいるとは思えないが、思春期学生の性欲とは無限の可能性を保持している。

蘭だって同じだ。

まさか自分がこんなにも性欲旺盛で毎晩のように女子高生とセックスし続けてしまうとは、この世界に来るまで——一度たりとも考えたことはなかった。

「美鈴たちを護るためにも、気を引き締めていかないとな」

女子生徒四人が「魔王打倒の旅に付いて行きたくない（蘭と離れたくない）」と抵抗したとしても、無理やり連れて行かれるのがオチだ。

だが全員なら、話は違う。

闘気を纏いチート級のスキルを手にした女子生徒全員を、無理やり連れて行くのは不可能なはずだ。

数の暴力——と言うと、弱い者たちが圧倒的強者に歯向かうようで嫌な言葉だが、実際そうなのだから仕方がない。

眷属たちを護るために、眷属を増やす。

恋人たちを護るために、他の女と肉体関係を紡がなければならない。

「でもまあ、せっかくの機会だし、一人ずつ楽しんでから仲間に引き入れても罰は当たらないよね」

もしこの世界にも天罰なるものがあるのなら、真正面から人権を踏みにじっている蘭が見逃されるはずがないだろう。

くだらないことを考えながら窓の外を見やっていると、丁度足を振り上げた沙夜香が視界に入った。

太腿を丸出しにしたハーフパンツが捲れ、沙夜香のしなやかな生脚がバッチリと露出する。

女子高生――それもクラスメイトの内腿。滑らかで伸びやかな瑞々しい肌色は、思春期の男子高校生にとって目の毒だ。

ついさっきまで罰のことを考えていたせいか、ふと沙夜香に虐められる妄想が頭の中に湧き上がってしまう。

Sっ気のある沙夜香のことだ。

太腿で挟んでほしいとか膝小僧でグリグリしてほしいとか素足で踏んでほしいとか頼めば、嬉々として受け入れてくれるのだろう。

沙夜香はそのままでも可愛いけど、蘭を組み敷いている時が一番キラキラしているし。

体操服姿の沙夜香に抱きしめられながら、ベッドの上でイチャイチャしたいなあ。

沙夜香の太腿を思い出して軽く前屈みになりながら、蘭は溜息混じりに頬を撫でた。

「異世界ハーレムの欠点は、コスチュームの選択肢が少ないことだよな……」

せっかくの女子高生ハーレムだ。

制服だけでなく、もっとこう女子高生ならではの格好で色々なプレイをしてみたい。

制服の下に体育着とか学校指定のスク水とか着たまま転移してきた娘なんていないかなと考えつつ、蘭は如何わしい視線で沙夜香の姿を追ったのだった。

◇◇◇◇

性欲旺盛な思春期男子高校生が、真っ昼間から同級生の太腿に悶々としたならば——その夜にすることといえば、一つしかないだろう。

脳裏に何度も蘇《よみがえ》る、魅惑的な肌色と柔らかそうな肉感。触ったらどんな感触だろう、頬擦りしたらきっとスベスベなんだろう、舐めたらどんな風味がするのだろう——などと色々妄想しながら、チリ紙に向かって溢れ出るリビドーをスペルマへと変換して吐き出すのが一般的な解消法ではなかろうか。

ならば蘭も、今晩は豪華なオナネタを使って一人ヘブン状態へと舞い上がってしまうというのか。

いやまさか、あのように貪欲な霧島蘭が、そんな勿体ないことをするはずがない。

聖徒霧島蘭は上級使用人ライアンの姿へと変身し、闇夜の中に身を隠して見事沙夜香の寝室まで辿り着くことが出来た。

まだ月が昇って間もない時間帯。普段ならば、絶対に廊下に出ないような時刻だが。お昼のことを思い出すだけで蘭の下腹部は痛いくらいに勃起してしまい、聖徒たちが寝静まる時間まで我慢出来なかったのだ。

「幾度となく沙夜香のあられもない姿は見せてもらってるけど、やっぱあのチラッと覗く素肌は格別だよね。素っ裸で喘ぐクラスメイトもすっげーエロいけど、やっぱり日常のチラリズム以上に情欲を掻き立てるものはないよね」

とはいえ舞い上がったテンションで部屋を間違ってしまっては、これからの予定が全て狂ってしまうので、蘭は扉の前で一応冷静になってから、静かにコンコンと沙夜香の部屋の扉を二回ノックした。

間もなく扉が開かれると、中からビックリした様子で目を見開く沙夜香の姿がひょっこりと顔を出す。

大人しそうな雰囲気を醸し出す、お下げの茶髪。眼鏡越しの瞳はきょとんとした感じに開かれており、小動物的な可愛らしさを纏っている。

そしてその愛おしい面差しから伸びた体躯を包み込むのは、普段彼女が身に着けている制服とは異なるものだ。

つい昼頃その刹那的なチラリズムに欲情した、訓練着の姿だった。

「きり――し、執事さん？　どうしたんですか、こんな時間に」

「おぉぅ……びゅーてぃふぉおはいすくーるすちゅーでんと、いぇーい」

言葉になってない戯言をぼやきながら、蘭は沙夜香の部屋に躍り込み後ろ手に扉をパタンと閉めた。

ブロンドのウィッグと伊達《だて》眼鏡を近くの棚に乗せて、流れるような動作で沙夜香の肢体をギュッと胸の中に抱きしめる。

まだシャワーを浴びていないのだろうか。しっとりと湿った頭からは、汗の匂いがふんわりと漂ってくる。

胸いっぱいに吸い込まれた沙夜香の香りに、蘭の興奮はさらに掻き立てられていく。

執事服の中で肉棒がしっかりと勃ち上がり、ズボン越しの膨らみが沙夜香の下腹部に押し当てられた。

「……霧島くん、アレが当たってる」

頬を染め、得意げな表情で口角を上げる沙夜香。

発情した状態でアポなしで飛び込んできた蘭を咎める素振りも見せず、沙夜香は嗜虐心の浮かんだ顔を見せながら蘭のズボンをスルリと脱がしてやった。

「普段よりすごく早い時間なのに。……そんなに私としたかったの？」

人差し指を突き立て、舐めるように蘭の唇をなぞっていく。

眼鏡越しの瞳は強気に細められ、Sっぽいその面差しに腰の辺りがゾクリと震えてしまう。

だが蘭の視線は、沙夜香の顔から少しずつ下がっていってしまう。膨らみの欠片《かけら》もない胸元から腹部へ参り、股間をも通り抜け——やがて訓練着に包まれた太腿まで下りて行った。

素材が何なのかは分からないが、聖徒の身に着ける訓練着はまるで学校指定の体操服のような見た目をしている。

訓練着の股下からは、薄く日に焼けた太腿そして膝小僧——細く伸びたふくらはぎまでが滑らかな曲線を生み出していた。

さらに今は室内にいるためか靴下や黒タイツなども穿いておらず、素足である。

薄く褐色の混じったふくらはぎとは異なり、くるぶしから爪先にかけては日に焼けておらず色白だ。それがまた、官能的な雰囲気を漂わせる。

「霧島くんったら、さっきからどこ見てるの？」

「や、別に何も見てませんよ？」

「正直に答えてくれたら、いっぱい気持ち良くしてあげるのにな」

「太腿です。沙夜香の太腿見てました。沙夜香の太腿と膝小僧とふくらはぎの曲線を妄想して、もう今日は日中沙夜香の脚のことしか考えられませんでした」

気持ち良くしてあげるという魔の囁きに抗えず、蘭は正直に今の沙夜香に抱いている欲望を垂れ流した。

自身の太腿に興味津々だと言われた沙夜香は一瞬だけ戸惑った顔をしつつも、即座に嗜虐的な表情に戻り、興奮したように口元に弧を描いた。

「はい、よく出来ました」

パンツに手をかけられ、そのままぐいっとずり下ろされる。

蘭の下着は重力に伴って、ストンと床まで落ちて行った。

「身体目当てで訪問されるとか、女の子としてはあまりいい気分しないものなんだけど」

沙夜香はそこで言葉を切り、ビンビンになった蘭の股間の主を躊躇うことなくキュッと手のひらで包み込んだ。

こうなった原因である女の子に敏感ち○ぽを撫でられ、蘭は思わず顔を蕩けさせる。

「気持ち良さそうにする霧島くんの顔もっと見たいから、霧島くんが満足するまでしてあげるね」

にへりと蕩けた笑顔を見せ、沙夜香はおもむろに太腿を蘭の股間に押し付けた。

ぐにっとした感覚とともに、しっとりと汗の滲んだ沙夜香の素肌がペニスの裏筋に吸い付いてくる。

「うぉぉぅ……、沙夜香の、沙夜香の太腿と膝が俺のペニスに」

遠目に目撃しただけであんなに興奮した沙夜香の生脚《パーツ》が、男の子として何よりも大切な部分へ躊躇いなく押し付けられている。

ぐにぐに揉みこねるように。グリグリ刺激するように。柔らかい太腿で裏筋を撫で上げては、少し硬い膝の角で睾丸の裏側部分をゴリゴリと蹂躙される。

睾丸の裏側をこんな風にされるなんて普通は痛いはずなのに、沙夜香の脚に犯されてると思うと、その痛みも何だか気持ち良いような感覚に陥っていく。

「同じ刺激だけじゃつまらないだろうから……」

「ふぁっ……！　ふぉぉぉっ!?」

部屋の壁に身体を預け、沙夜香は体勢を整えつつ脚の角度を傾けた。

むっちりした太腿が裏筋を撫で上げ、所謂太腿コキのポーズへ。そのまま沙夜香は脚を止めず、膝小僧と脛《すね》までを使って蘭の分身を弄ぶ。

肉付きの良い太腿の柔らかさと、ちょっぴり硬い膝の感覚と、しなやかなふくらはぎの感触。異なる三つの接触に欲棒はビクビクと嬉しそうに痙攣しながら、カウパーをとろとろと溢れさせてしまう。

訓練着に身を包んだクラスメイトに、脚でち○ぽを虐められる。

傍《はた》から見れば、男の子として情けなく恥ずかしい光景なのだろう。

だがこの部屋には、沙夜香と蘭しかいない。

女の子の脚で大切な部分をグリグリされて悦ぶ変態聖徒の生態を知るのは、沙夜香だけだ。

沙夜香になら、見られても良い。

むしろ沙夜香に見られたい。

Mっ気が呼び起こされたとか、そういう理由ではない。

何故なら——。

「霧島くんったら口元から涎垂れちゃってる。そんなに気持ち良いの？」

「沙夜香こそ、興奮してるんじゃない？　涎、垂れてるよ」

蘭の一物を脚で蹂躙するという行為に、興奮している沙夜香。

眼鏡越しの瞳は強く細められ、顔は発情しているかのように紅潮している。

鼻から漏れる息は荒くて熱く、緩められた口からは幸せそうに涎が垂れている。

こんなにもキラキラした沙夜香の顔を見るのは、初めてかもしれない。

沙夜香が嫌がる変態プレイは出来ないが、沙夜香が悦ぶプレイなら、もっとしたい。

えっちなことをして悦ぶ沙夜香を、もっと見てみたい。

「……沙夜香、ちょっと」

「ん、もう出そう？　遠慮しないで射精しちゃっていいよ」

沙夜香の問いかけに首を振って否定の意を示し、蘭は沙夜香にベッドに寝転がるようお願いする。

一旦太腿コキを止めて、沙夜香は言われるがままにベッドへ寝そべる。

何が始まるんだろうとドキドキした様子で寝転がった沙夜香。期待に満ちた眼差しで見やりながら、蘭は沙夜香の上に覆い被さるような格好をとった。

「さっきと同じように、太腿でペニスを撫でて欲しい」

「あー、確かにこの方が楽かもしれない」

寝転がった沙夜香はまるでエクササイズでもするかのように、ゆっくりと脚を上げて蘭の股間に脚を押し当てる。

人体の構造上膝と脛はともかく太腿を押し当てるのは困難なので、あの柔らかさを再度体感するのは不可能なのだが。

「もう少し前に来れば、おち○ちん太腿でグリグリしてあげられるけど」

「いや、このままでお願いするよ。この体勢じゃないと出来ないことがしたいから」

「そう？　もう少し覆い被さってくれた方が、霧島くんの喘ぎ声間近で聞けると思ったのにな」

寝転がった沙夜香に脛で裏筋を扱かれながら、蘭はベッドの上に投げ出された方の脚を指先でそっと撫でつける。

むちむちした太腿も、こりこりした膝も、すべすべしたふくらはぎも、全ての感触を堪能することが出来る。

日中自分はこれで興奮していたのだと思うと、その分のリビドーが一気に押し寄せたような気がしてきて、腰がふわふわしてしまう。

太腿からふくらはぎにかけてのラインに見惚れていると、撫でていた方の脚がゆっくりと伸ばされ、蘭の目の前まで上げられてきた。

片腕で押さえながらふと沙夜香の顔に視線を向けると、得意げに口角を上げた沙夜香と目が合った。

好きにして良いよとでも言われているような感じだ。

せっかくなので、こっちの脚は蘭の好きなようにさせてもらうことにする。

しっとりと湿った足裏を指でくにくにと弄びながら、蘭は沙夜香の足裏に頬擦りをする。

無理な体勢をさせているせいか沙夜香の顔が歪んだが。脚の角度を変えると、沙夜香は「それなら大丈夫」と首肯した。

女の子は股関節が柔らかいと聞いたので、この程度なら平気なのだろう。

右脚の膝小僧にち○ぽを蹂躙されながら、左脚に頬擦りをする。

沙夜香の生脚天国だ。

本来なら妄想の中でするべき行為を、蘭は実際に——現実世界で堪能させてもらっている。

妄想世界の太腿は美しいけど、こんなにリアルな感触や体温を感じることは出来ない。

この柔らかさも沙夜香の体温も、現実《リアル》の太腿だからこそ感じることの出来る特別な刺激なのだ。

「はふぅ、はぁ……あぅぅぁ」

「わぁ、透明な液体でふくらはぎの方までぬるぬるしてきちゃった」

沙夜香のふくらはぎにカウパーを零しながら、蘭は気持ち良さに顔を蕩けさせる。

自分の出したカウパー液が潤滑油となり、沙夜香の脚コキがさらなる快感を呼び寄せてくる。

腰をブルブルと震わせながら、蘭は沙夜香の左脚をペロリと舐めた。

その接触に反応するように、驚いた様子でピンと伸ばされる沙夜香の左脚。

その反応があまりに可愛くて、蘭は無我夢中で沙夜香の膝小僧にむしゃぶりついた。

しなやかな曲線を感じながら、口いっぱいに沙夜香の素肌を堪能する。

無駄毛も何もない、滑らかで綺麗な脚の素肌。

ピコピコと揺らされる脚がえっちくて、味わうのを止められない。

「夢中で膝小僧に吸い付いちゃう霧島くん。かわいいなぁ、もぉ」

カウパーでぬるぬるになった右脚ふくらはぎをシュコシュコとち○ぽに擦りつけながら、沙夜香は嬉しそうに眼鏡越しの瞳を細めた。

沙夜香の脚に無我夢中でむしゃぶりつく蘭の姿。

背徳的かつ官能的なその光景に、沙夜香も興奮してしまう。

じんわりと湿った股間にゾクゾクと腰を震わせながら、沙夜香は気持ち良さそうに口元に弧を描く。

「ちゅふ、ちゅぅぅっ……ちゅぱ、はぷぅ、沙夜香の膝、エロくて止まんない……」

「良いよ。そのまま私の脚舐めながら、こっちの方も気持ち良くなっちゃおう？」

スベスベしなやかな素肌に裏筋を撫でられ、蘭のち○ぽはビクビクと気持ち良さそうに痙攣する。

最後にぐにぃっと膝を先端部分に押し当てると、跳ねるように大きくビクンと痙攣した。

「あ、ああ、あぅっ……。ああ！」

睾丸がキュウウウと膨れ上がる感覚とともに、快楽の奔流がペニスの先端から解放される。

ぐぅぅぅっと膝と脛に圧迫されながら、蘭の分身は真っ白な精液をこれでもかと沙夜香の生脚に向かってぶちまけた。

薄く日焼けした素肌に、べっとりと付着する白濁液。

しっとりと汗が滲んだ素肌を粘り気のある精液が垂れるその光景は、たまらなく官能的で、どうしようもないほどに肉感的だ。

「す、ごい。いつもより、いっぱい出たみたい」

たっぷりの精液で彩られたふくらはぎを見せつけながら、沙夜香は劣情の籠った表情で首を傾げてみせる。

「私の脚、気持ち良かった？」

「すっごく気持ち良かった……。もう、沙夜香なしではいられなくなりそうなくらい」

そっと顔を寄せ合い、どちらともなく愛しい相手の口元に接吻する。

だらしなく緩んだ顔で見つめ合い、二人は幸せそうに笑い合ったのだった。

第20話 どくりんご

大気を両断するような轟音《ごうおん》とともに、凄まじい突風が吹き抜ける。

暴風の中心部分は静かだと昔から良く聞くが、まさにその通りだ。突風の発生地点——そのど真ん中には、カラカラに乾いた木の棒を手にした訓練着姿の女子高生しか存在していない。

パキィと乾いた音が響き、少女が手に持っていた木片が砕け散る。

突風を生み出したとある衝撃に、木材の耐久力が追いつかなかったことが要因だろう。

木片の散乱と同時に、何らかの儀式でもするかのように円状に並べられた案山子が一斉にバラバラに粉砕される。

案山子といっても、干し草を紐でまとめて細い木の棒を通しただけの簡素なものだ。

故に大した衝撃を与えずとも、吹き飛んでしまう可能性は重々に考えられる。

発生要因である少女——白雪沙姫は、個別訓練場の中央にて肩で息をしながら静かに佇んでいた。

今の攻撃が成功か失敗か——それは沙姫本人が決めることではない。

定められた距離、定められた場所のみを攻撃出来たのか。それを周囲——石造りの壁の向こうから視認している近衛騎士に判断してもらうのだ。

「……砂埃《すなぼこり》の感じから、無駄な部分の攻撃は避けられたっぽいんだけどなー」

沙姫に施されたスキル——閃光の太刀《フォーエバー・バニッシュメント》とは、一閃で無限距離の斬撃を一発放つことが出来るという超攻撃型の固有魔術である。

一見防御不可能なチートスキルにも見えるが、豪快なスキルの宿命とも言えるであろう重大な欠点が幾つか存在する。

例えば数十メートル先に佇む敵を叩き潰すため、スキルを行使しつつ木刀を振り下ろしたとする。

無制限に間合いが延びるスキルのおかげで敵をぶっ叩くことは出来るが、その間にある樹木や置物など――全ての物質にエネルギーを叩きつけてしまうことになるのだ。

それが無機物ならともかく。一緒に散策をしていたパーティ仲間とかになると話は別だ。

さらに現在沙姫が使用している武器は弱々しい木の棒だが、もし真剣を使ってスキルを行使したとなれば。

攻撃目標と沙姫の間にある生物も物質も、全てが真っ二つになってしまうのだ。

故にこのスキルを行使するには、力や距離の加減が必要だった。

闇雲に全方位無制限に武器を振り回してしまえば、何の関係もない生物や村人などが甚大な被害を被ってしまう。

それを防ぐために、沙姫は決して子供用の木刀以上に堅い武器は持たされず――こうして干し草相手に木片を振るうという何の面白味もない訓練を受けていたのだった。

舞い上がる砂埃から顔を背けつつも、沙姫は目を瞑らない。

いつもと比べて、周囲の被害が少ない。

普段はもう少し砂が巻き上がり、訓練着やら顔やらが砂粒塗れになってしまうのだが。

「打撃箇所の絞り込みが成功したのかな」

沙姫が目指している境地とは、無駄な損害を出来る限り軽減させつつ――遠距離の敵を叩き潰すというものだ。

勿論距離が長くなればなるほど調節が難しくなるので、樹木や生物など邪魔なものがなにもない平原でも周囲数百メートル程度が限度だが。

それでも飛び道具や魔術以外で確実な打撃を与えられるとなれば、かなり優秀な能力だ。

凶悪な魔物の中には、精霊魔術を打ち消す甲殻を纏った生物などもいるらしい。

魔王とやらがそういったバリアーを保持しているかは不明だが、備えはあった方が良いだろうとのことだ。

砂煙が消失した頃、石壁の向こうから沙姫の様子を見守っていた近衛騎士たちがゾロゾロと姿を現し始めた。

乙女の柔肌を丸出しにしている沙姫とは異なり、近衛騎士たちは口元にスカーフのようなものを巻いている。

一応沙姫にもスカーフは支給されているのだが、黄ばんでおり変な臭いがしたので使っていない。ちゃんと洗っているのだろうか。不衛生だ。

そんな現代JKの心配などつゆ知らず、近衛騎士たちはその場に屈み込み周囲の状態を観察している。

近衛騎士たちは木片の飛び散り具合や案山子の破損状態を見やりながら、満足げにうんうんと頷いていた。

「どうやら合格のようですね。案山子は見事に粉砕されていますが、聖徒シラユキ・サキから案山子までの通過点にはエネルギーの余波も何かが飛び散った跡も見られません」

「まだ流石に真剣を手渡すわけにはいきませんが、これでもう他の聖徒たちと同じ場所で訓練を続けても問題ないでしょう」

筋肉達磨《だるま》のような銀髪短髪の騎士と華奢な感じの紫髪長髪の騎士が頷き合い、沙姫の肩に手をやった。

二人の近衛騎士の言葉に、周囲の騎士たちも一様に首肯する。

「おめでとうございます、聖徒シラユキ・サキ。スキル制御――成功ですよ」

◇◇◇◇

一日の訓練を終えて汗だくになった身体を癒すため、佳奈美は王宮内に備え付けられた客人用の大浴場へ赴いていた。

客人用の浴室というだけあって、造りから何まで高級感が溢れている。大理石のような綺麗に磨かれた壁には無秩序な古代文字が刻まれており、浴室内の光景をおぼろげに反射していた。

汗で重くなった訓練着を脱ぎ捨て、佳奈美はペタペタと音を立てながら洗い場へと歩を進める。

一応薄い布が備え付けられているが、佳奈美はそれを視界に入れることもせずドッカリと洗い場に腰を下ろす。

前世は裸族だったのかと疑問が浮かぶほどに、堂々とした立ち振る舞いだ。

うら若き女子高生ともなれば、たとえ同性だとしても身体を見せ合うことにはある程度の抵抗はあるだろう。

というよりか、実際その通りらしく、佳奈美より先に洗い場に入っていた同級生たちは皆申し訳程度の布きれで腰や胸などをさりげなく隠していた。

何も身に着けず堂々と裸体を見せつけているのは、総勢十名のクラスメイトの中でも佳奈美だけである。

最初こそクラスメイトたちに奇異の目を向けられていた佳奈美だが、今ではもう慣れたもので、佳奈美が素っ裸であることに誰も言及してこない。

腰掛けの上で股を開きわしゃわしゃと頭を洗っていると、誰かに背中の線をつぃーっと指先でなぞられた。

唐突な刺激に堪らず、佳奈美は思わず奇妙な悲鳴を上げてしまった。

「ひゃぁあうぅあぁぁ!?」

「佳奈ちゃんってば本当綺麗な身体してるよねー」

「白雪！　いくら同性とはいえ、こんなときにちょっかいを出すなんて失礼じゃないか」

「えー、胸とか揉まなかっただけ佳奈ちゃんに配慮したつもりなんだけどなー」

「入浴中に女同士身体を触り合うとか、少年漫画のお色気シーンか！」

言いつつも、佳奈美自身自分の身体が綺麗かつ絶妙なプロポーションを保持していることは自覚しているので、少しは仕方ないかなとも思っていた。長い髪の泡を流してから、佳奈美はぷるぷると頭を振ってみせる。

顔に流れ落ちた水滴を拭いながら、佳奈美はまたしても堂々とした様子で、身体を隠すことなく浴槽へと足を運んだ。

佳奈美に続いて、白雪沙姫も浴槽へ身体を沈める。

「というか、今日も妙にテンションが高いな。また何か良いことでもあったのか？」

「よくぞ聞いてくれました！　あのねー、今日やっと騎士さんたちからオーケーが出て、明日から皆と一緒のとこで訓練を受けられるようになったんだー」

「それは良かったじゃないか。……おめでとう、で良いのか？」

疑問符の付いた佳奈美の言葉に、沙姫は嬉しそうににへりと微笑み返す。

「これでほら、皆と一緒のとこで半日を過ごせるから、さ」

「――ああ、それは確かに喜ばしいことだ」

ほんのりと赤らんだ頬は、湯気によるものだけではないだろう。

何かを申すように揺らめく視線を見て、佳奈美は沙姫が言外に含めた真の内容を理解する。

何も言わず、佳奈美は沙姫の頭をポンポンと撫でて「分かってる」とそれだけ呟いた。

浴槽には、他の女子生徒たちもまだ存在する。

風呂場というのは妙に声が響くので、小声だとか囁き声だとか、そういうのはあまり関係ない。

沙姫が言葉として出さなかった真意――。それは、虎生と同じ場所で半日を過ごすことが出来るという喜びだろう。

疲労の溜まった身体をたっぷりのお湯に浸からせて、だらりと四肢を伸ばす佳奈美。

こうして温かいお風呂に入れるのも、王宮側の配慮と御子柴のスキルのおかげだ。感謝しなければなるまい。

やがて全身がポカポカと温まってきたところで、佳奈美はバチャリと水飛沫《しぶき》を上げて浴槽から出て行った。

熱をもってほんのりと赤く染まった体躯を全く隠す様子もなく、脱衣所にて用意していたセーラー服に着替えてふと一息つく。

沙姫を待とうかとも思ったが、浴室から「先に行って良いよー」と声をかけられたので、一人で食堂へ向かうことにした。

彼女は人一倍長湯なので、まあこれもいつものことだ。

しっとりと濡れた髪を腰の辺りまで流し、身体から甘い香りのする湯気を漂わせながら佳奈美は食堂まで歩を進める。

ふわふわとした気持ちで食堂に入ると、まだ数人の女子生徒が席に着いているだけだった。

まあそれも仕方がないことだ。入浴の順番は、毎晩交互にしている。確か今日は、女子生徒が全員出てから次に男子生徒が入ることとなっていたはずだ。

思春期真っ盛りの高校生が異性の入ったお湯に浸かるのはどうかとも思うが、水はともかくお湯を入れるのには魔術だけでは結構時間がかかるのだ。

故に女子生徒が入った浴槽のお湯を全て抜いてから、再度入れ直すなんて無駄なことは出来ない。

勿論今の状態を男女ともに納得してもらうにはかなりの時間を要したが。

桐生院昴を除いた男子生徒は、割と早い段階で、女子と同じお湯を使うということに賛成してくれた。

昴のみは、「麗華様の柔肌を野郎どもの体液が染み込んだ浴槽に触れさせるわけにはいかない」

とか何とか大真面目な顔で言っていたが。

新垣が「その女王ヶ丘が入った〝じんせーな〟浴槽に桐生院が入れるんだから別に良いだろ」と諭したところ、顔を赤らめながらも納得してくれたという、佳奈美としては何とも不愉快な経緯があったりする。

実際現在も佳奈美や美鈴が入った浴槽に新垣や虎生が入るわけで。

女子生徒の入った後の浴槽で男子生徒たちが何をしているのか、それに関しては追及出来ないのだから。

「男性恐怖症だとか潔癖症の生徒がうちにはいなくて助かった……」

まあ少数派の我儘に総意を引っ張られるわけにもいかないので、その場合そういった生徒たちには行水または浴槽に浸からないなどといった方法でどうにかしてもらうつもりだったが。

佳奈美としては皆が我慢などをせず気持ち良く過ごせる日常を目指しているので、一部の生徒を特別扱いしたり蔑ろにするというのはあまり好ましいことではないのだ。

美鈴も沙姫もまだ来ていないので、とりあえず佳奈美は壁際の席に腰を下ろした。

他のグループが来たら、相談の上移動すれば良い。

暇つぶしか何か持ってきておけば良かったなと思いつつ暇そうにテーブルへ突っ伏そうと腕を伸ばしたところで、佳奈美はちょいちょいと肩を誰かに突っつかれた。

「何だ、御子柴か。どうかしたのか？」

食堂――というか蘭の部屋以外で、御子柴が佳奈美に話しかけてくるのは珍しいことだ。

基本御子柴の周りにはオタグループの生徒たちがいるし、元々御子柴は不良系の一匹狼だ。クラスの中心でしかも風紀委員の佳奈美とは、あまり相容れない存在である。故に彼女との共通点といえば、蘭のこと以外には思いつかない。今回の接触も蘭関連のことだろうなと、佳奈美は御子柴の姿を見ただけで察することが出来た。

「さっきり——執事のライアンと会って、その時に話したんだけど。今晩は部屋に来なくていい——っていうか、来ないで欲しいって言ってたんだ」

「ら——執事さんが、か？」

部屋に来るな、か。もしかして具合でも悪いのだろうか。

「ああ、分かった。猫山とか佐渡ヶ島には、後でわたしが伝えておこう」

「いや、二人にはさっき伝えておいたから大丈夫」

仕事が早いなと、佳奈美は驚いた様子で御子柴の顔を見やった。

いつも気怠そうで何に対してもかったるく接する女子生徒だと思っていたが、嫌に俊敏だ。意外と尽くすタイプなのかなと、佳奈美は余計なことをふと思い浮かべた。

「しかし大丈夫なのか……。この前もただ抱きしめてくれただけだったし、やり過ぎで性欲がなくなってしまったんじゃ……」

生殖行為適齢期の女子高生を四人もはべらせて、とうとう生殖本能が満たされてしまったのではないか。

一定の周期を経て発情期を迎える女子とは違い、男子は年中発情期——いつでもセックスオーケーな身体をしていると前に保健の授業か何かで聞いたことがある。

とはいえ欲求が満たされてしまえば、ある程度性的好奇心は萎《しぼ》んでしまうだろう。

種まきをすることが生き甲斐である生物とはいえ、貯蓄した分を全てまき終えてしまえば、後は芽を出すのをじっと待つだけだ。

心配そうに眉を顰める佳奈美を見やり、御子柴彩はふと頬を染めて目を逸らした。

「いや、割と元気そうだったぞ。さっきも一発やらかしてきたけど、堅さも反り具合も問題なかったし。あ、でも最後に付与魔術だけかけてくれって言われたけど――」

ガバァッと佳奈美は御子柴に向かって身を乗り出した。

「え、いつ？　それはいつのことだ？」

「あたしの訓練はほぼ自主練みたいなもんだから、時間とか休憩とかは割とあたし自身で勝手に決めちゃっていいんだよね。だから今日は女ヶ根とか御田川の訓練だけ見てやってから、後は自分の部屋でだらだらしてたっていうか」

「ず、ずるいっ！」

文字通り自習の時間みたいではないか。

確かに学校の授業時間と比べれば佳奈美たちの訓練も短くはなってきているが、それ以上に短く出来るとは、何てずるい――チート行為ではないか。違うけど。

「というか、どこでそんなふしだらな行為を！」

「ふしだらって……。犬神もそんな言葉使うんだな。何か、ちょっと意外だ」

「いいから、どこでしたのか答えろ！」

「お、お風呂場だよ。お湯溜めてる時はメイドとか使用人も入って来ないから、その時にちょっと後背位《バック》で突いてもらってたんだよ。膣内に出されちゃうと風呂入った時に浴槽汚しそうだったから、外に出してもらったけど」

浴槽に手を置きながら、媚びるように腰を振って甘い声を出す御子柴の姿が脳裏に思い描かれる。

少しずつ溜まっていくお湯。周囲を包み込む淡い湯気。上がっていく室温、高まっていく湿度と気分。誰か来ちゃったらどうしようという背徳感にゾクゾクしながら、イチャイチャ甘いトークなんてしながらのラブラブセックス。

やがて絶頂を迎えた愛しい彼の声を合図に、白濁した液体がポツポツと床を彩って――。

「少し前から思ってたけど、犬神って結構むっつりだよな」

「こ、これくらい普通だ。というか、心の中を読もうとするな！」

というかそれよりも、御子柴の言葉が真実なら――佳奈美たちは御子柴と蘭がセックスした場所で身体を清めたとでも言うのだろうか。

公衆浴場などでは決してありえない話ではないはずなのに、何だかそう思うとすごく不健全だ。

そして何故か御子柴と繋がっている蘭の姿を思い描き、ちょっぴりキュンとしてしまった自分が憎らしい。

「うー、何だか蘭をめちゃめちゃにしたくなってきたが、今晩はダメなのかぁ……。うぅー……」

自分が訓練を頑張っている最中に楽しんでいた罰――などとこじつけて、蘭を組み敷いてやりたい気分だが。

来るなと言っている恋人の部屋に、わざわざ行くわけにはいかないだろう。

そういうところに関して、佳奈美は結構律儀なのだ。

用件は伝えたからなとテーブルを離れた御子柴を見送ってから、佳奈美はつまらなさそうに頬杖を突いて溜息を吐いた。

◇◇◇◇

カラスの行水である佳奈美を見送ってから、白雪沙姫は熱いお湯の中へどっぷりと身体を沈めた。

身体の芯から温かくなっていくようなこの感覚が、沙姫は大好きなのだ。

嫌なことがあっても、辛いことがあっても。お風呂に入って熱いお湯に浸かっている間は、冷え切った心がポカポカする——そんな気がするからだ。

「……はぁぅ、明日からしげちーと一緒の場所で訓練かあ。もぉドキドキしちゃって眠れないよぉ」

そう言うと長く離れ離れになっていたようにも感じるが、実際白雪沙姫と虎生茂信は毎日のように顔を合わせ——毎日のように言葉を交わしている。

朝目が覚めて食堂に赴けば眠たげに眦を擦る虎生と対面出来るし、昼食の休憩時間も虎生とは顔を合わせているし、無論夕食の時間も虎生と同じテーブルを囲んでいる。

確かに現代日本で通常の学校生活を過ごしていた頃と比べて同じ空間にいる時間はかなり減ったが、三食同じテーブルで食事を摂ってしかも毎晩のようにお風呂上がりの虎生と対面出来ると思えば、元の生活より虎生関連では充実しているようにも思えてしまう。

だが人間、一定の欲望が満たされれば次なる段階へ進みたいと思うのが一般的な本能だ。

元の世界にいる頃は放課後五人で一緒に遊びに行ったり、教室で予習復習などをしながら他愛もない世間話に興じたりと、女ヶ根なんかが聞けば発狂するようなベタベタな青春を謳歌していた。

確かに当時は虎生は美鈴にゾッコンだったし。振られるのが怖くて一歩を踏み出せなかった沙姫は、あまり虎生に対してあからさまな恋愛感情を見せられなかったということも事実ではある。

実際カラオケなんかに行っても虎生とデュエットするのは美鈴か新垣が主だったし、沙姫はその隣で鳴り物を叩いていることが多かった。

勿論、沙姫も虎生も家族と暮らしているので、映画やドラマのように「来ちゃった」なんて芸当は出来やしない。

友達以上恋人未満――そんな言葉がどれだけ羨ましかったか。

沙姫と虎生の関係といえば、友達以上親友未満――こんなところだろう。

虎生は、沙姫のことを異性として意識している素振りは全く見せなかった。

ともあれ沙姫たちだって高校生――人生で一番異性への関心が高く、そしてそれを一番行動に移しやすい時期だ。

ちょっぴりえっちなことで誘えば、虎生と甘い青春を楽しむことだって出来たかもしれない。

だが沙姫には、あからさまな色仕掛けをする度胸もなかったし、好き同士な二人の仲を意図的に引き裂くことを『女の知恵』と豪語するような、血も涙もない悪女にはなりたくなかった。

良い娘ぶっていると言われてしまえば、それまでのことだが。根が真面目で天真爛漫な沙姫にとって、エゴイズム丸出しで友人関係にヒビを入れる羽目になるようなことは、可能な限り避けたいことだった。

行動に移すことの出来なかった理由は、幾らでも出てくる。

一番大きかったのは、沙姫自身美鈴に遠慮してしまっていた――というのが原因だろう。

いや、少し違う。美鈴に――ではなく、美鈴に恋い焦がれていた虎生に遠慮してしまったのだろう。

美鈴に想いを寄せる虎生に、わざわざ想いを告げて迷わせたくない。

片思い――まだ虎生と美鈴が付き合い始める前だ――の頃から、沙姫は虎生のことが好きで好きで堪らなかったけれど。

図々《ずうずう》しくそれを邪魔するような、そんな胆力は沙姫だって持ち合わせていなかった。

「しげちーのことを思って、あたしは身を引いたのに……」

それで虎生が幸せになるのなら、それでも良い。

所詮高校生の青春だ。そのまま一生の恋愛として結婚までこぎつけるカップルもいないわけではないが、そんなものごく一部の話である。

高校の時付き合った彼氏彼女と添い遂げ、腰が曲がるまで一つ屋根の下に暮らす――そんな未来を掴みとる人間がこの世の中に何人いるというのか。

だから、今はそれでも良かった。

美鈴と虎生が心から愛し合って高校時代の華やかな青春を謳歌したとしても、その後で虎生と付き合えるのなら、今は身を引こうと思った。

それが、虎生の幸せだと思っていたから。

だが現実は違った。

閃光と浮遊感に苛まれたあの転移事件を経て、美鈴は変わってしまった。

セックスどころかキスさえも――手も繋ぐことなく、美鈴の心は虎生から離れて行ってしまった。

しかも、わざわざ虎生の告白を受けて、付き合い始めた後でのことだ。

「それなら最初から、付き合わなければ良かったのに」

美鈴が虎生の告白を断ったとしても、あの二人の性格だ――関係がギスギスすることはなかっただろう。

もしそういう経緯を経た上で――告白の失敗に起因してギクシャクしているのであれば、二人の友人関係が修復されるよう、友達として、救いの手を差し伸べただろう。

だが現状は、それほど単純明快なことではない。

虎生を傷つけている最大の要因は、問題の張本人である美鈴がコミュニケーションを取ろうとせず、ひたすら黙秘を続けていることだ。

何故虎生を避けるのか――何故美鈴はああも男子に対して消極的になったのか。それを口にしてくれれば、虎生だって分かってくれただろうに。

「無言で無視されるってことがどれだけ苦痛か。しかも大好きだった異性にそんなことされて、しげちーもよく耐えたよなぁ……」

それだけ美鈴を愛していたと言われれば、沙姫も妬《や》いてしまうだろうが。

実際虎生は新垣とともにクラスメイトの女子でハーレムなんかを作っちゃおうと画策していたらしいので、別に美鈴だけが特別だ――というわけではないのだろう。

だがその中に美鈴がいないというのは、虎生も想定外だったらしいが。

バチャリと、浴槽のお湯を顔にかける。

少し頭に血が昇ってしまったのかもしれない。

嫌なことを思い出してしまった。

一時の気の迷いとはいえ、虎生が同級生《クラスメイト》でハーレムを作りたいと言い出すなんて。

まあ提案者は新垣だろうことは確実だし、閉鎖的かつ不愉快な環境で精神を保つには、そういった考えを起こしてしまっても（無論脳内で完結すると仮定してだが）仕方ないことだとは思いたい。

男の子は年中発情しているのだ。

こんなストレスいっぱいな世界でそれを押さえつけてしまうのは、少し可哀想にも思えてしまう。

「でもま、今までのことはもう良いや。しげちーがちゃんとあたしに振り向いてくれるなら、それで」

振り向いてくれるはずだ。

美鈴のように男子に媚びた振る舞いはしたくないが、虎生が望むなら——彼の前だけでなら猫口調で喋ってあげても良いと思う。

美鈴の振る舞いは嫌いだが、大好きな彼が望むのならそれくらいやってのける。

恋する乙女は強いのだ。

バチャンと音をたて、沙姫は浴槽から立ち上がった。

身体の芯までポカポカになったことを確認してから、沙姫は脱衣所へ向かっていそいそと制服に着替え——ようとしたところで、ふと手元にあったもう一つの衣装が目に入った。

「……体操服、かー」

陸上部の朝練を終えて、制服の下に学校指定の体操服を着込んだまま沙姫はこの世界に転移してしまった。

故に沙姫は制服だけではなく、この世界では希少価値であろう半袖ハーフパンツの体操服を所持している。

一度それを着ていたら、オタグループの竜崎翼から妙な目を向けられたので、それ以来身に着けることを躊躇っていたのだが。

「竜崎くんが興味を示すってことは、何か男の子の心にビビッとくるものがあるってことだよね。それに男の子って、普段とのギャップに萌えるっていうし」

セーラー服とこの世界の衣服しか見ることの出来ないこの状況で、学校指定体操服の女子生徒がいたらどう思うか。

少しは、興味を惹《ひ》くことが出来るのではないか。

虎生も、ちょっとは沙姫を意識してしまうかもしれない。

「……ううん、でもダメ。変に目立って、他の女子たちから媚びてるとか思われたくないし」

美鈴と違って、沙姫は男女ともに人気が高い生徒だ。

せっかくのクラス内カーストである。わざわざ自分から墓穴を掘る必要はない。

だがせっかく身に着けた体操服を脱ぐのも憚《はばか》られたため、沙姫は転移時と同じように体操服の上にセーラー服を纏い、クルッとターンしてから脱衣所を後にした。

◇　◇　◇　◇

火照った頬を手で煽ぎながら、沙姫は大浴場から食堂までの廊下を歩んでいた。

お風呂は肩まで浸かって全身しっかり温《ぬく》もるまで――が信条の沙姫だが。調子に乗って、少し温まり過ぎてしまったかもしれない。

潤いを帯びた素肌に、制服が絡み付く。

四肢を舐める外気は適温で、じんわりと冷めていく感覚が心地良い。

「色々考えてたら、お腹空《す》いてきちゃったなぁ。晩御飯、何だろ」

しっとりと濡れた黒髪を手櫛で整え、沙姫はくっと伸びをした。

陸上で育まれた褐色の肢体がしなやかに伸ばされ、沙姫の魅力が一層際立つ。

ストレッチをするように、ぐーっとバンザイの格好をとる沙姫。セーラー服が引っ張られ、可愛らしいおへそが僅かに顔を出した。

脇腹をくすぐる外気にぞくんと体躯を震わせてから、沙姫は小さく欠伸をする。

どうせ誰も見ていないしと、年頃の乙女としてははしたなく大口を開けた沙姫は――壁と同化するようにして佇む何者かの影に気付き、口を手で押さえたままの格好で硬直した。

「し、ししし、しげちー!? 何してるの、こんなところで!」

壁に寄りかかって立ち尽くしていたのは虎生茂信だった。

蒼白な顔を虚空へ向け、ぼんやりと外の景色を眺めている。

沙姫の叫びでようやく誰かいることに気が付いたのか。虎生は虚《うつ》ろな眼差しをさまよわせ、ニコリと力ない笑みを浮かべた。

「……やあ、白雪さん」

「や、やっほー、しげちー。……いやそうじゃなくて、どうしたのしげちー？　顔色すっごい悪いけど、気分でも悪いの？　大丈夫？」

足早に駆け寄り、目の前でひらひらと手を振ってみせる沙姫。だらりと垂れ下がった腕を摑み、ペタペタと撫でつける。

ずしりと重い、男の子の腕だ。筋肉も程良い感じに付いていて、血管の浮かび具合がちょっぴりエロい。ゴツゴツとした骨っぽい感触が、男の子らしさを醸し出していて堪らない。

じとりと湿るこれは汗だろうか。ふわっと漂う香りは、心なしか甘酸っぱいような気もするが——。

「いや、違うから。全然——ぜんっぜん、そんなつもりじゃないし。いやらしいことなんか、これっぽっちも考えてないし！」

自分に言い聞かせるように口の中で呟き、沙姫は改めて虎生の顔を見上げた。

一言で表すなら『喪失』だろうか。戦地から凱旋《がいせん》した兵隊が、地元の墓場で恋人の名前を見つけた時のような——理解の拒絶そして現実逃避の色が、その面差しから垣間見える。

「……猫山さんが」

「みすずんが——」

みすずんがどうかしたの？　と続けようとして、口を噤《つぐ》む。

回答は、分かりきっている。わざわざ虎生の口から語らせ、傷口を抉る必要はない。

「みすずん、まだ許してくれないの？」

「ああ、全然——話すら聞いてくれないし、何も話してくれない」

辛そうに頭を抱える虎生。いつでも明るく元気だった彼の弱気な顔は新鮮だったが。その顔を見ていると、沙姫は胸の奥がじくりと疼くのを感じた。

「悪いのは全部僕なんだ……。僕が、クラスの女子でハーレムを作りたいなんて突飛なことを言ったから。冗談だったのに。猫山さん、本気にして……」

「しげちーは悪くないよ。だってしげちーってば、何度もちゃんと――みすずんに謝ろうとしてたじゃん！ みすずんが意地張ってるのが悪いんだよ。しげちーが本気でそんなこと言うはずないのにさ！ 高校生にもなって、冗談も通じないなんて、みすずんってば最低だよ！」

言ってしまってから、しまったと口を押さえる。

仲の良い友人だと気が緩みついぶちまけてしまったが、男子は――女子同士が繰り広げるお友達の陰口に拒否感を示す傾向が強い。

ましてや美鈴は、これでも虎生の大切な彼女さんだ。関係が悪化しているとはいえ、恋人を貶されて良い気分はしないだろう。

あからさまに美鈴の悪口を言うなんて、虎生に幻滅されてしまうのではないか。

「さ、最低は言い過ぎかもしれないけど、でもでも！ しげちーがこんなに反省してるのに、それを欠片も受け入れてくれないなんて、酷すぎるよ！」

「猫山さんが健気《けなげ》で無邪気な娘だってことは、僕だってちゃんと理解してたはずなんだ。だから今回の件は、全面的に僕が悪いよ……」

そんなことない！ と否定したかったが、沙姫は頭を振ってそれを喉の奥に留める。

あまり美鈴をこき下ろすと、沙姫に対するイメージもだだ下がりしてしまう。

ともあれ、虎生の弱音に賛同しかねるのは、紛うかたなき沙姫の本心だ。

美鈴が無視を決め込んでいるのは、虎生や新垣だけではない。ほぼ全ての男子生徒に対して、態度が硬化しているのだ。

信頼していた彼氏がクラスメイトでハーレムを作りたいなどとほざき、ショックを受けて、男子を信じられなくなってしまった。そういう考え方も出来なくはない。

だが美鈴が変化した元凶を、全面的に虎生の責任だと責めるのは違う気がする。

「しげちー……」

「でもやっぱり、話くらいはして欲しいし、聞いて欲しいな……。完全に避けられちゃうと、謝ることすら出来ないからさ……」

落ち込んだように、その場に屈み込む虎生。自信喪失した虎生の姿を前にするのは、沙姫にとっても辛いことだった。

沙姫の眼下に、虎生のつむじが映る。

僅かに躊躇ってから、沙姫は俯きかけた虎生の頭に、ポンと手を宛がった。

以前、虎生にしてもらった時のように。髪を梳いてあげるようにして、よしよしと頭を撫でてやる。

「……白雪さん？」

「あたし、笑ってる顔のしげちーが好き。そんな風に落ち込まれたら、あたしだって嫌な気分だし」

「ゴメン。僕が根性なしだから……」

「しげちーはいっぱい頑張ったよ。……何かあったら、いつでも相談乗ってあげるから、元気出して」

虎生の顔が、微かに上向く。目線がこちらを捉えたことを把握し、沙姫はにぱりと太陽の笑顔を見せた。

「男の子同士でも、色々あるでしょ？　……武雄に言い難いこととかあったら、あたしに愚痴ってくれていいから。友達でしょ、あたしたち」

「ありがと、白雪さん。男として、情けないとこ見せちゃったな」

照れ臭そうに口元を緩め、虎生は「あーあ」と溜息混じりに立ち上がる。

「女子の前で弱音吐きまくるとか、男としてどうなんだよ、本当」

「あたしは別に気にしないし、もししげちーが号泣しててもドン引きしたりしないよ」

「ドン引きはしない、ね……」

「うん。多分しげちーがマジ泣きしてんの見たら、ドン引きはしないけど、ちょっと引いちゃうかも」

「これくらいのことで泣いたりなんかしないっての」

どちらからともなく見つめ合い、照れたように笑みを零す。

遭遇した当初の、やつれた様子は大分薄れている。元気が出たようで、良かった。

息を吐きながら、肩を回す虎生。その頼もしい仕草に、沙姫はキュンと胸がトキめくのを実感した。

「……ねえ、しげちー」

「ああ、どうした？」

今なら、言える気がする。

虎生とお話しする機会は夕食の時にもあるが、出来れば美鈴のいない所で伝えておきたい。

「実は今日の訓練で、ようやく——スキルを扱う技量の合格点を貰えたんだ。だから明日から、皆と一緒の場所で訓練出来るようになるっていうか……」

「マジで？　良かったじゃん、おめでと！」

「あ、ありがと……。しげちー」

笑いかけてくる虎生の顔が眩《まぶ》しくて、沙姫は恥ずかしそうに唇を尖らせる。

「でね、だからその……。明日からはあたしも、しげちーたちと同じ場所で訓練するから、さ……。しげちーが訓練中寂しかったら、みすずんの代わりにあたしが——」

「明日から一緒に頑張ろうな！　僕も虎化《ファング・メタモルフォーゼ》の訓練で、連撃を躱《かわ》す——ってのがあるから、白雪さんに手伝って貰いたいし。どうかな？」

口の中でモゴモゴと呟かれた言葉は、喜色に富んだ虎生の声にかき消されてしまう。

キラキラした顔で提案された沙姫は、顔を赤らめ、コクコクと勢い良く頷く。

頬が熱く火照っている。お風呂上がりということで、誤魔化せただろうか。

「じゃあ明日、楽しみにしてる」

「う、うん、約束だよ……。しげちー」

拳を突き出し合い、友情の証とコツンとぶつけ合う。

二人の関係が、今までよりちょっとだけ前進した。そんな気がした。

◇◇◇◇

浴槽に浸かった虎生は、脱力したように喉の奥から「おぉぅ……」と声を漏らした。

全身に染み渡る温度に、溜まっていたモヤモヤが霧散していくのを実感。湯船のお湯で顔を洗い、ぼんやりと天井を見やる。

細められる瞳に映るのは、愛しの美鈴の顔——ではなかった。褐色肌の元気っ娘が、妄想の世界でにぱっと笑顔を浮かべる。

天真爛漫にピースサインを見せる彼女の姿を想起する。妄想の中で一番輝いている彼女の姿。あれは確か、部活の大会の応援に行った時の記憶だろうか。

「白雪さん……」

囁くような声で、彼女の名前を呼ぶ虎生。曇っていた瞳が、今はギラギラと輝いていた。

「白雪さん、絶対僕のこと……。いや、うんまあ、分かってたよ。今までも確かに、思い返せばちょいちょいそんな素振りを見せることもあったし。そっかぁ……、白雪さんかー……」

とはいえ、仮にも虎生は美鈴の彼氏なのだ。ふらふらするのは良くないとは思う。

しかしこのまま関係を修復することが不可能なら——。それか、美鈴によりを戻す気がないのであれば。

別に悪いことではないのではないか。

「白雪さんも、魅力的な女の子には違いないもんなあ……」

沙姫の見せた可愛い仕草を思い出し、虎生はゾクリと総身を震わせる。ムズムズしたものが腰を伝わり、下腹に生えた男の子の証が熱を帯びてしまう。

そっと脚を閉じ、本能に忠実に反応してしまった下半身を覆い隠す。芽生えた心境の割合は、罪悪感より興奮の方が段違いに上回っていた。

身体目的というわけではない。だがやはり健全な男子高校生として、あそこまで分かりやすいアプローチを受けて、妄想を捗《はかど》らせぬわけにはいかない。

「明日からどうしよう……。白雪さんも、もっと積極的に迫ってきたりするのかな」

良心が痛まぬわけではない。だが虎生も思春期真っ盛りの男の子。扱い難い彼女より、好き好きオーラ満載の女友達に気が向いてしまうのも、致し方ないことではないだろうか。

「このまま猫山さんの機嫌が直るのを待つより、新たな恋を追いかけた方が正解なのかもしれないな……」

しっかり者の佳奈美は、優柔不断な所業について嫌な顔をするかもしれない。

だが虎生も、限界だ。気分屋な女の子に振り回されるより、自分のことを真っ直ぐに愛してくれる娘とイチャイチャしたい。

「とはいっても、告白されたわけじゃないし。百歩譲って、自意識過剰——ってオチもあり得るからな」

明日の訓練は一緒に頑張ろうと、沙姫と約束したのだ。

訓練場で会ったら、沙姫に対してその気があることを、さりげなく伝えてみようか。

そんなことを思案しながら、虎生は必死に昂《たか》ぶる情動を抑えんとしていた。

◇　◇　◇　◇

日が沈み暫し経過した宵闇の中。

聖徒霧島蘭は、自室にて晩飯を片手に何やら思案気な顔で窓の外を眺めていた。

彼が手に持っているのは、移動しながらでも食べることの出来る――上級使用人用の完全食だ。

白いパンに、薄く切った肉としなびた青菜のようなものが挟んである――まあ元の世界で言うならばサンドイッチに近い食物だ。

食物の味付けや衛生面に関してはどうやら元の世界のそれと大差ないようなので、蘭も今までの食事にケチをつけたことは一度もなかった。

むしゃむしゃとパンを咀嚼しながら、蘭はモゾモゾと太腿を擦り合わせる。

黒く艶やかに光る執事服の中では、熱く膨張した男の子のシンボルが透明な液体をぬらぬらとお漏らししていた。

ついさっき彩に付与魔術を施してもらったおかげで、性欲が普段以上に高まり刺激に対して敏感になっているのである。

「へぁぁ……。体育着姿の女子高生抱きしめながら、思いっきりザーメンぶっこきたいなあ」

先日沙夜香の太腿チラリズムと遭遇してから、どういうわけか蘭は女の子の脚に性的興奮を得るようになってしまったのだ。

セーラー服だとかメイド服のスカートから覗くあの眩しい肌色、艶めかしい曲線を携えたむっちりとした肉感、そして艶のある玲瓏《れいろう》な素肌。柔らかくてスベスベしてて温かい――そんな魔法のような部位を撫でつけ、舐め上げ、己《おの》が分身を挟んで扱いてもらうことを考えるともう興奮が止まらない。

しっとりした太腿に包まれ、ゆっくりと扱いて貰う。ついでに愛し合うようなディープキスなんてしてもらえたら、どれだけ幸せだろうか。

「やべ、想像しただけで射精しそう」

パンツの中でヒクヒクと震える股間を押さえながら、蘭は晩飯の残りを口に押し込みよーく味わってからゴクンと飲み込んだ。

とにかく、蘭は今どうしても体育着姿のクラスメイトとえっちなことがしたいのだ。

それも出来るなら、学校指定の体育着が良い。その方が背徳的だし、この世界の訓練着よりも肌触りが上質だからだ。

訓練着でのえっちなら沙夜香とでも佳奈美とでもいくらだってすることが出来るが、学校指定の体育着ともなればそうもいかない。

美鈴も彩も帰宅部だし、沙夜香は茶道部――文化系の部活動に所属しているし、佳奈美は剣道部なので朝練では体操服を使わない。そもそも異世界転移する時に、体操服を持っていた女子生徒がいるかどうかも不明だ。朝練のあった運動部の女子なら、運良く手に持ったまま召喚された――という可能性も僅かにありそうではあるが、どうなのだろう。

確率は低くとも、当たってみるだけ損はないのではないか。

「運動部っていうと、うちのクラスだと陸上部とバスケ部と水泳部がいたな。その中で朝練があってしかも学校指定の体育着を着てそうな女子生徒っていうと――」

バスケ部の藍原咲耶《アイハラサクヤ》――もしくは、陸上部の白雪沙姫か。

ふと、二人の顔が頭の中に蘇る。

藍原咲耶は、女王ヶ丘の取り巻きで――まあ言ってしまえば蘭の苦手なタイプだったりする。

校則違反ギリギリのケバい化粧をして、ギャル特有の甲高い声でキャハキャハと笑う女子生徒。

まあそれも眷属調教の前では従順な仔猫《こねこ》ちゃんになってしまうので、元の世界での振る舞いが苦手だからといって今もそうだというわけではない。

むしろあの高い声で気持ち良さそうに喘いでくれたら、それはもうとてつもなく興奮するのではないかと思う。

白雪沙姫は――誰とでも仲良く接する、クラスの中心人物的なタイプだろうか。

それだけだと美鈴と同じように見えるが、実際は結構タイプが違う。美鈴はどちらかというと妹系で、庇護欲を刺激する女の子だ。甘えられると嬉しい、そんな感じのタイプである。

だが白雪沙姫は、妹系というよりかは人懐っこい幼馴染といった感じだ。世話焼きで笑顔の似合う、元気いっぱいな女の子。体育祭だとかそういった催し物を企画するのが好きらしく、実行委員なんかにも率先して立候補しているらしい。

甘えられるのも嬉しいけど、偶《たま》には甘えたい癒されたい――そんな欲求を刺激する女子生徒だ。

どちらにしよう――などと、そんな贅沢《ぜいたく》な思考を巡らせるつもりはない。

最終的にはどちらの女子生徒も掌握する予定なので、別にそれほど迷う必要はないのだ。

強いて言えば、この女子高生の太腿に対して湧き上がる過剰なほどの興奮を今晩解消して欲しいのはどちらか——と、そこを決めれば良いだけのことだ。

そしてそれは、ついさっき行った彼女たちの分析ではっきりと露呈している。

「気持ち良く犯してアンアン言わせるなら絶対藍原だけど、たっぷり甘えてイチャイチャ癒してもらうなら——迷うことなく白雪だよな」

勿論セックスもしたい。

陸上で鍛えられたであろう身体と絡み合いながら、優しいけどちょっぴり気の強そうな幼馴染系女子高生を甘く貫いてやりたい。

そうと決まれば、早速支度の準備である。

変装セット——ウィッグと伊達眼鏡だけという非常にお粗末なものだが——を引き出しから取り出し、聖徒霧島蘭は——上級使用人ライアンの姿へ変身する。

堪えきれず今にも漏らしそうな欲望に必死で栓をしながら、上級使用人ライアンは夜空に向かってニマリと口元を歪めた。

今夜は、楽しい夜になりそうだ。

◇◇◇◇

その晩。案の定沙姫は期待と興奮のせいで全く眠れそうになかった。

小学校の頃の宿泊学習前日の晩を思い出す。

バスの席順を決めるくじ引きで幸運を摑み取った沙姫は、見事初恋の男の子と隣同士になったのだ。

元々仲が良かったこともあって、前日も「明日は楽しみだね」なんて話しながら、お互いに当日の朝を心待ちにしていたのだ。

思春期真っ盛りな女子小学生が、大好きな男の子とバスの席が隣だと知って前日の晩に興奮しないはずがない。

身体は怠いのに眠気は吹き飛び、爛々と目を輝かせながら布団に潜った。

最終的には眠ることは出来たはずだが、まあ睡眠時間は全く足りていなかった。

結果は簡単に想像出来るだろうが、移動の半分以上を夢の中で過ごした沙姫は、結局その男の子とほとんど話すことは出来なかった。

後にその話を友人にしたところ、普段から男女の垣根なく会話出来るんだから良いんじゃないかとからかわれたが。

違う、そうじゃない。

普段の日常会話と、特別なイベントの時に交わす会話が持つ価値は全く異なるものだと沙姫は思っている。

毎日交わす日常会話と、運動会や学芸会などの終わりに「今日も楽しかったね」なんて交わす会話は全く以て違うものなのだ。

日常会話なら、顔を合わせればいつだって出来る。でも特別な日の会話は、その時にしか出来ないのだ。

「その特別な日を、これから増やす――ううん、これからの毎日が特別な日常になるんだよね」

友達として交わす会話と、恋人として交わす会話も先述した理論と同じく別物だ。

沙姫が虎生と交わしている今までの会話は、単なる交友手段でしかなく、一言一言に愛や恋慕は籠っていない。

だがその関係を一歩踏み出せば――。沙姫から紡がれる言葉の一字一句が、愛念に守られた大切なものとなる。

沙姫が奏でる声の一つ一つを、魅力的だと思ってくれる人が増える。

意思の伝達手段と、恋人同士が交わす会話は別物だ。

沙姫は、その特別な会話の時間を虎生とともに重ねていきたい。

今までは虎生と顔を合わせる時――いつでも彼の傍に美鈴がいた。

流石の沙姫も女子高生――精神の一部は大人のそれへと成熟している。モトカノの目の前で、甘ったるい声を出して誘惑行為をしようだなんて思わない。

だがこれからは、虎生と接する時間は増えるはず。

美鈴は現在、男子生徒を避けている。休憩時間や訓練中まで、美鈴は虎生の傍にいることはないだろう。

告白するわけではない。

真っ向から想いを伝えるつもりも今はない。

ただ虎生の冷え切った心を、沙姫が温めて――元の虎生へ戻してあげたい。

あの彼女が出来てキラキラしていた虎生を、もう一度――今度は、沙姫の手で取り戻したい。

「あたしはしげちーのこと、世界で一番愛してるんだからね」

期待させてどん底に突き落とすような美鈴とは違う。

沙姫の恋心は本物だ。ちょっとやそっとじゃ、揺るがない。


決意の籠った表情で瞑目した白雪沙姫だったが。

彼女の口から虎生茂信への恋慕が紡がれることは――。

沙姫の心に虎生茂信の顔が垣間見られるような未来が来ることは――。


この先の彼女の人生にて、一度として、なかった。

第21話　サキ

――コンコン。

聖徒たちの就寝時間を過ぎて、一時間ほどが経過した頃。

眠れない夜を過ごす沙姫は、布団の中で瞳を爛々と輝かせていた。

そんなわけだったから、誰かに外側から扉を叩かれた音に沙姫は逸早く気が付いたのだ。

「……誰だろう、こんな時間に」

ベッドの上に身体を起こし、沙姫は不機嫌そうに頰を膨らませる。

こんな時間に乙女の部屋を訪ねるなんて、失礼極まりない話ではないか。

もし沙姫の寝つきが良く、既に夢の世界へ沈んでいたとしたら。多分この音には気が付かなかっただろう。

気が付かない振りをして無視してしまおうか。

怠さと眠気に苛まれた脳を活性化させて思考を巡らし、沙姫は小さく欠伸をしてからふとテーブルの上を見やった。

テーブルの上には、先日メイドに頼んで買ってきてもらった下着が畳んで置いてある。

生活必需品はついこの間購入したばかりだし、それ関連の訪問ではないと思うのだが。

眠気と興奮で少しポーッとなっていた沙姫は、ちょっぴり変なことを妄想してしまう。

「……まさかとは思うけど、しげちーが夜這いに来たとかじゃーぁないよね？」

ドクンと心臓が跳ねあがり、思わず口元が緩んでしまう。

閉鎖的な環境の所為で悶々とした虎生が、沙姫の身体を求めて遊びに来てくれたのかもしれない。

扉を開けたら、頬を染めて息を荒げる文字通り獣のようになった虎生茂信が求めるような視線でこちらを見つめていたりして――。

いや、まさかまさか、そんなはずがない。

今まで数ヶ月同じ建物で過ごしているが、虎生茂信が沙姫の部屋に遊びに来たことなど一度もなかった。

虎生だって男の子だから、クラスメイトの女子のあられもない姿を想像して一人慰めることはあるかもしれないが、わざわざ沙姫の部屋まで出向くことはないだろう。

というか自分は何てことを夢想しているのか。

虎生が一人で慰めるとか。

ベッドに腰掛け――誰かのことを想いながらおもむろにズボンとパンツを下ろし、そっと男の子の大切な部分を優しく包み込み――。

「――て、何を考えているあたしは！」

艶めかしい吐息を漏らしつつ苦しそうに声を抑えるクラスメイトの姿を想像したところで、沙姫はふっと我に返った。

男の子の自慰行為に興奮するというわけではないが、沙姫だって女の子だ、好きな異性の恥ずかしい姿に興味を覚えてしまっても仕方がない。

「悶々としてるのはしげちーじゃなくてあたしの方みたい。最近思いっきり走ったりしてないから、ストレス溜まってるのかなー？」

聖徒としての生活を始めてから、沙姫の生活リズムはかなり変わってしまった。

例えば毎日晩御飯の前に行っていたジョギングも今は全くしていないし、ジャンクフードを片手にバラエティ番組を観ながらゲラゲラ笑う至福の時もお預け状態だ。

監視されながら木刀を振るったってストレス解消にはならないし、むしろ溜まっていくような感覚まで芽生えている。

最近は美鈴のことでも佳奈美に八つ当たりしてしまったし、思い出せばきりがない。

この辺で何かスッキリするようなことでもあれば、沙姫ももう少し暮らしやすくなるとは思うのだが。


——コンコン。


自己嫌悪に陥って溜息を吐いていると、再度自室の扉が叩かれた。

このまま無視していても、余計に気になるだけだ。

何度もノックするということは、沙姫に用事があるのだろう。

「はーい、ちょっと待ってくださーい」

ベッドを軽く整えてから、ずり下がったハーフパンツを直しつつ、沙姫はペタペタと絨毯に足跡を付けていく。

そして内側から鍵をガチャリと開けてから、気怠そうにドアノブに手をかけた。

「こんな時間に何の用ですか――って⁉」

視界に入ったのは、ブロンドの上級使用人の姿だったはずだ。

だが扉を開けた刹那、上級使用人らしき人間に小突かれ、沙姫の身体はゆらりと後方へ退いてしまう。

唐突な行為に叫び声を上げることもかなわず、倒れかけたその体躯を上級使用人に抱きしめられるまで、沙姫は完全に思考が停止してしまっていた。

「え、何？　何が――」

「…………らおうか」

耳元でボソボソと言葉を紡がれた直後、沙姫の脳内で何らかの感情が消し飛んだ。

何かが失われ、冷え切った真っ黒な穴が心の中にポッカリと空いてしまう。だがその穴に何かが満たされていくような感覚が沙姫の胸中を支配し、少しずつだが沙姫の思考も動き出していく。

ポカポカしていたはずの心は一旦冷却されたためか、生ぬるい何かが心の温度を掌握している。

じんわりと身体全体に広がるようなその感覚は、快感とは程遠いが不快ではない。

だが何故だろうか。見知らぬ男性に抱きしめられているのに、沙姫はそのことに関して嫌悪や不快を感じていなかった。

しかしそのことに違和感を覚えるより先に、謎の上級使用人はさらに先手を打った。

「……なんて柔らかそうで、甘い香りのする唇だろう」

「あ、えぁっ……、なに？　ちょっとやめ、ん、んぅ、うふぅ……」

焦らすような手つきでそっと口元を撫でられ、そのまま目の前の上級使用人に唇を奪われてしま

う。

　ファーストキスとやらは幼稚園の頃に同性とお遊びでしてしまったためどうでも良かったが、それでも乙女の唇とは何よりも高価で値打ちのあるものだ。

　そんな大切なものを見ず知らずの人間に奪われてしまうことに、通常なら拒否反応が出るはずだった。

　しかし残念なことに、もう既に上級使用人の計画は終了していた。

　軽く触れるような接吻から唇を味わうようなキスへと移り変わり、気が付いた時には――甘くとろけるような舌で口腔内をじっくりと蹂躙されていたのだった。

「ちゅく、ちゅくぅ……。ぷへ、ぷへぁ……。う、ううー！」

　唇が離され、上級使用人と沙姫の口を光の糸が繋ぐ。

　初めてのディープキスにボーッとしながらも、沙姫は放心状態の一歩手前で踏みとどまり、ブンブンと頭を振ってみせた。

「……何、今の」

　気持ち良いだとか心地良いだとかそんな言葉では言い表せないほどの快感に、思わず顔が蕩けてしまう。

　落ち着いていていたはずの鼓動は即座に甘いビートを叩き始め、生ぬるくなっていたはずの心の温度は燃え盛る炎のようになって胸中を暴れ回っている。

　湧き上がる感情の渦に、沙姫の口は勝手に動いてしまう。

　そう――、怒濤《どとう》の如く押し寄せてきた感情の波を目一杯放出するように、今の沙姫を言い表すのに一番ふさわしい言葉が口腔から吐き出された。

「……好き、かも」

この鼓動、この気持ち、この体温。沙姫の身体全てが、目の前の男を好きだと叫んでいる。

だが何故だろう。こんなにも好きなはずなのに、その感情に重みがない。

何かの代わりに愛欲を埋め込まれたような、言葉にし難い妙な違和感。

だがそれらも、些末な事象として沙姫の意識からかき消されていく。

「キス、もっとしてほしいな」

目の前の男とするキスが、気持ち良くてしかたがない。

抱きしめ合っているだけで心拍は速まり、身体同士触れ合う部分が熱くて堪らない。

口唇欲求に抗えず、沙姫は上級使用人の唇を思う存分味わった。

◇　◇　◇　◇

キス魔と化した沙姫の連続接吻に酔いしれながら、上級使用人ライアンこと霧島蘭は、瞑目し無我夢中で唇を奪うクラスメイトの姿を見て鼻息を荒くしていた。

勿論キスが気持ち良いというのもあるが。

同じクラスの女子が、一生懸命に背伸びをして、我を忘れて蘭の唇を求めてくる。

それだけでとても興奮してしまう。

そして何より、相手はあの白雪沙姫だ。

陸上部のスプリンターで、元気いっぱいな笑顔と人懐っこい振る舞いのためクラスでも人気の美少女女子高生。

こんがりと日焼けした素肌はそれだけで異様なほどのエロさを醸し出しており、目の前にいる女子生徒は健康的で活発な少女なのだろうという感想を抱かせる。

陸上部で鍛えたのであろう四肢は柔らかい中にも筋肉があり、新鮮な感触だ。

胸は割と貧相でお腹や腰回りもどちらかというと細めで全体的にスレンダーな体格をしているが、だからといって女としての魅力が全くないというわけではない。

「しかも、太腿が、太腿が当たって、ヤバい、めっちゃエロい……！」

どういうわけか、沙姫は現在体育着を身に着けていた。

この世界の訓練着ではない。元の世界で入学前に購入したであろう、学校指定の体育着だ。

触り心地は男子生徒のものとほぼ同じだが、体育着が包む肉体の感触は男子生徒のそれとは全く異なる。

寝ていたからだろうか、ブラを着けていないのか胸元には慎ましやかな突起がぷくりと顔を出しているし、首周りから覗く鎖骨にはじんわりと汗が滲んでおりとてつもなく淫猥だ。

そして決して男心を高ぶらせることを目的としていないであろう（当たり前だが）造形美。

むしろそれが、蘭の興奮を掻き立ててしまう。

「ん、んふ、んふぁ……。キス、すっごく気持ち良い。柔らかくて、甘くて、最高かもー」

そして当の本人は、身体を押し付けながら無心で蘭の唇をねだってくる。

甘い吐息を漏らしながら頬を紅潮させ、鼻息荒く眦をとろんと垂らす。

幸せそうに顔を蕩けさせる沙姫と対峙している間、蘭の生殖器はパンツの中にて痛いほどに勃ち上がっていた。

無論体育着から覗く太腿に性的好奇心を生じさせているというのもあるが、それよりもだ。

まさか白雪沙姫という女子生徒が、ここまでデレるとは思わなかった。

いや、デレているのとは少し違うだろうか。心地良い接触に飲み込まれているような、そんな感じではある。

ともあれ蘭からしてみれば、女の子が顔を蕩けさせながら自分のことを求めている構図に他ならないわけであって、胸中に湧き上がる心情としては大差はない。

「スキルかけてからこんなこと言うのもアレだけど、白雪さんってばめちゃくちゃ可愛いな」

勿論容姿が可憐《かれん》だというのも含めてだが。

甘えるようにキスをねだり、嬉しそうに頬を擦り付けてくる幼馴染系同級生——何て魅力的な女子生徒であろうか。

しかも。

「やっぱ太腿エロいな……。しかも生脚だし」

ハーフパンツから覗く脚はこんがりと日に焼けており、とても魅力的だ。

そして太腿、膝、ふくらはぎ——くるぶしと伸びる脚線美。滑らかな肌色とちょっぴり汗の滲んだスベスベ素肌は、眺めているだけで鼓動が速くなってしまう。

普段ならば、このままイチャイチャしつつセックスに興じ——白雪沙姫を完全な眷属として堕《お》としてしまうだろう。

だが今回は、その前にどうしてもしておきたいことがある。

ハーフパンツの裾から覗く肌色を目に焼き付けてから、蘭はそっと沙姫の耳元に口を寄せた。

「好きだよ、白雪さん」

甘く蕩けるような愛を囁きながら、蘭はブロンドのウィッグをむしりとるように床へ投げ捨てた。

眼鏡はかけたまま、蘭は沙姫の耳朶を甘噛みする。

耳を噛まれたことで漏らされた甘い悲鳴を堪能してから、肩に手を乗せたまま沙姫と向き合う。

一瞬だけ不安げな顔を見せた沙姫はさっと目を背けてから、すぐに視線を蘭に向け直した。

「すっごく格好良くて安心出来ちゃうバトラーさんだなって思ってたんだけど。……まさか、霧島くんだったなんて」

「意外だった？」

「うーん……。まあ、色々な意味で」

既に第二段階まで堕ちている沙姫は、とろんとした表情で小首を傾げてみせる。

元の世界では「存在している」程度にしか認知していなかっただろうに、久々に再会すればこの反応だ。スキルをかけていなければ、絶対にこんなことはあり得ない。蘭は改めて眷属調教の恐ろしさを痛感する。

「霧島くん……。良かった、生きてたんだ」

「うん」

「面倒臭い女って思うかもしれないけどさ。……今更何の用？　とか、聞いてもいい？」

「白雪さんに会いたくて、生命懸けで戻って来たんだよ。――これで、答えになってる？」

照れ臭そうに顔を背け、目線だけを蘭に向ける沙姫。

だがその視線には、何やら不穏な色が見え隠れしている。

美鈴のように、純粋ではない。

彩のように、情欲に塗れてもいない。

「まるで、佳奈美みたいな目つきだな」

「へぇ……。霧島くんったら、佳奈ちゃんまで口説いてたんだぁ」

意味深に目を細め、沙姫は見上げるように蘭を見つめる。

「それって──霧島くんが持ってる『眷属調教』ってスキルと、関係があることなのかなー？」

恋人の吐いた小さな嘘を、これ見よがしに指摘するような軽い口調。非難するというよりか、『あたしだってそれくらい感付いてるんだからね』と、女の鋭さを示唆するような言いぶりだ。

頭上に浮かんでいたスキル名は隠している。

ともあれ、沙姫は結構目立たない系のクラスメイトたちにも率先して声をかけるような女の子だった。

生憎《あいにく》蘭は沙姫と日常会話を交わしたことがないのだが、ともかく。

影の薄い男子生徒のことも──眷属調教《スキル》の存在も含めて──はっきりと覚えているのではないかと疑ってはいたのだ。だから蘭は沙姫に正体を暴かれる前に、スキルを施しさらにディープキスまで済ませたのだ。

クラスメイトの心を弄んでいた蘭に激昂《げっこう》していた佳奈美さえも、第二段階まで堕とされればもう抵抗する理性は完全に失われていた。

沙姫も同じように、好き勝手出来るような身体に出来ると思ったのだが。

「やっぱ個人個人で微妙な違いがあるんだな。何がきっかけかまでは分からないけど」

比較的簡単にかかった美鈴、完堕ちさせるまで睨み続けていた佳奈美。沙夜香は別枠として考えるとして――、彩も割と簡単に快楽の虜にすることが出来た。

だが沙姫は、美鈴や彩の通りにはいかないのだろうか。

まあ叫んだり突き飛ばしたりしてこない時点で、ある程度心を掌握出来ていると考えて良いのだろう。洗脳紛いの所業で意識を弄られていることに関しては、自覚症状はないはず。沙姫は本気で佳奈美と蘭との関係を責めようとは思っていないはずだ。

「みすずんと佳奈ちゃんがおかしかったのは、霧島くんが原因なのかなー？」

「まあ、いずれバレることだろうから正直に言っとくよ。……美鈴と佳奈美を堕としたのは、他でもない俺だよ」

男子生徒と関わるなと命じた美鈴はともかく、佳奈美にも何かあったのだろうか。

そういえば先日佳奈美が何か悩んでいたなと思い出す。

確か沙姫は、美鈴や佳奈美と同じグループ――クラス内ヒエラルキーを正確に把握していない蘭としては、誰と誰の仲が良いのかはっきりと覚えているわけではないが――にいたような気がする。新垣のことを下の名前で呼んでいたような覚えもあるし、多分彼女たちと同じグループに属していたはずだ。

毎日のように接していれば、僅かな変化に気づいてもおかしな話ではないか。

「男の子たちからすっごい人気のあるみすずんだけじゃなく佳奈ちゃんまで堕としちゃうとか、霧島くんったら大人しそうな顔して意外と肉食系なんだねー」

「褒めてくれてありがとう。……ついでだから明かすけど、二人以外にも既に俺に掌握されちゃってる女の子がいたりして」

芝居がかったポーズで肩を竦めてみせると、沙姫は少し驚いた様子で瞠目《どうもく》し、視線を下方へ下ろした。

視線の先には、シリアスな場面なのに未だ衰えずしっかりと勃ち上がったズボン越しの陰茎が、くっきりと浮かび上がっている。

「そ、そんなに女の子侍《はべ》らせてるのにこれとか。霧島くんって、もしかして女の子は飾って眺めておくだけーみたいな、異常性癖《へんたい》さんだったりするの？」

「いやまさか。白雪さんの想像通り、ちゃーんと高校生らしい愛情表現はしてるつもりなんだけどね」

「ハーレム作ってまだものたりないとか、すごい絶倫だね……。正直呆れるわ」

沙姫にジト眼を向けられながらも、蘭は膨張した一物を沙姫の太腿の辺りにグリグリと押し付けていた。

平静を装っている振りをしつつも、沙姫だってピチピチの女子高生だ。

異性——眷属調教で多少なりとも愛欲を感じている男の子にこんなことをされれば、集中力も切れていくし理性だって崩壊していく。

頬を艶めかしく染めながら、沙姫は口元を少し緩め始めた。

どうやら蘭に肉棒を押し付けられて、少しだが興奮しているらしい。

「てか、そんなぐにぐにさせないでってば。照れるっしょ！」

その興奮をごまかすように、沙姫はモゾモゾと腰を揺らす。

普通何とも思っていない男の子に股間を押し付けられれば、羞恥より先に嫌悪を感じるはずだ。

蘭と沙姫は、冗談を言い合ったりからかい合ったりするような、そんな仲ではない。

何も起こっていない——元の世界の教室でこのようなことをすれば、突き飛ばされたり悲鳴を上げられたり、ゴミを見るような目を向けられるに決まっている。

間違っても、照れるなんて言葉が出るはずはないのだ。

「愛欲を理性で押し留めることが出来る人間なんて、この世に存在するのだろうか」

汚らわしい肉欲とは違う。愛欲——綺麗な言葉で飾るなら、恋慕、愛情だ。

目の前にいる相手のことが好き、心から愛している——そんな気持ちを、理性で仕舞い込むことが出来るのだろうか。

出来るのかもしれない。

事実失恋した人間が全員ストーカーへ変貌するわけではない。

想いを断ち切って、湧き上がる恋心を理性で閉じ込めることは不可能な話ではない。

だが、それを相手が受け入れると分かっているとしたら。

爆発した想いを真正面からぶつけても、拒絶されないと分かっているとしたら。どうなのだろうか。

確かに沙姫は、蘭に抱いている愛念が偽りのものだとは自覚している。

甘い欲望の中には実は毒が入っていることも、沙姫は重々理解している。

沙姫の頬に手をやり、ゼロ距離に顔を持っていく。

吐息のかかる距離だが、沙姫はとくに目を逸らしたりしない。

いや、逸らせないのだろう。

見つめるだけで鼓動が速まってしまう相手が、こんな間近にいるのだ。

思わず見てしまう――致し方ないことだ。

「白雪さん――いや、沙姫。好きだよ」

「そ、そうやって、みすずんとか佳奈ちゃんも口説いたんでしょ。だ、騙《だま》されないんだから」

口では拒絶の言葉を紡ぎながらも、沙姫の瞳はじっと蘭の顔を捉えている。

心では分かっているのだろう。

目の前にいる魅力的な人間は、本来恋をした男子生徒とは違う人だ。

今までの学校生活でずっと見つめてきた、愛しの彼とは違う。

だが今まで感じたことのないほどの熱っぽさが、沙姫の心を渦巻いているのもまた事実。

心拍が速まり息が荒くなり、顔が熱くなっていく。

これを心からの恋心だと誤解するなと言うのは、恋愛経験の乏しい高校生には酷な話だろう。

美麗な黒髪ショートを手櫛で梳かすように、額から側頭部にかけてをよしよしと撫でてやる。

焦らすような愛撫にピクンと震える沙姫を愛おしむように、蘭は顎の下に指を宛がった。

指先を躍らせ、触れるような接吻を唇に重ねる。

もうほとんど堕ちているのだろう。

今回のキスに、拒絶や躊躇いは見られない。

蘭の唇に優しく吸い付くかのように、沙姫の口端から湿った吐息が甘く漏らされた。

「……幸せに、してくれる？」

確かめるような問いかけに、蘭は無言で微笑み返す。

慈しむように手を握り、指先を絡め——体温を感じるかのように体躯を擦り寄せる。

再度沙姫の唇を優しく味わってから。

沙姫の身体に覆い被さるように、蘭は彼女をベッドに押し倒した。

◇　◇　◇　◇

艶やかに頬を染め潤んだ瞳を向ける沙姫を見やりながら、蘭は彼女の腰に手を添えてそっと体育着を捲り上げた。

僅かに腹筋が浮かぶ平らなお腹を撫でつけ、脇腹から平坦な胸元にかけて軽い接吻を重ねていく。

沙姫は抵抗しなかった。

むしろその献身的な愛撫に酔いしれるかのように、蘭の接触に合わせて甘い声を漏らすのだ。

演技だというのは分かるが、それがさらに蘭を興奮させてしまう。

勿論蘭だって思春期の男の子。エロいことに興味津々で感じやすい女の子は好きだ。

だが沙姫のそれは、蘭の愛撫が気持ち良くて漏らされた嬌声とは異なる。

ともあれもし沙姫が乗り気でないのなら、わざわざ男の子を興奮させるような甘い声を漏らすはずがないだろう。

「は、ふぁっ……。き、霧島くぅん」

この状況に、心から興奮しているのだろう。

愛しい男の子に気持ち良くなって欲しくて、淫らにえっちぃ声を出している沙姫。

開発された女体を弄《いじく》り回すのとは違う。ちらとこちらを窺うような素振りを見せつつ、蘭の顔を見つめながら愛くるしい嬌声を漏らしているのだ。

「ん、ん――――！」

なだらかな胸元にぷっくりと備え付けられた蕾を指先でつまむと、沙姫は堪えるような声を出しつつくっと四肢を伸ばしてみせた。

愛しい相手を喜ばせようと、感じている振りをする沙姫。

健気で可愛らしいその行為に、蘭は思わずゾクリと腰を震わせた。

「ヤベ、マジでかわいい……」

幾度となくセックスを続けてきた蘭だったが、こんな感覚は未経験だ。

胸を撫でても、腰を擦《さす》っても、色めかしい声を漏らし頬を染めるクラスメイト。

まるで今まで正式にお付き合いをしていて、今日ようやく初体験を迎えたような――奇妙な新鮮さを感じさせる。

今まで大した興味を抱いていなかった相手だったが、蘭はこれまでのその迂闊《うかつ》さに軽く後悔する。

クラス替えをして、何か妙に可愛い娘の多い教室だなと感じつつも、好みドストライクだった美鈴だけを目で追っていた学校生活。その間こんなにも可愛い生き物を見逃していたなんて。

「――ふくぅ!?」

そう考えると、途端に欲望がむくむくと湧き上がってしまう。

その可愛らしいクラスメイトを、今まさに犯そうと押し倒したところなのだ。

しかも、魅力的な体躯を際立たせる体育着姿で。

「流石陸上部スプリンター。異世界にまで、体操服持ってきてるなんて……」

「えへへー、偉いっしょー？」

陸上部らしく日焼けした膝小僧が、ぐりぐりと蘭の股間を刺激する。

挑発的なその行為に堪らずズボンとパンツを脱ぎ捨て、蘭は沙姫の体躯にドサリと覆い被さった。

吐息のかかる距離に愛しい顔が現れ、思わず沙姫の唇を奪う。

唇を重ねたまま、蘭は沙姫の身体に擦り寄る。

程よく筋肉の付いた素肌に撫でられ、蘭の体躯がピクンと跳ねた。

そんな蘭を見やり嬉しそうに口元を緩めた沙姫は、蘭の陰茎を太腿で挟み込み、ずりゅりと擦ってみせた。

「はぁぅ！」

「へっへー。きりりんの弱点、みーつけたぁ」

逃がさないように蘭の体躯を抱き締め、沙姫は蘭の口端をペロリと舐める。

快楽のためか瞬間的に引かれた蘭の腰に○○をぐいと引き寄せ、脚を器用に使って再度蘭の分身を沙姫自身の太腿でしっかりと包み込んでしまう。

ハーフパンツから覗いた眩しい肌色が、蘭のち○ぽをむにむにと咥え込む。

先日沙夜香に太腿でしてもらったばかりだが、その時の感触とはまた違う。

鍛えられた脚には無駄な脂肪などなく、女子高生の太腿にしては若干細く締まっている。

だが男性のそれのように堅く筋張っているわけではなく、女の子らしい脂肪と筋肉の絶妙な感触が備わっており、実に心地良い。

「ふぇぁ、あ、あぅ、あふぅ……」

「やだきりりんったら、こんなのが気持ち良いの？」

ずりゅずりゅと太腿でペニスを撫で上げ、沙姫は勝ち誇ったような笑みを浮かべる。

クラスの幼馴染系アイドルとは誰が最初に言い出したのだったか。

蘭は今その命名者を心から賞賛したかった。

Sっ気だとか嗜虐趣味だとか、そういうのではない。

愛しい相手が沙姫自身の愛撫で喘いでいる姿を見て、嬉しさを感じているのだ。

多分この娘は、セックス中も気持ち良さそうにしてくれるだろう。

蘭が望むように、蘭を喜ばせるように、健気に可愛らしく喘ぎながら。

「……きりりん？」

「ん、な、何？」

「さっきから上の空っぽいけど、誰のこと考えてるのかなー？」

不機嫌そうに頬を膨らませた沙姫に顔をガシリとホールドされ、自然と視界に彼女の顔が映り込む。

「い、いや別に、はぅ！　沙姫の太腿が気持ち良すぎてっ」

「ふーん。本当はみすずんとか佳奈ちゃんのこと考えてたんじゃないのー？」

「違っ」

沙姫の言葉は間違いだ。

今は沙姫以外のことなんて考えられない。

「じゃーさ、ちゃんとあたしのこと見ててよ」

頬を撫でられ、コツンと額を密着させられる。

吐息のかかる距離――目の前に沙姫を感じて、思わず鼓動が速まってしまう。

「目、逸らさないでよ」

「――っう、ひゃぁ！」

ち○ぽを挟む力が強まり、さらに扱く速度も加速していく。

汗の滲んだ陸上部女子の太腿にち○ぽを挟まれ、ずりゅずりゅと無造作に擦られる。

視界に入るのは、沙姫の顔――沙姫の瞳。

呼吸をすれば、香るのは沙姫の香り。

混ざり合う体温も汗も、全て沙姫のもの。

シンクロする鼓動も胸の高鳴りも触れる肉体も色めかしい声音も、全て沙姫のものだ。

蘭は今、全身を沙姫に包まれている。

「――あ、へぁっ、うっ！」

「ん、お、おぉ……。何か、太腿の辺りがじんわりと温かくなってきた」

沙姫の目を見つめながら、蘭はビクビクと腰を痙攣させた。

袋に包まれた睾丸がキュゥウと膨れ上がり、ビクンとち○ぽが太腿の中で跳ね上がる。

沙姫の脚にしっかりと包み込まれながら、真っ白な欲液をドクドクと溢れさせる蘭の欲棒。粘り気のある濃ゆーい精液がぬちゃりと沙姫の太腿を彩り、ハーフパンツの裾の中へつぅーっと白濁した液体が垂れて行った。

「ふーん。男の子って、イくときそんな顔しちゃうんだ」

床に落ちていたボロ切れで太腿を拭い、沙姫はクスリと笑みを零す。

ゼロ距離で覆い被さる蘭の鼻先をツンツンと突っつき、にへへと口元に弧を描いた。

「可愛かったよ。きりりんが射精してるときの顔」

「ふっくぅ……」

目の前に沙姫を感じながら、蘭は鼻息荒く彼女を見つめやる。

石鹸と汗の混じった女の子の香りに包まれ、絶頂を迎えた蘭。

鼻先に広がる芳醇《ほうじゅん》な匂いに鼻血を垂らしそうになりながら、蘭は乱暴な手つきで沙姫の両腕を押さえつけた。

唐突な行為に動揺し、沙姫はきょとんとした顔で蘭を見やる。

だがこの状況だ。流石の沙姫だって、蘭が何を望んでいるのかくらい理解出来る。

喉を鳴らし、押さえつけられた腕から力を抜く。

誘うような目つきで蘭を見やり、期待に満ちた呼気を吐きつつパチンと片目を瞑ってみせた。

「いいよ。……しよっか」

沙姫の言葉を合図に、蘭は彼女のハーフパンツに手をかけた。

精液が染みて少しだけ重くなったそれを足首まで脱がすと、水色のボーイレッグショーツが姿を現した。

いかにも運動部女子と思える下着のセレクトに興奮しつつ、縁に指をかけてするりとそれをずり下ろす。

その他の部分と比べて色白な下腹部が顔を出し、沙姫の乙女な部分が蘭の眼下に曝け出される。

ぷっくりと膨らんだ綺麗な割れ目には、その幼気な面差しからは想像出来ない漆黒の麦畑が生い茂っていた。

むわりと湯気が漂ってきそうな乙女の秘部に、蘭は躊躇いなく顔を埋めてしまう。

お風呂上がりだからだろうか。汗の混じった何とも表現し難い匂いの中に、石鹸の香りが混じっている。

しっとりと湿った沙姫の割れ目。

これが汗によるものだけでないことくらい、蘭にだって理解出来る。

手で撫でれば、指先がぐちょりと濡れてしまう。

眷属調教のおかげか、通常より感じやすい身体になっているのだろう。

「……んっ」

割れ目をくちゅくちゅと弄りながら、蘭は沙姫の胸元にぺたりと手をくっつけた。

名前と学年の書かれた体育着の裾から手を突っ込んで、膨らみの欠片もない胸元に手を這わせる。

少しずつ捲り上げながら、だが決して脱がさないようにゆっくりと体育着をずり上げていく。

吸い付くような素肌に、ぷくりと屹立した桃色の蕾。乳房は小ぶりだったが、撫でてみると微かな膨らみを感じる。手の中に収まるサイズの胸が、手のひらの下でふにふにと揉まれていた。

せっかく体育着を着た運動部女子高生を犯しているのに、すっぽんぽんにしてしまっては意味がない。

沙姫のあられもない姿も見たいことは見たいのだが。

よいしょーっと脚を振ろうとする沙姫の太腿を肘で押さえて、真剣な眼差しで沙姫を見やる。

「脱がないでください」

「ハーフパンツ脱ぐから、ちょっとどいてねー」


メイドと女子高生は脱がしちゃいけないのだ。別に何かを禁止されているわけではないのだが。

割と真面目な目で見つめられた沙姫は困惑した様子を見せたが、すぐさま何か納得したようにニマリと頬を緩めてみせた。

「へぇー……。きりりんって、そういうのが好きな人かー」

「普段見慣れてる服装でするのって、興奮すると思わない？」

愛しい相手を理解しようとしているのか、沙姫は「んー」とこめかみに指をやった。

「きりりんって、制服とかスクール水着見て興奮するタイプ？」

「服だけじゃ無理だけど、下手な私服よりかは興奮するかな」

ともあれ私服姿の女の子と性交渉をしたことはないので、単なる見栄である。

ただセーラー服でもブレザーでも、ミニスカ女子高生に跨られるのはかなりクルものがあるというのは事実だ。

「業が深いなー。あたしは女の子だから、コスプレエッチに興奮する気持ちはちょっと分かんないや」

「コスプレとは違うんだけどね」

高校を卒業してまで、制服やら何やらに拘《こだわ》るつもりはない。

だがまあ、高校卒業後に出会った彼女が当時の制服を着てくれたらきっと興奮するだろうなとは思うが。

ちょっと何言ってるか分かんなくなってきたので、蘭は目の前のことに集中することにした。

せっかくなのでずり下ろしたハーフパンツを膝上までずり上げ、首元まで捲り上げた体育着を少しずり下ろす。

ついさっきあんな会話をしたばかりだからか、沙姫は何か言いたげな表情で色めかしく口元に弧を描いていた。

「どうかしたの?」

「べっつにぃー」

勝ち誇った――というよりかは得意げな顔で見やる沙姫は、何とも愛らしい。

大方頭の中で「脱がしたのにわざわざ着せ直すなんて、きりりんの変態」とか思っているのだろう。

そう考えると余計に興奮してしまう。

罵倒されて悦ぶ趣味はないが、同級生の女の子が嬉しそうに「変態」とか言う光景は中々にそそる。

それに。

「――あ、ぅうん」

胸の辺りまで捲り上げた状態でまさぐるように胸元に手を突っ込むというのは、やってみると実にエロい。

しかも体育着だ。蘭の腕や手が入った場所は膨れ上がり、影が出来る。

もぞもぞと動かすと、体育着特有の感触と沙姫の素肌に挟まれて妙に心地良い。

「ふぇぁ、ふぁぁん！」

立ち上がった乳首をキュゥとつまむと、沙姫の口から今までとは異なる嬌声が紡がれた。

慌てた様子で口元を手で覆う沙姫は、頬を紅潮させて気まずそうに目を逸らす。

演技で出していたのがバレたかもという恐れと、想像以上に大きな声が出てしまったことにビックリしているのだろう。

可愛い奴め。

「これ、好きなんだ？」

「――！　んひゅ、ふぇっ!?」

硬くなった乳首をつまむと、沙姫は幸せそうに高い声で喘ぐ。

照れるように必死で口を手で隠しながら、肢体を振らせて快感を逃がそうとする。

蘭はそれを封じるように、体重をかけないよう気を付けながら沙姫に覆い被さった。

「我慢しないで、声出しちゃって良いのに」

「や、やだ、だって恥ずかしいし――んひゅぅうぁぁ!?　へにゃぁぁん！」

片方だけでは我慢出来ず、愛液に塗れた方の手も使って沙姫の乳首をつねり上げる。

一緒に揉み解せるほど沙姫のちっぱいは大きくないため、必然的に責めるのはこの我儘な蕾さんが主だ。

それにしてもエロい反応だ。

蘭を喜ばせるための演技なら素知らぬ顔で出来るのに、本当に声が出てしまうと必死に顔を隠そうとするなんて。

口と目元を手で隠しながらモゾモゾと肢体を捩る沙姫を見やっていると、蘭ももう我慢が出来なくなってきた。

ついさっき射精したとは思えない程に勃起した性器を撫でつけ、沙姫の割れ目にぐいと押し付けた。

柔らかく、迎え入れるような感触。誰にでも歩み寄り受け入れるという沙姫の性格を表したかのような、反発も押し返しもない挿入。

ズプズプとち〇ぽを挿れながら、蘭はその快感にゾクゾクと腰を震わせる。

「うぉっ……奥は、めちゃくちゃ締め付けてくる」

ハーフパンツの引っかかった両脚を持ち上げ、ぐいと沙姫の股間を拡げてやる。

腰の動きに合わせてピクピクと痙攣する脚を抱き締めながら、ピンと伸ばされた爪先に頬擦りする。

スベスベとキメ細かい素肌が触れ、心地良い。

「ひゃぁん！　そ、そんなぁっ、つよく、うごかさないでよぉっ！」

石鹼の香り漂う指先をペロペロと舐めながら、蘭は沙姫の股間に向かって腰を振り立てる。

キュッと締まったお尻がベッドに押し当てられ、実に淫猥だ。

胸の中でジタバタと動く脚をしっかりと抱え込み、鼻息荒く沙姫の顔を見下ろした。

快感のためか脱力した沙姫は、眦に涙を浮かべながらまるでお人形さんのようにだらりと腕を垂らしていた。

だが視線はしっかりと蘭の方を向いており、蘭が腰を揺らすのに合わせて沙姫は体躯をゾクゾクと痙攣させている。

指先を舐めればビクンと震えつつ驚いたように片目を瞑り、腹筋のついた平らなお腹を撫でると、くすぐったそうに愛らしい悲鳴を上げる。

胸の中で脚が暴れなくなってきたので、蘭は沙姫の太腿から手を放す。

そのままお尻や腰回りを撫でつけ、ゆっくりとお腹へ手を伸ばした。

女の子にしては少し堅めのお腹だが、指でくりくりすると柔らかさを感じることが出来て新鮮な感覚だ。

お腹を撫でられるのは沙姫自身好きなようで、さわさわとくすぐってやると幸せそうに顔を綻ばせる。

「男の子って、んっ、女の子の腹筋、好きなんでしょ？」

「まあ割と」

「良かった」

にへりと照れ笑いする沙姫。その顔があまりに可愛くて、蘭は思わず身を乗り出した。

「ひゃっ、きりりん!?」

ハーフパンツを身に着けたまま、沙姫の脚を身体に向かってぐいと押してしまう。

まるで柔軟体操でもするかのように沙姫の身体を柔らかく曲げて、無理やりに蘭は沙姫との距離を縮めようとする。

「沙姫、かわいい。かわいいよ」

「んっ！　も、もぉ。きりりんったら、がっつき過ぎだってばぁ！」

陸上部スプリンターの沙姫だが、割と身体が柔らかいことが自慢だったりする。

時々体育館なんかで、ペッタリと太腿を床にくっつけたりしているくらいだ。

「た、体育着脱がしてくれれば、んっ、脚開いてあげられる、けど？」

「やだ、それだけは絶対嫌だ」

ハーフパンツに噛みつき、蘭は沙姫の顔を見つめながら息を荒くしていく。

じんわりと唾液で湿っていく体育着を見やりながら、沙姫はへにゃりと頬を緩める。

学校指定体育着の何が蘭の劣情をこんなにも掻き立てるのか。女の子である沙姫には全く理解が及ばない。

だがそんな男の子特有の嗜好を、沙姫は否定したり侮蔑したりはしない。

異性の趣味嗜好や考えていることを百パーセント理解することなど不可能だ。

とはいえ、歩み寄ることは出来る。

沙姫だって、今まで色々な男子生徒と交流して、女の子としては信じられないような色々な趣味を目にしてきた。

勿論、同性でも同じことだ。

藤吉百合や乙女崎恵美の趣味は、平々凡々な中学校生活を送ってきた沙姫には理解出来ないような代物だったが。

何故好きなのか、どういうところに惹かれたのか話している内に、彼女たちの想いは何となく伝わってきた。

性的嗜好だろうが趣味の内容だろうが、突き詰めれば同じようなものだ。

自分から歩み寄れば、きっと近づくことが出来る。

同じものを同じように愛することは出来なくとも、どうしてこの人はこれが好きなのかを理解することは出来るのだ。

クラスメイトの体育着に興奮する気持ちを沙姫本人が感じることは出来ないだろう。

だが――。愛しい相手が沙姫の体育着で興奮している――それを気持ち悪いとは思わない。

自分が理解出来ないものを低俗であると批判するのは、視野を狭める主原因になると――沙姫は思っていたから。

「さ、沙姫っ……。俺もう、ヤバいかもっ」

だらしなく涎を垂らしながら、蘭が沙姫の顔を見つめていた。

とても幸せそうな表情に、沙姫はお腹の奥が疼くような感覚に襲われる。

何て可愛らしい表情だろうか。

手段は褒められたものではなかったが、精一杯の愛を届けようと必死に言葉を重ねていた霧島蘭。

そんな彼が、沙姫と繋がってこんなにも幸せそうな顔をするなんて。

「んっ……、良いよ。好きなだけ射精しちゃっ、て」

「あ、あぅ、はぁぁぅ!?」

膣内がくっと締め付けられ、蘭は思わず爪先をピンと伸ばしてしまう。

睾丸から精液を搾り取らんと甘く蠢く沙姫の膣壁。柔らかくうねるそれらに絡みつかれた蘭のペニスは、幸せそうに悲鳴を上げながら沙姫の体内へと目一杯スペルマをぶちまけた。

「ん、んぁっ？　ふにゃぁぁぁぁぁっ!?」

熱い精液を注ぎ込まれ、沙姫のお腹の奥底がビクンと反応する。

愛しい想いのためか疼いていた子宮口が痺れるような感覚とともに、とてつもない快感が沙姫の全身を飲み込んだ。

電流が駆け抜けたような刺激に、沙姫は思わず悲鳴を上げる。

刹那的に愛液を噴出し、ビクンと身体を跳ねさせる。腰が抜け、反動で思わず口端から涎が零れてしまう。

好きな男の子には絶対見られたくないような情けない顔をしながら、沙姫はくったりと脱力し、そのまま気を失ってしまった。

◇　◇　◇　◇

——誰かが頭を撫でている。

意識の覚醒した沙姫が最初に感じたのは、優しげな手つきで額を撫でる誰かの体温だった。

労るように、愛おしむように、慈しむように。沙姫のショートヘアを手櫛で梳かすようにして、優しく撫でつけている誰かの接触。

その感触が堪らなく気持ち良く、沙姫は目を瞑ったまま幸せそうに顔を綻ばせた。

「……ふふ、くすぐったい」

「良かった。目、覚めたんだ」

瞳を開けると、心配そうに沙姫を見つめる男子生徒と目が合った。

少し長めの前髪からは暗そうというイメージを抱きがちだが、実はとても魅力的な男の子だということを沙姫は知っている。

無趣味で何に関しても気怠げに接していて、皆で楽しもうとする沙姫にとってはあまり好ましくないクラスメイトだったけど。

本当はとっても優しくて、思いやりのある男の子だということを、沙姫は分かっている。

この男の子は沙姫が目を覚ますまで、ずっと見守ってくれていたのだから。

「あたし、どうしちゃったんだっけ……」

「疲れて眠っちゃったみたい。ごめんね、沙姫のことも考えずに、あんな乱暴なことしちゃって」

疲れて眠ってしまった。

いや、正確には今までにないほどの絶頂に耐え切れず気絶してしまったのだろう。

だが目の前の男の子は、沙姫のことを慮《おもんぱか》って事実を隠そうとしてくれている。

不器用だけど、温かい気持ちがじんわりと伝わってくる。

「乱暴だなんて、大丈夫だってばぁ。それにその。……えっと、ね。その、さっきの……き、気持ち良かったよ」

気を失う直前の行為を思い出し、沙姫は愛しい相手に向けて純粋な本心を伝えた。

沙姫の言葉に、目の前の男の子は驚いた様子で頬を染める。

「そ、そっか。沙姫が喜んでくれたなら、俺も嬉しいっていうか」

「ありがと、大好き」

精一杯心を込めて、沙姫は男の子の体躯をギュッと抱きしめた。

沙姫の抱擁に応えるように、男子生徒も彼女の身体をしっかりと包み込んだ。

無事眷属調教のスキル効果——三段階目を迎えた白雪沙姫の胸中は、霧島蘭への愛でいっぱいになっているのだった。

第22話 嫉妬×おしおき×ご褒美

朝食を終えた佳奈美が食堂を出ると、いつもと同じように白雪沙姫が扉の傍で佳奈美を待っていた。

訓練着に包まれた体躯を壁にもたせ、艶めかしく伸びた脚を曲げて、爪先で床をクリクリと弄っている。

佳奈美が食堂から出てきたことに気が付いた沙姫は、少し戸惑ったような顔をしてから、普段通りの面差しで佳奈美に向かって駆け寄ってきた。

「行こっか、佳奈ちゃん」

「ああ」

使いようによっては周囲に甚大な被害を与える沙姫のスキル。仲間たちと離れ一人ぼっちで訓練を続けることに耐え、昨日ようやくそれを制御することが出来たらしい。

今日からは、佳奈美たちと同じ場所で訓練を行うことになるのだ。

佳奈美たちの訓練も、最近若干変化している。

各々自身に与えられたスキルを完璧なものとするための、案山子などを使用した反復練習。相性の良いスキル持ちの聖徒との集団演習。そして――、実際の戦闘に慣れるための練習すなわち、生物を攻撃する訓練だ。

日常生活の中で人型の魔物や無機質な生物を殺害しているこの世界の住人ならともかく、一般的な高校生が突如異世界に放り出されて「魔物は害悪だから殺せ」と言われても、そう簡単に出来るはずがない。

元の世界での暮らしは、殺生とかけ離れたものだった。

ともあれ人間も昔は自身の手で狩りをして生きてきたのだ。

長い歴史の中で少しずつ、自分自身の手を汚さなくとも生きて行けるように、変わって行っただけのこと。

自覚がないだけで、間接的には今も人間は他の生き物を犠牲にして生活している。

故に最初は、佳奈美たち聖徒が生物を殺せないという事実を、この世界の住人たちにどうしても受け入れてもらえなかった。

この世界の人類と同様、聖徒たちは動物の肉を食して生命を繋いでいる。食すことと狩りをすることが直結している文明の人々には、幾つものフィルターをかけて「生命を奪い腹を満たす」という当たり前の事実を覆い隠した上で成り立たせている現代日本の摂理を、理解することが出来なかったのだ。近衛騎士も使用人も、聖徒たちは今までどうやって暮らしてきたのかと、首を傾げていた。

強者が生きるために弱者を犠牲にするのは仕方がないこと。

強い種族の餌になるために、弱い種族は繁殖力が高く進化したのだと。

この世界の常識は、そんな感じだった。

確かに、言われた通りに魔物を打倒した聖徒もいないわけではない。

蘭と再会する前――この世界に来たばかりの頃の御子柴彩は、まるで溜まった鬱憤を晴らすかのように様々な魔術を魔物へと撃ち込んでいたし。

狩りゲーにどっぷりと浸かり、現実味を帯びていない造形の魔物に対しては何の感慨も湧かないと言い放った竜崎翼も、蜥蜴《とかげ》のような形をした魔物を簡単に切り刻んでいた。

良いところのお嬢様である女王ヶ丘麗華も、「幼い頃外国でやってましたわ！」とか言いながら、与えられたスキルである空間操作《ディメンション・ザ・ワールド》を使って、まるでスポーツでもするかのように魔物を押し潰していた。

とはいえ、そんなのは極少数の人間だ。

ほとんどの聖徒は「実際の戦闘を見越した訓練」の辺りでギブアップしてしまい、訓練が一時止まってしまったことがあるくらいだ。

それから少しずつ慣らしていくことで、佳奈美もようやく、醜悪な見た目をした魔物ならば容赦なく切り刻むことが出来るようになってきたのが現状だったりする。

「慣れるまではかなり精神的にキツい訓練が続くと思う。辛かったり気分が悪くなったら、遠慮なく言うんだぞ。別に、恥ずかしいことじゃないんだからな」

「大丈夫だって。あたしだって、自分の限界はある程度把握してるつもりだよー」

陸上部スプリンターの沙姫は、かなりの頑張り屋——努力家だ。

頑張り過ぎて限界を超えないよう、こちらの訓練では先輩である自分が見ておかなければなと、佳奈美は思った。

「ところで佳奈ちゃん。ちょっと聞きたいことがあるんだけど」

「ああ、どうしたんだ？」

沙姫はピタリと立ち止まり、深呼吸をしてから佳奈美に向き直った。

いやに真剣な表情に、佳奈美も思わず表情を硬くする。

「佳奈ちゃんって、独占欲強い方？」

「……聞きたいことって、それか？」

肩すかしをくらった感覚に、佳奈美は戸惑ったように首を傾げる。

独占欲か。どうなのだろう。

一応物欲はある方だとは思うが、それを自分だけのものにしたいとかそんな自分本位な考えはあまり持たないかもしれない。

「さほどではないな」

「そっかー……。自分だけのものだと思ってたものが、実は他の人にも使われてたとしても、許せる方？」

「……………ちょっと待ってくれ」

沙姫の顔が少し赤くなった。

独占欲。そういえば、普段さして使わない言葉のような気がする。

字面から物品に関する話だと思って話を聞いていたが、もしかすると佳奈美は重大な勘違いをしていたのかもしれない。

冷静に昨晩のことを思い出してみる。

彼は、絶対に部屋に来るなと言っていた。

いやまさか。だがあの男子生徒——というか、彼の下半身を佳奈美は心から信用することが出来るだろうか。

確かに佳奈美は彼のことを信頼はしている。

だがはっきり言おう。佳奈美は彼のことを信用はしていない。

クラスのアイドルと風紀委員の剣道部女子を自分のものにしておきながら、クラス委員書記の茶道少女と一匹狼な不良系女子高生に手を出した輩だ。

「白雪。……白雪がわたしに何を言いたいのか、何となく理解出来た」

「え、佳奈ちゃんってもしかして超能力者だったりするの？」

「いや、純粋な乙女心を弄んでは、何事もなかったかのようにその相手を精一杯愛でてくれる小悪魔みたいな奴を知っているだけだ」

実際は小悪魔どころか、悪魔と称しても過言ではないだろう人間だが。ともかく。

「具合でも悪いのかなって心配したってのに、あんにゃろ」

「……か、佳奈ちゃん？　なんか、笑顔が怖いっていうかさー。漫画とかでよく見る黒い笑顔ってやつになってるよぉ」

焦った様子でおろおろとする沙姫を見やり、佳奈美は普段の笑顔を取り戻す。

「平気だ。もう慣れた」

「慣れたって、あ……。佳奈ちゃんも、知ってたんだ」

「白雪まで狙っているとは思わなかったがな」

あの性欲魔人めと、佳奈美は乾いた笑いを零す。

佳奈美にとって、一人の男性を巡って仲の良い友人と衝突するのはこれで二度目だ。

しかもその張本人——男子生徒は前回と同じ人間。一体彼は、何度佳奈美を振り回せば気が済むのだろうか。

「……一度、懲らしめてやる必要があるな」

「か、佳奈ちゃん？」

不安そうに顔を青ざめさせる沙姫を見やり、佳奈美はふふんと得意げに笑みを浮かべる。

「心配ない。沙姫を恨もうとは思っていないし、奴が嫌がることはしないつもりだ。——多分」

ここで沙姫に敵愾心《てきがいしん》を向けるのはお門違いだろう。

佳奈美も実際（スキルを）かけられたくちなので、あのスキルの脅威は身を以て知り尽くしているつもりだ。

だが好きだ。

佳奈美はあの悪魔のような男——霧島蘭のことが大好きだ。

ベタ惚れなのだ。

理由はどうあれ、その事実に変わりはないし、理性で抗ってどうこうなるレベルの愛欲でもない。

好きになった過程が曖昧なだけで、この気持ちは真っ直ぐだし本物だ。

植え付けられたものは虚偽の愛念だが、今抱いているこの気持ちだけは真実だと思いたい。

「だからこそ、ホンモノの嫉妬心《ジェラシー》ってのを体感してもらわないとな」

喚《わめ》き縋りつくような、醜い嫉妬ではない。

責め罵倒するような、くだらない妬みとも違う。

純粋に佳奈美が蘭に抱いている愛情を、身体でたっぷり感じてもらおうというだけだ。

えっちなことが大好きな蘭なら、きっと喜んでくれるだろう。

佳奈美の顔を見ながら何故か怯えた表情をする沙姫を見やってから、佳奈美は意気揚々と王宮の回廊を歩いて行った。

◇◇◇◇

いつもより早く訓練場を訪れた虎生は、一足先に準備運動を始めていた。

突き抜けるような蒼天を見上げて、深呼吸する。澄んだ空気が取り込まれ、胸の奥を浄化するようだ。

心を蝕んでいたモヤモヤが、スッキリと晴れている。

身体が軽く感じる。大袈裟《おおげさ》だが、背中に羽が生えた気分だった。

「この世界に来てから色々あり過ぎて、ストレス溜まりっぱなしだったしな。ようやく吹っ切れたっていうか、縛られてた鎖が千切れたっていうか――」

清々しい気分。久方振りに、気持ち良い目覚めを味わうことが出来た。

沙姫の笑顔を思い出すだけで、今日を生き抜く活力が漲《みなぎ》ってくる。

恋をするというのは、やはり良いものだ。男友達から彼氏への昇格――そんな未来を夢想し、思わず口角が上がってしまう。

「朝ご飯の時は白雪さんも、猫山さんに気を使ってるのか――ほとんど話せなかったし。訓練の時にたくさん話して、距離を縮めておきたいなー」

食事の時間中はずっと、沙姫は何か思いつめた様子で、チラチラと佳奈美の方を見やっていた。

弱者の味方の風紀少女――犬神佳奈美は、曲がったことや正義に背いたことが大嫌いな女子だ。美鈴があのようになってからも、積極的に話しかけているようだ。

勿論沙姫とも仲が良く、二人で一緒にいるところを見ることも多い。虎生たちのグループが、異世界に転移するまで人間関係で問題を起こすことなくこれまでやってこれたのは、佳奈美の存在が大きな要因となっている――そう言っても過言ではないだろう。陰の立役者だ。

「犬神さんは何気に勘が鋭そうだし、黙っててもバレそうだな。もしこの先白雪さんとそういう関係に発展することになったら、ちゃんと話しておいた方がいいかもしれない」

もしかすると沙姫は、今朝はそのことを相談しようとして、佳奈美へ気を配っていたのかもしれない。『泥棒猫みたいなことになっちゃうけど、あたしもしげちーへの想いは本気だから！』とか、宣言しようと考えているのではないか。

それともこれは、自分に都合の良い自己中心的な思考回路だろうか。

「……と、そんなことを考えていれば」

黒髪ロングのポニテ女剣士と、黒髪ショートの褐色スプリンターさんが、肩を並べて訓練場へ姿を見せた。

手を振り声をかけながら駆け寄らんとした虎生は――佳奈美から漂う攻撃的な負のオーラを感じ、反射的に急停止してつんのめってしまう。

「よ、よお……。犬神さん、白雪さん」

「……む、虎生か。今日は早いな」

「やっほー、しげちー」

無理矢理に作ったような笑顔で、ニコリと口元を緩める佳奈美。

不穏な空気を察し、虎生はコッソリと沙姫に耳打ちする。

「……な、なあ。犬神さんってば怖いんだけど、何かあったのか？」

「――え。別にしげちーには関係なくない？」

半ば突き放すような口調に、虎生は狐《きつね》につままれたような顔をした。

てっきり「あー実はこういうことがあってねー」とか、会話のきっかけになると思ったのに。

ちょっぴり冷たい反応に、虎生は失言だったかと口を噤む。

急いては事をし損じるとも言う。沙姫との対話を心待ちにし過ぎて、やや先走ってしまったようだ。

「ああ、いや。そういうつもりじゃ……。それより、昨日の約束だけど――」

「約束？」

きょとんとした顔で、小首を傾げる沙姫。

違和感が鎌首をもたげたが、虎生は勇気を振り絞って話を進めんと試みる。

「昨日の夜、ご飯の前に話したじゃん。一緒に訓練頑張ろうって」

「――あ、ああ、そうだったっけ。ゴメンゴメン、何か昨晩色々あったっぽくて、忘れちゃってたみたい。そだね、今日も訓練、頑張ろー！」

おー！　と腕を振り上げ、そのまま佳奈美を追いかけていってしまう沙姫。

ざわざわと、腹の中から不安めいたものがせり上がってきた。

心なしか、沙姫の態度に距離を感じる。

「おかしいな……。昨晩のは、勘違いだったのか？」

というか、沙姫はあんな風に、片手間に会話を済ますような娘だったか。

誰にでも馴れ馴れしく、遠慮なく話しかけるのが彼女の美点の一つだったと思うのだが。

今朝は妙に、素っ気ないというか——。

「白雪、さん……」

どうやら沙姫は、佳奈美と一緒に訓練をするらしい。

肩をいからせ歩む佳奈美の周りをくるくる回りながら、沙姫は懸命に様々な話題を振っていた。

「何なんだよ、全く……」

舞い上がっていた自分が気恥ずかしくて、照れ隠しに石ころを蹴り飛ばす。

純情を弄ばれたような行き場のない苛立《いらだ》ちと、期待を裏切られた寂寥感が胸の中をわしゃわしゃと掻き毟る。

「猫山さんといい、白雪さんといい、最近こんなのばっかりだな……」

朗らかだった気持ちは一気に沈み、ずっしりと重いものが腹の底に湧き出る。

舌がザラつくのを覚え、苦しそうに咳き込んだ。

楽しみだったはずの本日の訓練が、色褪せた予定へと変貌してしまう。

じっとりとした湿っぽいモヤつきが再発する。

温もりかけた心の砂漠を、冷たい風が音もなく吹き抜けていった。

◇　◇　◇　◇

白雪沙姫を手籠めにした次の日の晩。

今朝方佳奈美が抱いた決意のことなど全く知らない蘭は、暇そうに欠伸をしながら窓の外を見やっていた。

綺麗な夜空だ。

工場廃水だか煙突の煙だったか光化学スモッグだったか忘れたが、とにかくそういった化学物質の漂っていないこの世界の空気はとても美しい。

雲のない――晴れた夜は、まるで宝石箱のように輝いた星空を見ることが出来る。

都内と比べれば多少田舎《いなか》臭い場所に住んでいた蘭だが、これほどまでに美しい夜空を見るのは初めてだ。

幻想的なその光景に、思わずテンションが上がってしまう。

「この空に散らばった星々を、愛しい君にプレゼントするよ」

芝居がかったポーズで両腕を広げながら、蘭はキラリと歯を見せて笑みを零す。

普通ならあまりの痛々しさに悶《もだ》え苦しんでしまうような発言だが、出来ることなら一度くらいは言ってみたい台詞でもある。

言いながら肩を抱き寄せて、そのままイチャイチャしたい。

美鈴だったら、純粋に喜んでくれそうだ。

沙夜香なら、一瞬きょとんとした顔をした後できっと笑ってくれるだろう。

佳奈美とか彩はどんな反応を見せてくれるかな。

そこから繰り広げられる良からぬ妄想はいくらでも膨らむが、自重しておくことにする。

無駄に妄想なんてせずとも、蘭は今すぐにだって女の子たちの反応を見ることが出来るのだ。

変に期待するより、自然体な彼女たちの反応を楽しむ方が良い。

「さてと、今日は誰の部屋に行こうかなっと」

胸の前でパンと手のひらを打ちつけてから、蘭は颯爽《さっそう》と執事服に手を伸ばす。

汚すといけないと思い、今はこの世界特有の普段着を着てくつろいでいたのだが。

流石にこの格好で外に出たら目立ってしまう。

何も知らぬメイドなんかに悲鳴を上げられでもすれば、第一側室側の計らいで蘭が上級使用人に紛れて王宮内に忍び込んでいることがバレてしまう。

そういったわけで、蘭は執事服を丁寧にベッドの上に広げて着替えの用意をする。

身に着けていた衣服を脱ぎ捨て下着姿になったところで、コンコンと誰かに扉をノックされた。

扉越しに響く乾いた音を耳にして、蘭は「おや」と首を傾げる。

今晩は、誰かが蘭の部屋を訪ねる予定はなかったはずだ。

それとも何か、王宮内で問題でも発生したのだろうか。

第一側室側の人間が蘭を匿《かくま》っていることが、王妃側の騎士に露見したとか。そういうことだろうか。

不安に胸中を苛まれ動揺した蘭だったが。

「蘭、いるか？　わたしだ」

聞き覚えのある声音が耳朶を打ち、蘭はホッと胸を撫で下ろした。

間違いない。佳奈美の声だ。

張っていた気が途端に緩み、思わず額を叩いてしまう。

警戒するに越したことはないが、神経質になり過ぎても良くない。

「ちょっと待っててね。今着替え中だから」

「構わない。……元々そういうつもりで来たからな」

扉越しの甘い誘惑に、ゾクリと背筋を震わせる。

暇そうに揺れていた蘭のち○ぽが、パンツの中でゆっくりと起き上がっていく。

布の中で擦れる絶妙な感覚に腰を痺れさせながら、蘭は期待に満ちた表情で扉を開け、一応周囲を警戒しつつ隙間から顔を出した。

薄暗い廊下を見やると、セーラー服に身を包んだ女子高生が二人、姿を現した。

黒髪ぱっつんロングな風紀少女と、庇護欲を掻き立てられる癒し系猫女子。

佳奈美と美鈴だ。

てっきり佳奈美だけだと思っていた蘭は、美鈴の姿を見やってへらりと頬を緩める。

佳奈美が美鈴を連れてきた——美鈴が佳奈美を連れてきたのかもしれないが、ともかく。

二人で一緒に蘭の部屋に来たということは、まあつまりそういうことだろう。

まさかセックスの観覧に来ただけなんてことはあるまい。

三人で一緒に、ベッドの上でプロレスごっこをしたいと、そういうことだろう。

期待に胸を膨らませながら、蘭は二人に部屋へ入るよう促す。

佳奈美と美鈴が部屋に入ったことを確認してから、後ろ手に自室の鍵を閉める。

しっかりと施錠されたことを確かめてから、蘭は二人に向き直った。

「アポなしに訪問してすまない。どうしても、蘭に会いたくてな」

「……蘭くんったら、もうそんなにしちゃって」

口元に弧を描きながらセーラー服のスカーフを緩める佳奈美と、力強く膨らんだ蘭の股間を見ながら頬を赤らめる美鈴。

二人は顔を見合わせてから、にっこりと柔らかく微笑んだ。

その笑顔に癒されてから、蘭はベッドに腰掛ける。

二人を受け入れようと両腕を軽く広げると、何故か二人は蘭の手首をガッシリと摑んだ。

痛くはない。だが絶対に放さないとでも言うように、しっかりと力が籠っている。

「え、えっとぉ……？」

「蘭。わたしはな、昨晩すっごく蘭のことを心配したんだぞ」

切れ長な瞳を細め、真剣な眼差しを送ってくる佳奈美。

何か不穏な空気が漂っているように感じるのは蘭の気のせいだろうか。

そうであってほしい。

「蘭くんのこと独り占めにはしないって思ってたけど、流石にここまでされちゃうとにゃぁ……」

美鈴も頬を膨らませながら、上目遣いに蘭のことを見つめている。

俯瞰的に見れば浅はかな行為を責められている男の図にしか見えないのだが、蘭はどうしても自分が美鈴たちから非難されているようには思えなかった。

それは別に、蘭が動揺のあまり現実逃避をしているからとか、そういうわけではない。

だが蘭はこの状況を、何かのプレイだろうかと本気で考えていた。

何故なら――。

「言ってることは分かるんだけど……、じゃあ、何で二人とも笑ってるの？」

そうなのだ。

俯瞰的に――第三者がこの状況を見れば、間違いなく浮気を責められている場面にしか見えないだろう。

だがどういうわけか。美鈴と佳奈美は蘭の手首を握りながら、期待に満ちた表情で笑みを零しているのだ。

佳奈美も美鈴も、誰かを虐めて悦楽を得るような女ではない。

故にこの状況は何かがおかしいのだ。

昨晩犯した白雪沙姫は、佳奈美とも美鈴とも親しい人物だ。

風の噂では新垣と付き合っているとも言われていたし、新垣相手に純粋な恋心を抱いていた沙姫を眷属化させたことに、二人が感情を露わにしていても、別におかしな話ではない。

だからもし二人が蘭の行いに怒りを覚えたとしても、蘭はそれを一笑に付すことは出来ない。

偽りの愛欲を植え付け従順な奴隷にしたのは事実だが、二人は人形――言葉を理解した空気嫁ではないのだ。

「もしかして、怒ってます？」

「佳奈美ちゃんがもし本気で怒ってたら、多分もう蘭くんの上半身が粉々に消し飛んでると思うにゃぁ」

ぷるんとした口元から八重歯を覗かせながら、さらっと怖いことを言う美鈴。

その光景を夢想して股間の欲棒が柔らかくなるのを感じてから、蘭は恐る恐る佳奈美の顔を見た。

女子高生との肉体関係を育んだ経験なら幾度となくあるが、蘭の場合それらを全てスキルの力だけで手にしてきた。

通常それらの体験と付随して経験することになるであろう男女のしがらみやら何やらは、未経験——全くの初心者だ。

どろどろした昼ドラ展開と言われても、間男と尻軽女が三角関係とか四角関係作って揉めてるだけ——くらいにしか理解していないのが現状である。

そもそも、お昼のドラマなんて観る機会がない。

「美鈴の言った通りだ。わたしは別に、蘭に憤りの感情を覚えたりはしていない」

「そ、それは良かった……」

「ただ、狂いそうなほど嫉妬しているだけだ」

佳奈美の言葉を合図に、突如蘭の視界がギュラリと回った。

身体のバランスが崩れ、振動とともにシミだらけの天井が視界に飛び込む。

そこで蘭はようやく、自分はベッドに押し倒されたのだと理解した。

「へ、えっと？　これは……？」

セーラー服を身に纏った女子高生が見下ろす先には、下着姿の蘭が無様に転がされている。

股をだらしなく開き、大切な部分を護る布地はいやらしく膨らんでいた。

佳奈美と美鈴は屹立したそれを意味ありげな視線で搦め捕ってから、顔を見合わせ頷き合う。

無言のまま続けられるその行為に若干恐怖を感じながらも、蘭はこの先に起こるであろう状況を空想してへにゃりと笑みを零した。

その笑顔を見やり、佳奈美はほんのりと頬を染める。

スカートの裾を摘まみ、蘭の体躯に跨る佳奈美。

佳奈美がしようとしていることが何なのか大体理解した蘭は、佳奈美が跨り易いように腰を上に向かって突き出したのだが。

「それじゃあ、いつもと同じだろう？」

「え、ちょっと何を——わっぷ!?」

佳奈美が腰を下ろしたのは、蘭の腰ではなく——天井に向かって無防備に晒されていた蘭の顔の上だった。

ふわりとはためく紺色のスカートの裏地、健康的に日焼けした素肌と日光の施しを受けていない内股の境界線、そしてしっとりと湿った純白の布地が視界を覆った瞬間、ずしりと甘美な重量が目元に襲い掛かった。

「呼吸は出来るようにしておいてやる。ありがたく思えよ？」

「ほ、ほっぺたが！　ほっぺたが何か柔らかい肉に包まれてる！」

呼吸をすると、籠ったような湿ったような独特な香りが鼻孔を彩っていく。

太腿や内股に滲んだ汗が顔に擦りつけられ、顔中が佳奈美の汗やら匂いやらでいっぱいになる。

佳奈美の体温に顔面を包み込まれ、蘭は鼻息荒く歓喜の悲鳴を上げた。

クラスメイトたちに様々な行為を続けてきた蘭だったが、このようなことをされるのは初めてだ。

顔を太腿で挟まれ、愛液でしっとりと湿ったショーツ越しの股間に目元を蹂躙される。

だが決して体重をかけているわけではない。

少し腰を浮かし、蘭に負担をかけぬよう気を付けているのだ。

こんな時でも他人を思いやる、佳奈美の心遣いに感動する。

「佳奈美ちゃんがそっちなら、私はこっちにしようかにゃぁ」

佳奈美の体躯を顔面いっぱいに感じていると、無防備になった下半身をひゅるりとした寒気が包み込んだ。

興奮のため膨張したペニスを覆っていた布地が、美鈴の手によって取り払われたのだ。

パンツの中でしっかりと屹立していた肉棒は、反動でぶるんと跳ね何やら柔らかいものを引っ叩《ぱた》いた。

「ふきゅん！」

直後唐突に放たれた、可愛らしい美鈴の悲鳴。

どうやら今引っ叩いたのは、美鈴のほっぺただったらしい。

「み、美鈴!?」

「いつ見ても、逞しいおち○ちんだにゃぁ……」

ふっと吐息をかけ、美鈴は蘭のペニスに手を這わせる。

壊れ物を扱うかのように丁寧な手つきで指先を絡め、手のひらの肉で包み込むように擦りつけてくる。

女の子らしく小さくて柔らかい美鈴のお手手が、蘭の下腹を焦らすように刺激していく。

堪えきれず溢れるカウパーをも指に絡め、先端から竿部分にかけて撫でつける。

「はうわぁっ！」

美鈴の愛撫に悲鳴を上げ、呼吸を荒げる。

思わず顔を上げたくなってしまうが、顔面には佳奈美が跨っているので身動きがとれない。

佳奈美に顔を踏まれ、美鈴に優しく股間をまさぐってもらう。

何て素晴らしいご褒美だろうか。

二人の友人である沙姫を犯したご褒美に、佳奈美と美鈴からこんなにも手厚い嫉妬を受けることが出来るなんて。

人生で一番極悪非道な下衆《げす》顔を披露しながら、蘭はペロリと佳奈美の内股を舐めた。

「ひゃっ！　……まったく、蘭ったら本当にえっちだな」

お返しとばかりに、佳奈美は蘭の腕をもたげ、こねこねと手首から指先にかけてを揉み始めた。

愛おしむように続けられる愛撫のような指圧にくすぐったさを覚えていると、指先がぬちゃりと温く濡れた。

「そんなとこを舐めちゃうようなイケナイ人には、こうしてやる」

「ん、――ふ」

艶やかに舌を突き出し、蘭の指先を舐め上げる佳奈美。

舌先をチロチロと動かしながら、蘭の指を唾液で濡らしていく。

やがて佳奈美は蘭の人差し指と中指を伸ばし、自身の口腔内へ押し込むとちゅぅちゅぅと吸い始めた。

温い唾液に塗れ、二本の指先がふやける感覚が生じる。

残念ながら視界は佳奈美の股間でブロックされているので、佳奈美が蘭の指を舐めるという淫猥な姿を目にすることは出来ないが。

くちゅくちゅくと微かに聞こえる唾液の混ざり合う音が想像力を掻き立て、逆に興奮してしまう。

「私も舐めちゃおっかにゃぁ」

「ふぉぉぉ!?」

佳奈美の指フェラ音を聞こうと集中していると、下腹部に痺れるような快感が駆け抜けた。

ち○ぽの竿部分が何やら柔らかく温かいものに撫でられ、ひくんと跳ねる。

今の台詞と感覚から察するに、美鈴が蘭のペニスを舐めたのだろう。

「ひくんってなってる。蘭くんのおち○ちん、かわいいにゃぁ……」

股間の分身を愛おしみながら、美鈴は躊躇いなく肉棒の先端に接吻する。

カウパーで湿った鈴口を、美鈴の唾液と吐息が柔らかく包み込む。

そのままぷっくらした唇が蘭のち○ぽをじゅぷじゅぷと飲み込み、やがて竿の半分くらいが美鈴の口腔内へ入ってしまう。

「はみっちゃっま(はいっちゃった)」

「うひゃぁぉ!? 美鈴の口腔内、あったけぇ!」

根元を手で扱きながら、美鈴は蘭の淫棒に吸い付く。睾丸の中身を吸い上げるかのように、ちゅぅぅぅぅと強く。

瞑目し献身的な表情でち○ぽを味わうその姿からは、淫乱な少女というよりかは一種の崇拝の感情のようなものが垣間見える。

まるでそこから吐き出される精液は魅惑的な媚薬であるかのように。

一滴も零さないとでも言うように、くびれた部分までをぱっくりと咥え込みながらちゅぱちゅぱと吸い上げていく。

「ひもみいぃ？」

「み、美鈴のフェラ――んぅ！　す、すっげぇ気持ち良い！」

魂まで吸い上げられそうな快感に、蘭は腰をゾクゾクと震えさせる。

本当ならシーツか何かを摑んで堪えたいところだが、現在蘭の手は佳奈美の口の中にある。

身じろぎしようにも視界が暗黒世界であるため、下手に身体を動かすわけにもいかない。

故に蘭は過ぎた快楽を逃がすことも出来ず、美鈴のバキュームフェラを素直に受け続けることになる。

「あ、あふ、ふぉ――――むぐぅ？」

快楽のあまり漏れた悲鳴を塞ぐかのように、佳奈美の手が蘭の口を封じ込める。

戸惑った蘭を（文字通り）尻目に、佳奈美の手が蘭の口元をしっかりと覆う。

「ふふ、可愛いぞ。蘭」

「んむ、むぐ――!?　むー！」

「らんにゅんままみむみまもみみもんまのもとめっぬぬめみむなんめむむぃみ」

「……蘭ばかり好きな時に女の子とセックス出来るなんてずるいと、美鈴が言っている」

蘭の口を塞いでいた手を離し、佳奈美はその手で蘭の手を取り自身のおっぱいに押し当てた。

「わたしたちだって、蘭とセックスしたいんだ。好きな時に愛し合いたいんだ。蘭からすれば、わたしでも猫山でも誰でも良いのかもしれない。でもわたしには、蘭しかいない」

制服越しの乳房を撫でつけ、佳奈美は甘い吐息を漏らす。

唾液に塗れた指先に吐息が当たり、妙な感じだ。

「今日だけで良い……。蘭を好きにさせてほしいんだ。蘭を、わたしたちだけの玩具《モノ》にしていたい」

色めかしい吐息を混ぜ、哀愁漂う声音で佳奈美はそんなことを言う。

佳奈美が言っていることは分かる。女の子だって、セックス以外で愛しい異性の身体を求めたくなることがあるのだろう。

蘭だって同じだ。性欲と愛情は違う。

美鈴や佳奈美と会いたいと思っている時イコール睾丸に精液が溜まってきた時だというわけではない。

佳奈美のおっぱいに押し当てられた手のひらに、柔らかく温かな感触が伝わってくる。

トクトクと大人しい鼓動が直に伝わり、佳奈美が傍にいることを強く感じることが出来る。

もう片方の手は既に佳奈美の唾液でベシャベシャにされ、風呂上がりのように指先がふやけていた。

佳奈美から施される行為から、蘭は彼女に求められていることを実感する。

顔に跨られ、熱の籠った吐息をかけられ、両手を好き勝手に弄《いじく》り回される。

自分の意思では動けない状態にされるのはあまり良い気分はしないはずだが、相手が佳奈美だからか、嫌な気分はしない。

「かなっ――ぅぉ、ぉう!?」

声を掛けようと口を開いた途端、急激な快感が腰から上に駆け上がってきた。

空気を読んでいたのだろうか。佳奈美が蘭に熱烈な愛の告白をしている間、美鈴は蘭のペニスを咥えたまま静かにしていたのだ。

故についさっきまでは美鈴の口腔体温を感じるだけに留まっていたのだが。

「らんみゅんにみっとみめんのな、ななみにゃんにゃけにゃにゃみんみゃよ（蘭くんに嫉妬してるのは、佳奈美ちゃんだけじゃないんだよ）」

「ふぉっ！　ちょ、ちょっと待って！　そんなにされたら、もうっ……！」

じゅぷじゅぷと唾液が溢れ出し、美鈴の口腔に飲み込まれた蘭のち○ぽに蕩けるような快感が走った。

温かい舌が絡みつき、先端付近をたっぷりと責め続ける。

根元に添えられた手の動きも速度を増し、睾丸がキュウキュウと上がっていく。

はち切れんばかりに膨れ上がった袋をそっと撫で、美鈴は幼気な面差しを悪戯っぽく緩め、指先でツンと臨界直前の睾丸を突っついた。

「えい」

「ふぁぁぁぉぉぉう!?」

最後の堤防が決壊し、ビクンと腰が跳ねる。

睾丸がキュウゥゥと締め付けられるような感覚とともに、快感を伴う凄まじい解放感が蘭の下腹部を祝福する。

臨界点を遥かに超えた生殖器は美鈴の口腔内で暴れながら、びゅるびゅると白濁液を放出する。

あまりの勢いに美鈴は眉を顰め眦に涙を浮かべ、思わず口を離してしまう。

「んにゅ、にゅぁ？　にゃぁぁん！」

吐き出される精液を顔で受け止め、美鈴の可愛らしい面差しが真っ白なそれで汚されていく。

口端から覗いた舌も精液に塗れており、吐息からは既にカルキのような香りが漂っている。

涙を零し口の周りを精液塗れにするという一見陵辱シーンのような光景だが。美鈴は手の甲で口の周りを拭うと、にへりと八重歯を見せて笑った。

「蘭くんが射精する時にビクビクッて震えるの、何度見てもかわいいにゃぁ……」

言いながら、美鈴は蘭の睾丸を手のひらで優しく握り締める。

役目を終えてだらりと垂れ下がった睾丸に、美鈴の体温がじんわりと沁み渡る。

「ふふ、まだ出るんだぁ」

「口の中で、すっごい焦らされたから……」

カウパーと精液の混ざった液体が溢れ出る光景を見つめながら、美鈴はふっと敏感な先っぽに息を吹きかけた。

「ふわぉう!?」

「蘭くんがビクビクッてするとこ、もう一回見せてほしいにゃん」

睾丸を撫でる美鈴の手が、少しずつ温かくなっていく。

美鈴のスキル——強化回復によって、ついさっき吐き出したばかりの精液が瞬く間に溜まっていく。

数秒もすれば睾丸はずしりと重たくなり、美鈴の手のひらの上でキュゥウゥっと縮こまってしまう。

再発した射精感につられて勃起したペニスを見つめながら、美鈴は小動物を愛でるような表情でそれをツンツンと突っついた。

「白いのでベタベタだから、私が綺麗にしてあげるにゃん」

蘭の視界が佳奈美の尻で塞がれていることを確認してから、美鈴は蘭の股間に向かって吐息を吹きかける。

焦らすように口を近づけては、温かい吐息で湿らせるように。

「みす、みすぅ……美鈴っ！」

「にゃはぁ……。これはもしかすると、おち○ちんに触らなくて済んじゃうかもしれないにゃぁ」

「——えっ!?」

美鈴の言葉に、残念そうな声で蘭が反応する。

「……さ、触って、くれないのか？」

「んー、どうしよっかにゃぁ。このまま勝手に射精しちゃうとこ見るのも、それはそれで楽しいような気もするんだよねぇ」

でも、と続けて美鈴は蘭のち○ぽを舌先でベロンと舐めとった。

「蘭くんに求められるのはもっと嬉しいから、じっくりねっとり舐めてあげるにゃん」

「――ん、ほぉぉぉ⁉」

「……蘭ったら、凄い声が出るんだな」

顔に跨った佳奈美に蔑まれるような声をかけられながら、蘭は腰をゾクゾクと震わせる。

情けない悲鳴に思わず口を塞ごうとしてしまうが、両手とも佳奈美の玩具にされているのでそれは不可能だ。

「猫山ったら、物凄いえっちな顔で舐めるんだな」

「佳奈美ちゃんに見られちゃうのはちょっと恥ずかしいにゃぁ」

聞こえてきた言葉に知的好奇心《性》が掻き立てられたが、蘭にはその真意を探る手だてがなかった。

顔を動かしても、感じるのは佳奈美のショーツと太腿の感触のみ。

瞼は閉じられ、視界は真っ暗闇なのだ。

ともあれ、美鈴の舌遣いは直に蘭のち○ぽに襲い掛かってくる。

先っぽに付着した白濁液を、滑らかに躍る舌先が器用に舐めとっていく。

そして時折奏でられる、コクンと何かを飲み下すような音。

献身的にち○ぽを舐めとり、精液を飲み込む美鈴の姿がぼんやりと頭の中に浮かんでしまう。

「美鈴、美鈴ぅっ！」

「……わたしの名前は呼んでくれないのか？」

太腿が動き、ギュッと両頬を佳奈美の脚が挟み込む。

完全に顔をホールドされ、動けなくなった蘭。ついでとばかりに腰をずいと下ろされ、いつの間にやらぐっしょりと濡れたショーツが鼻先に押し付けられた。

「ふがっ……、ふきゅぅぅん⁉」

ぐちゃりと湿った鼻先には、甘いような汗臭いような絶妙な牝《めす》の香りが漂っている。

正真正銘、佳奈美の匂いだ。佳奈美の身体で一番えっちで敏感な場所の香り——とても濃密で、思わず鼻血が出そうになってしまう。

「はふ、はふぅっ！」

佳奈美が動いたことによってスカートが被さり、完全に蘭の顔は佳奈美の紺色スカートの中へ封じ込められてしまう。

顔中に佳奈美の香りが充満し、目眩《めまい》を起こしそうになる。

佳奈美の匂いに包まれながらの、美鈴の丁寧かつ献身的なフェラチオ。

佳奈美の唾液でベトベトになった蘭の両手は、セーラー服越しの佳奈美の乳房に押し当てられ、先程からもみゅもみゅと柔らかな感触が伝わってくる。

「蘭の手、温かくて気持ちぃな……」

「むふ、むふぅ。むぅぅぅ——⁉」

愛しい異性の顔に跨っていたせいで、興奮してしまったのだろうか。

佳奈美はさらに体重をかけ、蘭の顔面にショーツ越しの割れ目をしっかりと押し付けてきた。

太腿を器用に使って、そのままゆっくりと上下前後に腰を揺らす。

「かなっ——うむぅ。ちょっと、むぐぅ。苦しい！」

「はぁ、はぁっ……。蘭の顔に跨って、えっちなことしちゃってる……」

蘭の言葉も耳に入らず、佳奈美は甘い声を上げながらゆさゆさと腰を振り立てる。

女の子の部分をはしたなく広げ、ショーツ越しの陰核を蘭の鼻に擦りつける。

愛しい相手の身体で慰めるという状況に、狂いそうなほどの快楽と背徳感が襲い掛かる。

目の前にビクビクと震えるち○ぽがあるのに、佳奈美は蘭を道具のようにして自身の火照りを慰めているのだ。

風呂場で御子柴が蘭とイチャついた話を聞いた時から薄々感じていたが、もしかすると自分は「蘭が誰かに奪われてしまう」という焦燥に興奮するようになってしまったのかもしれないなと佳奈美は思った。

美鈴が蘭の分身を美味しそうに舐める光景を見ていると、お腹の奥深くがキュンキュンと疼いてしまう。

蘭のせいで変な性癖が湧き上がってしまったらしい。

「ふくぅぅぅぅぅっ⁉」

「きゃん！」

ビクンと蘭の体躯が跳ね、ピンと両脚が真っ直ぐに伸ばされる。

刹那蘭のち○ぽの先端から、濃厚な白濁液がびゅるびゅると噴出された。

噴水のように吐き出された精液は美鈴の顔を汚し、重力に伴ってどろどろと垂れて行く。

蘭の精液に穢された美鈴の顔。——とても幸せそうだ。

「にぇへへー。もう一回、出来るよねー？」

八重歯を見せながら、美鈴はさわさわと蘭の睾丸を撫で始めた。

顔を精液で汚したまま、蘭の股間に吸い付きちゅぅちゅぅと音をたて始める。

蘭の腰をホールドし、献身的にフェラチオする美鈴。

美鈴の唇がすぼまる度に、蘭の腰がゾクゾクと痙攣する。

そんな蘭の身体を見つめながら、佳奈美は蘭の顔に股間を擦りつける。

蘭の手を乳房に宛がい、蘭の顔を股間に押し付ける佳奈美。

押し潰された鼻先に濃密な佳奈美の香りを感じながら、蘭は再度苦しそうに口をへの字に曲げた。

「う、うぉ……。また射精しそう！」

容赦なく唾液を絡ませる美鈴のフェラに、顔中を包み込む佳奈美の匂い。

双方から苛まれる刺激に堪らず、蘭は腰をビクビクと痙攣させる。

いつの間にか三回も射精していたが、蘭の性欲は未だ衰えることはなかった。

無論常人の生殖器なら、既に役目を終えてへにゃりと休戦態勢に入っている頃合いだろう。

だが蘭のペニスは、美鈴のスキルによって何度も勃たされていた。

しかも今回続けている行為はセックスとは異なり、舌と指先を使った献身的なフェラチオである。

腰を振る必要もなければ、相手の女の子を気遣う必要もない。

ただ欲望の赴くまま、睾丸に溜まった精液を好きなだけ吐き出すだけ。

射精に伴って起こる疲労は強化回復で消失する。

連続した快感を受け続けるだけになった蘭からは、妥協や我慢といった言葉が吹き飛んでしまった。

「蘭くん、蘭くん！　もっと、もっと射精して良いよ！　今晩だけは、美鈴のこともっと見て、もっと気持ち良くなって！」

「蘭、愛してるから！　世界で一番、蘭のことを愛してるからな！」

蘭に体重をかけないようにと気遣っていたはずの佳奈美だったが、快楽が理性を凌駕した佳奈美は、脚から力を抜いて蘭の上にのしかかった。

口元から鼻先まで——顔中を蘭の精液塗れにした美鈴も、幸せそうなトロ顔を晒しながら蘭のち○ぽに無我夢中で吸い付いている。

「はっ——くぅうん!?」

「む、うぐぉ！」

蘭の顔にショーツ越しの陰核を擦り寄せながら、佳奈美はビクンと体躯を跳ねさせた。

絶頂の快楽に我を忘れ、佳奈美は太腿をギュッと締める。

間に挟まれた蘭は苦鳴を漏らしながらも、気を失わないよう必死に歯を食いしばる。

どういう状況であろうとも、女の子の前で気絶してしまうのは流石に情けなさ過ぎる。

蘭の身体を玩具に果てた佳奈美は、くったりとベッドの上に倒れ込む。

どうやら今の絶頂で気を失ってしまったらしい。

顔の上から佳奈美がいなくなったため、蘭は両腕に力を入れて上半身を起こした。

佳奈美の愛液でぐしょ濡れになった鼻先を拭いながら、蘭は自身の下半身に視線を向ける。

「……うぁ」

「んむぅ？」

蘭が視線を向けたその先には、天使がいた。

顔中を精液で汚しながら、無垢《むく》な表情で献身的な口淫を続けるボブカットの黒髪少女。

快楽に脈打つ一物を口いっぱいに頬張りながら、不思議そうに首を傾げる猫山美鈴。

幼気な面差しがふわりと揺らめき、鳶《とび》色の瞳と目が合った。

「ふぉ――ぅ！」

美鈴の目線に射抜かれた刹那、蘭の睾丸がキュゥゥと縮こまった。

精液塗れの唇を柔らかく動かしながらの、上目遣いのフェラチオ。

佳奈美の股間に塞がれ目にすることの出来なかった桃源郷が、今まさに目の前に広がっているのだ。

ち○ぽを咥えてもごもごと動くほっぺたも、呼吸の度に小さく動く鼻の孔《あな》も。

気持ち良い？　とでも聞くかのように、柔らかく細められる玲瓏な瞳も。

眼前に広がる全ての視覚情報が蘭の興奮を掻き立てる。

「ふおぁ！　も、もう限界――っ！」

「んみゅ？　んみゅ、む、むー！」

凄まじい解放感とともに、美鈴の口腔からどろりとした白濁液がこぼれ落ちる。

精はおろか魂まで吸い上げられたような快楽に脱力しながら、蘭はドサリと倒れ込んだ。

肉体的な疲労や精力は強化回復で回復されているとはいえ、射精に伴う快楽をこうも連続して感じ続ければ流石に精神的な疲労も溜まってしまう。

好きな女の子の前で気絶なんてしたくない。

そんな決死の覚悟は通じず。

じゅぷじゅぷと美鈴に精液を吸い尽くされながら、蘭は気持ち良さそうに気を失ってしまった。

◇◇◇◇

佳奈美と美鈴にひたすら搾り尽くされた夜から数日が経過した。

柔らかな朝陽差し込む部屋の中、霧島蘭は執事服に着替えながらボーッと外を眺めていた。

普段の蘭には似合わないいやに真面目な表情で、蘭はズボンを脱ぎつつ疲れたような溜息を吐く。

「……セックスしてぇなぁ」

今更何を言っているというのか。

愛しい女子高生との性行為なら、この世界に転移してから飽きるほど続けているだろうと。

蘭の中の天使（既に堕天しているが）が騒ぎ立てるが。

違う、そうではないのだ。

もっと動物的な本能を曝け出すというか。

悪い言葉で言えば、愛の籠っていないセックスがしたいというか。

可愛くて守ってあげたくなるような女の子と愛を確かめ合うようなセックスではなく、ただただ性欲を叩きつけるだけのような、本能に直結した動物的なセックスがしたいのだ。

初めて御子柴彩相手に行ったような、あんな感じの行為だ。

互いに欲を解消するために、恋慕だとか恋心だとかを全て忘れて本能のままに抱き合う。

言ってしまえば、可愛いか好みのタイプかどうかより、よりエロい身体や反応をしてくれる女の子を抱きたいと、そんな話である。

「うちのクラスの女子は全部で十二人――んで、不良共とつるんでた一人と、竹山邪伊美《タケヤマジャイミ》は転移してないから、全部で十人。今のところ五人堕としてるから――あと五人で全員か」

正直言って、残りの五人の女子全員に、美鈴たちと同じだけの愛を注ぐことが出来るかどうか不安ではある。

実際蘭が今までに眷属化させたのは、クラスのアイドル二人と、美少女風紀委員に、エロくて可愛い不良少女――そして、蘭のことを本気で愛してくれた文系女子。

改めて見ると錚々《そうそう》たる面々である。

確かに蘭のクラスは、妙に可愛い娘が多かった。

年中発情していた蘭が日常の学校生活にて、どうしても性欲を感じることが出来なかった生徒といえば、邪伊美くらいである。

流石に全員を思い浮かべて一人で処理したことがあるわけではないが。

普段の生活で起こるチラリズムやふとした表情に、キュンとしたことだったら全員一度くらいはあると思う。

そう考えると結構下種で屑な話だとは思うが。

制服女子高生と半日も同じ教室で過ごしていれば、それなりに性欲は高まるものだ。

「つっても、エロい感情を抱いた相手イコール愛すべき相手ってわけじゃないもんな……」

灰色な学校生活の間で、本気の愛を込めて告白されたりでもすれば、迷わずオーケーしていただろうが。

現在の蘭は、はっきり言って女の子には困っていない。

最低な言い方をすれば、足りていないのは常識と戦力である。

残った五人に一生の愛を注ぎ、思い出して赤面するようなラブラブセックスをしたいわけではない。

要は、面倒なことは全部取っ払って身体だけの関係を紡ぎたいと、そういうわけである。

せっかくなので、他の女の子のおま○ことかおっぱいとか太腿——フェラチオとか手コキとかはどんな感じなのか、試してみたいというのもある。

ともあれ、蘭は陵辱だとかレイプだとか、人間の尊厳を破壊するような行為は苦手だ。

女の子の嫌がる顔を見ると、萎えてしまう。

難儀な性格だ。

今までの所業を俯瞰的に見れば、どれだけ女の子の尊厳を傷つけて来たかと思い知るのだろうが。

実際スキルのおかげで蘭に股を開く女子高生たちは、皆揃って喜びの表情を浮かべ、心からの幸せを感じている。

故に蘭の中では、今までのセックスは全て合意の下に行われた性行為——和姦として刻まれている。

女の子を好き勝手に犯したいけど、合意ではない——望まれていない行為はしたくない。

嫌がっている顔は見たくない。

こういった性格のことを俗にナチュラルクズだとか真面目系屑と言うらしいが、蘭自身は自分のことを割と性格が良い人間だと思っている。
まあ実際、良い性格はしていると思うが。
そんなわけで、蘭は次なる一歩を踏み出すことに若干の躊躇《ちゅうちょ》を見せていた。
これからの眷属化は、どうやって行えば良いのだろうかと。

クラス転移で俺《だけ》ハブられたので、同級生ハーレム作ることにした

閑話

幸せの重み（書き下ろし）

閑話　幸せの重み（書き下ろし）

「ひょわあああああああ嘘だ嘘だ嘘だ嘘だああぁぁぁぁぁぁ――――！！！」

目を見開きスマホの画面を凝視していた友人――藤吉百合は、隣の教室にも聞こえるだろう声量で絶叫しながら、勢い良く立ち上がった。

友達同士で集まってお弁当を広げ、楽しい談笑に興じる高校の昼休み。凄まじい叫びが和やかな空気を掻っ攫《さら》い、瞬間的にクラスが静かになる。起立した反動で倒れた椅子が、ガターンと大きな音を立てた。

冷たい静寂に包まれていた教室に、その音は嫌味なほどに大きく響いた。数人のクラスメイトがこちらを見やったが、元凶が百合であることに気付いた途端、興味を失《なく》したのか集中した視線はすぐに元の場所へ戻っていった。

「嘘でしょ、嘘だよね！　う――うあーマジかー……。やめてよもう、ゆりりんマジショックつらたん……」

魂が抜けたように脱力し崩れ落ち――ようとした百合だったが、椅子がないことに気が付かないままそんなことをしたため、バランスを崩して両膝を教室の床にぶつけてしまう。

ゴンと音がして、百合の口から「あぅっ……」と素の声が漏れた。

痛そうに脚を擦りながら、百合は俯いたまま倒れた椅子を起こす。流石に恥ずかしかったのか。紅潮した耳を隠すようにして、百合は腕を枕にして机に突っ伏した。

「痛い」

「……大丈夫ですか、藤吉さん？」

紙パック飲料を両手で大事そうに持ったまま、もう一人の友人——乙女崎恵美が、心配そうに小首を傾げた。

恵美の質問に、百合は顔を腕の中に埋めたまま、ふるふると首を左右に振って返答する。頭の動きに合わせて、見事な黒髪ツインテールがひらひらと空を薙《な》いだ。

「結構強くぶつけてしまったようですし、痣《あざ》になっていないか確認しておいた方がいいかもしれませんね」

「恵美ちゃんの優しさは凄くいい所だと思うけど、多分心配するところそこじゃないと思う」

目の前で繰り広げられた珍現象に、さしもの沙夜香も突っ込まずにはいられなかった。

クラスでは地味な女子グループに籍を置く佐渡ヶ島沙夜香は、漫画研究部所属の乙女崎恵美と、腐女子をこじらせた痛い系女子の藤吉百合と一緒に行動することが多い。

休み時間もこの三人でいることがほとんどだし、昼食の時間——お昼休みも例外ではない。

オタ趣味を持たない沙夜香は、二人の紡ぐコアなオタトークに付いていくことが出来ないのだが。

二人の会話を隣で聞いているだけでも楽しいので、別段居心地が悪いと思ったことはない。

突発的に起きる、百合の奇行さえ目を瞑れば。

「百合ちゃんたら、声おっきいよ」

「うう……ゴメン、さーやん。でもさーやんも、これを見ればあたしの気持ちを分かってくれると思うんだ」

机とお見合いしたままの格好で、手に持ったスマホを差し出してくる百合。画面の中は肌色でいっぱいだったが、百合が休み時間に開いているサイトは大体そういったページだ。さして気に留めることもなく、沙夜香は液晶に顔を近づけた。

かわいいイラストや格好良いデザインのちりばめられたディスプレイには、今日の日付と「限定」という赤文字がデカデカと表示されていた。

今日だけ――もしくは今日を含めた数日間のみ、限定で何かが貰えるということだろうか。

「スイカの絵が描いてあるけど、スイーツ系のお店?」

「アニメショップのサイトですね。この近くだと、駅前のビルにテナントとして入ってる店舗です。……ほら、少し前に三人で行ったお店ですよ」

「あぁー……。百合ちゃんが似たようなお店三軒も梯子《はしご》した時の……」

百合と恵美の両名曰く、店舗により商品の傾向が異なるらしく、それらは全て似て非なるものなのだとか。

漫画も書籍も大抵は立ち寄った書店で揃えてしまう沙夜香にとって、類似店を渡り歩き吟味するというのは、未知なる世界そして理解の及ばぬ価値観だった。

改めて、百合に提示された画面に視線を落とす。

都内の電気街で人気がありそうな雰囲気のグッズが何種類か映っている。何に使う物なのかは、オタ趣味に疎い沙夜香には分からなかった。

「これが欲しいの?」

「そう」

「でもこれ、期限――一週間もあるじゃない」

日付の欄を指さし、ちゃんと確認するよう訴える。ようやく顔を上げた百合は、左右へぴょこんと跳ねた見事なツインテールを握り締め、おもむろに両側へ引っ張った。

「違うんだよー！　初日に行かなきゃ、揃わないんだよ！　人気キャラのやつは、すぐに売り切れちゃうんだよー！」

専門用語マシマシで、百合はそれらのグッズがどれだけ価値があるものなのか、そしてどうしてこんなにも欲すのかを沙夜香に説明し続けた。

沙夜香には少し難しい話だったが、恵美は彼女のプレゼンに納得がいっているらしく、穏やかな笑顔を浮かべたままコクコクと頷いていた。

「何で、よりによって、何で今日なの……！　明日か明後日《あさって》なら、何の問題もなかったのに！　こんなことなら今日は休めば良かった。ズル休みすれば良かった……！」

血涙を流す勢いで瞠目し、机に爪を立ててギギギ――とひっかく百合。誇張なしで、心底無念だというような面差しだった。

「今日、放課後何かありましたっけ？」

「日直なんだよー！　授業終わってソッコー駆け込めば間に合うかもしれないのに、今日に限って放課後やらなきゃいけないことが重なるなんて！　運命が……運命が、あたしに敵対している……！」

大袈裟な文句を口走り、百合は頭を抱える。

いつになく落ち込んだ様子の百合を前にして、恵美は眉を八の字にして、頬に手を宛がいながら目を伏せていたが。何かを閃《ひらめ》いたのか。不意にポンと手を打って、恵美は嬉しそうに瞳を瞬かせた。

「日直ですけど——一緒にやる男の子にお願いして、早く帰らせて貰うのはどうですか？　全部押し付けちゃうのは良くないことだと思いますけど、お仕事分担して——帰宅時間に響かない作業は全部やるからとか、相談するのは如何でしょう？」

眼鏡の縁を指でくいっとやって、愛らしくドヤる恵美。良い考えかもしれないと、沙夜香はポンと手を叩き恵美の意見に賛同する。恵美の言う通り全部任せるのはどうかと思うが、お仕事を分担するというのは非常に良い提案ではないか。

まあ本来は二人で手伝い合ってするものなので、百合と日直が一緒になった男子には災難な話かもしれないが。

手を打ち合わせて「名案」とか「天才」とかはしゃぎ合っていた恵美と沙夜香だったが、当の本人である百合は浮かない顔だ。

「あたしもそれちょっと考えたんだけどさー。絶対無理だよ、出来っこないよ……」

脚をバタバタさせた百合はそのままゆっくりと背中を丸め、周りに聞こえないよう、こっそりした声で続けた。

「だって、あたしのペア、霧島くんだもん……。話したこと一度もないし、何考えてるかも全然分かんないし——。それに霧島くん、男子とも喋ってるとこ見たことないし。誰と仲良いのかも知らないもん。霧島くんを一人にして帰ったりしたら、虐めてるみたいじゃん」

「…………」

気にかけていた名前が百合の口から飛び出し、沙夜香は反射的に背筋を伸ばす。

眼鏡越しの瞳を揺らめかせ、密かに黒板の隅へ視線を移す。チョークで描かれ掠《かす》れかかった『藤吉百合』の名の隣に、『霧島蘭』の名前がくっきりと刻まれていた。

そういえば今朝方猫山美鈴が『百合と蘭だなんてお花畑みたいだにゃぁ』と言っていたのを思い出す。不可解な文言の意図を今更ながら把握し、沙夜香はモヤモヤが晴れるのを実感した。

「そっか、今日の日直って霧島くんと百合ちゃんか……」

ふと、先日の放課後——一人で日誌を書いていた時のことを思い返す。忘れ物を取りに戻って来た蘭が、沙夜香の書く日誌の文字を見て「丁寧だな……」と呟いていった時のこと。

あれから妙に蘭のことが気になってしまい——気にし過ぎるがあまり、いつの間にか好きになっていたというか。「気になっている」の、ちょっと強いバージョンというか。毎日ことある毎《ごと》に、目で追ってしまうだけというか——。

完全に、異性として意識してしまっている。会話すらしたことないのに。

「…………」

話題の人だということで、さりげなく彼の姿を視界に入れる。

誰とも机を合わさず一人で席に着いたままの蘭は、机に突っ伏して居眠りをしていた。

蘭を眺めていると、こうして——机に顔を伏せていることが多い気がする。寝不足なのだろうか。

「えみりん、一生のお願い！　あたしの代わりに、今日の日直のお仕事、霧島くんとやってくれない？　今度えみりんが日直の時、えみりんの作業あたしが全部代わりにやるから！」

紙パック飲料を一口啜《すす》ってから、恵美は申し訳なさそうに顔を俯ける。

「藤吉さんのお役に立ちたいのは山々ですけど……。すみません、今日は漫画研究部で大事な議事《ミーティング》があるので、部活を休めないんです」

「うぁん、そんなぁー！」

机と顔を相対させ、ハイソックスに包まれた脚をバタバタと振り回す。

反動で、ツインテールがぴょこぴょこと跳ねていた。

「うにゃぁぁぁぁん、もおぉぉぉぉ！　せっかく発売日思い出したのに、もう買えないんだー！」

「百合ちゃん」

「オークションで法外な値段付けられたやつを買わないと、手に入らないんだー！　あたしの——あたしの、オトヤ様がー！　ミツルギ様がー！　もう会えないんだー！」

「百合ちゃんっ！」

沙夜香の呼び声に、百合はジタバタするのを止める。ベターッと張り付くように伸びた状態で、机に顎を乗せたまま、百合は怠そうに沙夜香を見上げた。

「わ、私が……百合ちゃんの代わりに、日直のお仕事やってあげよっか？」

「うにぇ？」

きょとんとした顔で、変な声を出す百合。暫し啞然とした様子で沙夜香を見つめていた百合は、歓喜の声を上げて立ち上がった。

「いいの？　ホントに⁉」

「別にいいよ。私も今日部活あるけど……日直だったって言えば、ちょっとくらい遅刻しても平気だし。それに百合ちゃん、その限定品すっごく欲しがってるみたいだから」

あくまで百合のためという大義名分のもとでのこと。蘭目当てというのは、悟られないようにしなければ。

努めて平静を装う沙夜香。ぽかんと口を開けていた百合は、パァッと花が咲いたような笑顔を浮かべた。

「本当、さーやん？　さーやんってば、こういうの嫌いだと思ったのに！　ズルしないでちゃんと真面目にやりなさいって、言いそうなイメージだったのに！」

「今回だけ特別だからね」

「わーい、さーやんありがとー！　今度さーやんが日直の時、お仕事代わってあげるから！　ありがと、さーやん大好き！　愛してる！」

さっきまで死神に取り憑《つ》かれたような状態だったというのに、現金なものだ。

沙夜香は沙夜香で、ようやく摑むことの出来たチャンスに、机の下で密かにガッツポーズをしていた。

◇◇◇◇

「――ということがあって、その。突然のことで本当ゴメンなんだけど、百合ちゃんの代わりに、私が霧島くんと日直のお仕事することになったっていうか……」

「…………そう」

顔を逸らしたまま、小さく首肯する蘭。話し掛けるなオーラが漂っているというか、漠然とした心の距離を感じてしまう。

クラス委員長の虎生茂信とかは、もっとフランクに話しかけてくれるのにな――と、沙夜香はそんなことを思う。

ともあれ二人きりになった途端饒舌《じょうぜつ》になって、気軽に絡まれても戸惑ってしまう。これはこれで良いかと、沙夜香はあまり気にしないようにした。

「とりあえず、ちゃっちゃと片付けちゃおっか。えっと、その……。まず何をすればいい？」

「………」

無言のまま、蘭の目線が教卓を捉える。

視線の先には、日誌の束が置かれていた。開いてみると、今日の分は白紙のままだ。

一抹の期待がせり上がり、沙夜香はチラリと蘭を盗み見た。真っ先にこれを示すというのは、沙夜香が日誌を書くところを――蘭が見惚れてしまうほどに丁寧な文字を、もっと見たいという彼なりの照れ隠しなのではないか。

クラス委員書記として、ここは一肌脱ぐ場面ではなかろうか。そう、蘭が喜ぶともなれば、沙夜香は日誌だってスラスラ書く！

「……あ、それじゃその、私は日誌書くから、霧島くんは別のお仕事してくれると嬉しいな」

脳内ではハイテンションなのに、実際に言葉として出すと遠慮っぽくなるのはご愛嬌だ。口下手《くちべた》で大人しい人間が、頭の中までそうだとは限らない。脳内はライブ会場の如く熱気に溢れていても、現実では冷め切った対応しか出来ないというのはままあること。

空想の世界では蘭と目一杯お話しして盛り上がっているのに、現実では返事すらして貰えていなかった。

気を取り直して、沙夜香は日誌の執筆に精を出す。姿勢良く腰かけ、澄み切った動作でペンを走らせる。

ニヤけそうになる口元を、どうにか押さえる。日誌を書きながら笑っている女子とか、恐怖以外の何物でもない。

変な娘だと思われないよう細心の注意を払いつつ、蘭がいつ手元を覗き込んできても良いように、一文字一文字精魂込めて書き綴《つづ》る。

脳裏に浮かぶは、一筆に生命を注ぐ書道家の具現。風雅な和室にて、握った筆に己が全てを注ぎ込む大家《たいか》。

清らかに美麗な文字を連ねる沙夜香の晴れ姿を、蘭は見ているだろうか。きっとその落ち着いた美しさに、心奪われているに違いない――。

「ふぅ……、おしまいっと。終わったよ、霧島くん。後は何が残っ――」

蘭は黙々と机の位置を整頓していた。沙夜香のことなど、これっぽっちも意識していない。

それどころか意図的に視界から外すように、沙夜香に背を向けていた。流石にそれは被害妄想的だろうが、沙夜香が日誌を書いているところを、全く以て気にしていないというのは事実だ。

「……そんなあ」

サボらず作業に没頭してくれているのだから、決して悪いことではないはずなのだが。

実直に日直の仕事に徹する蘭が、冷たい人間のように思えてしまう。

「……いけない。真面目に頑張ってる人をそんな風に言うなんて、どうかしてる」

舞い上がったところで一気に引きずり落とされたため、必要以上に落ち込んでしまっているのだろう。

沈んだ気分を改め、沙夜香は蘭と一緒に教室の片付けを始めた。とはいえ室内の清掃は、掃除当番の仕事だ。

することと言っても、椅子や机の位置を元通りにしたりする程度。言葉を交わす機会を窺っている間に、作業は全て終了してしまった。

夕日に照らされた教室内を、沈黙が塗り潰す。放課後に二人きりで教室に残るとか、いかにも「青春」な感じなのに。甘い雰囲気など欠片もなく、切ないだけだった。

「他に――他にまだ、残ってたりしない？」

「……………あとは黒板消しくらいかな」

そもそも百合も、面倒臭がって日直の業務を沙夜香に押し付けようとしたわけではない。

沙夜香の負担にならぬよう、出来る限りの仕事は終わらせてから帰っていったようだ。その辺り、案外百合も律儀である。

「分かった。それじゃ、一緒にやろっか」

その方が早く終わるし――という言葉をあえて抜いて言ってみたが、蘭は特段動揺したりはしなかった。

黒板消しを手に取り、作業に取り掛かる。午後の授業が数学だったからか、チョークの汚れがまだ結構残っていた。

人が二人入りそうな間隔を空けて、意図せずに与えられた自分の領域《スペース》を綺麗にしていく。目の前にそびえる深緑の壁を磨きながら、沙夜香は疲れたように溜息を零した。

せっかく二人きりになれたのに、全然話せなかった。むしろ避けられているようにも思えた。嫌われているのだろうか。それとも女子なんて興味ない——そんな硬派な人間なのだろうか。俯瞰的に見れば、まだまだ全然アプローチが足りていないように思えるが。奥手な沙夜香にとっては、これでも結構頑張った方なのだ。

「慣れないことして、ちょっと疲れちゃった……」

緊張して気を張っていたせいもあるのだろう。変な場所に力が入っていたらしく、肩が凝っていた。

背伸びをして、上の方へ黒板消しを向ける。沙夜香の背丈では、天辺《てっぺん》までは届かない。先端がちょこっとだけ触れるが、白く残存したチョークの跡は、叩いただけでは消えてくれない。

無力感に苛まれ、意地になっていると——。唐突に、背後に気配を感じた。

「——ひゃっ⁉」

いつの間にか、蘭がすぐ後ろまで接近していた。

無言のまま目も合わせず、沙夜香が格闘していた黒板上部の汚れを、ちょいちょいっと消してくれた。

一瞬だけ目が合う。ぼんやりと見上げていた沙夜香はハッとした顔をして、慌てたように俯いてしまう。

「あ、ありがと……」

「………どういたしまして」

ボソボソと、聞こえるか聞こえないかの声量で発せられた言葉だったが、沙夜香はその声をはっきりと聞くことが出来た。

囁き声を、聞き漏らすことなく認識する。それだけ近くにいたということを自覚し、沙夜香は顔が熱を帯びていくのを感じた。

顔を上げることが出来ない。ドキドキとうるさく跳ねる胸に手をやると、じんわりとした温かいものが生じていた。痺れるような心地良い感覚は、心臓を中心に広がっていくようだった。

「う、わぁ……。私ったら、すっごいドキドキしてる……」

不意打ちだったということもあるのだろう。こんなちょっとしたことで幸せを感じられる――自分の謙虚さが、今だけは少し愛おしく思えた。

「まあ、うん。仕方ないか。自分だけ焦っても、空回りしちゃうだけだもんね」

今はまだ、この距離感で良い。愛しいクラスメイト――霧島蘭を眺めているだけで、こんなにも幸せな気持ちになれるのだから。

夕焼けに染められた蘭の横顔は、いつにも増して輝いて見えた。


――いつか必ず、貴方に想いを伝えてみせる。

世界を照らす紅霞に向けて、沙夜香は心の中で宣言した。

◇　◇　◇　◇

「随分と嬉しそうな顔してるけど、どうした。何かあったのか？」

愛しい人の声をきっかけに、トリップしていた意識が浮上する。

肉欲的な匂いが充満した部屋。木造の天井そしてファンタジックな装飾の数々が、ここが住み慣れた故郷ならざる異界であることを知らしめる。

心配そうに覗き込む蘭の顔が、ぼんやりした視界に映り込む。

愛しい彼は、何も身に着けていなかった。勿論、沙夜香も同様だ。二人は生まれたままの姿で、一つのベッドを共有し——愛を育み合っていたのだった。

お腹の奥にムズムズとした温い感覚が蘇るのを認識し、沙夜香はニンマリとサディスティックな笑みを浮かべた。

「うん……。何ていうか——ちょっと、昔のことを思い出してた」

視線を落とすと、魅力的な胸板が目に入る。そのまま意味深に目線を下ろしていき——ある一点まで到達したところで、沙夜香はおもむろに手を伸ばし、股間にぶら下がった禁断の果実を愛おしげに撫でつけた。

ぐにぐにと手の中で動くそれは、接触に反応してか熱を帯び次第に硬く上向きになっていく。

求められている事実を切に感じ、満たされる気分だった。

「私も意外と、頑張ったんだなぁ……」

当時の自分では考えられない——想像すら出来ないであろう場所までやってきてしまった。

最愛の相手と結ばれた事実を今一度噛み締め、沙夜香は幸せそうに口元を緩める。

「——二回戦、出来そう？」

「むしろこのまま終わらせられたら、どうしようかと思ったよ。次こそは――絶対、沙夜香のことイかせてやる」

逞しく勃ち上がった男の子の部分を見せつけ、蘭はキラキラした笑顔を見せる。

「ふふ、頼もしい顔。そんな表情されちゃうと、私も一層燃えちゃうかも」

挑戦的な眼差しで、蘭を見据える。獣の目になった蘭ににじり寄られ、期待に胸が高鳴った。

愛しい人の胸に抱かれ、沙夜香は幸福が込み上げるのを感じる。

大好きな家族や先輩後輩には会えないし、異世界での生活は不便でとても大変だけど。

こうして好きな男の子と愛し合っている瞬間だけは――自分は今幸せであると、胸を張って言えるだろう。

愛する人と一緒ならどんな困難でも乗り越えられる。まさにその通りだと、沙夜香は改めてそう思った。

クラス転移で俺だけハブられたので、同級生ハーレム作ることにした

ノクスノベルス 既刊シリーズ 大ヒット発売中!!
精力が魔力に変換される世界に転生しました①
[著] 紳士 [イラスト] 東西
童貞、魔術師になる！
妄想あり、バトルあり、見た目は子どもで中身はおっさんの
生まれ変わりコメディファンタジー開幕！
ダンジョンクリエイター①～②
～異世界でニューゲーム～
[著] ヴィヴィ [イラスト] 雛咲 葉
やりこんだゲームの知識を活かし
ダンジョン&ハーレムをつくれ!!
なんでもあり×やりたい放題の
異世界リベンジファンタジー！
信長の妹が俺の嫁①～⑤
[著] 井の中の井守 [イラスト] 山田の性活が第一
絶世の美女“市姫”とともに
パラレルワールドな
戦国時代を生き抜け!!
大人気歴史ファンタジー！

ノクスノベルス 今後のラインナップ
LINEUP

ノクスノベルス

クラス転移で俺だけハブられたので、同級生ハーレム作ることにした 2

2018年7月20日　第一版発行

【著者】
新双ロリス

【イラスト】
夏彦
（株式会社ネクストン）

【発行者】
辻 政英

【編集】
上田昌一郎

【装丁デザイン】
株式会社TRAP（岡 洋介）

【フォーマットデザイン】
ウエダデザイン室

【印刷所】
図書印刷株式会社

【発行所】
株式会社フロンティアワークス
〒170-0013 東京都豊島区東池袋3-22-17
東池袋セントラルプレイス5F
営業 TEL 03-5957-1030　FAX 03-5957-1533

ノクスノベルス公式サイト
http://nox-novels.jp/

※本作は、「ノクターンノベルズ」（https://noc.syosetu.com/）に掲載されていた作品を、大幅に加筆修正したものとなります。